致青春 121

他最野了

(中)

曲小蛐　著

高寶書版集團

目錄
CONTENTS

第九章　商家的少爺

蘇邈邈蹲在烤肉架後面，收拾地上箱子裡，被幾個粗心大意的男生搞得亂七八糟的竹籤。她想著既然要到這組白吃，總不好什麼都不做。

透過烤肉架的支架空隙，蘇邈邈看到前面那組的兩個男生邊調烤肉醬邊打鬧，其中一個用手指沾了醬，故意抹到另一個男生的臉上。

罪魁禍首幹完就跑，被抹的男生愣了十秒，「嗷」的一吼反應過來，捧著碗裡剛調好的烤肉醬追著報復。

兩人猴子似的滿場亂竄，活力十足，雖然看起來傻了點，而且透著一股蘇邈邈說不出的詭異氣氛，但她還是有些羨慕他們。

最後，被追的那個男生無路可逃，邊倒退邊伸手阻擋即將抹到臉上的烤肉醬，一不注意被腳後跟的箱子絆到，整個人向後仰倒。

「小心……」蘇邈邈出聲想警告那個男生，卻發現那人正好倒向自己且連帶推倒了烤肉架，她心裡一驚，起身想躲，卻已經來不及。

灼熱感撲面而來，比之前灼得她眼睛乾澀的熱度還要強烈好幾倍。蘇邈邈本能地緊閉雙眼，耳邊響起零星的驚呼聲，接著她身體突然騰空，一股力量從鎖骨箍住她，將她猛地往後一帶。

熱源驟然遠離，耳邊的驚叫聲裡，夾雜著近在咫尺的一聲悶哼。

蘇邈邈心裡驀地一抖，這個聲音是……

她慌亂地睜開眼：「商彥！」

女孩的聲音恐慌至極，一瞬間她臉色煞白，心臟痛得狠狠抽搐了一下。

下一秒，重心失衡，她被身前的人直接壓到地上。

「砰」的一聲，緊隨著兩人落地，不遠處翻下來的烤肉架也砸在地上，燒得通紅的木炭從縫隙間滾落一地。

偌大的平臺上陡然安靜，所有學生都嚇傻了，驚恐地睜大眼睛看著不過幾秒就天翻地覆的變故，手腳動彈不得，僵在原地。

被壓在下面的蘇邈邈又一次急喊：「商彥——！」

在場眾人包括與蘇邈邈熟識的齊文悅，皆是第一次聽見女孩這般驚慌失措的語調，一反平時安靜恬淡的模樣。

壓抑不住的哭腔顫抖著，她幾乎是一開口便哽咽出聲。

「……沒事。」商彥右手撐在女孩耳旁的地面上，挺起上身。他屈膝跪起，把女孩也拉起來，目光上下掃過一遍，眼底繃緊的情緒一鬆：「妳沒受傷吧？」

蘇邈邈哽咽著，用力搖搖頭，

商彥鬆了口氣，接著眉頭一皺。他側頭瞥向左臂，額角輕輕一跳，左臂外側一圈焦色，即使他身穿黑色的高領毛衣也掩蓋不住。

他幅度很輕地動了動手指，牽出一陣麻痺椎心的痛。

蘇邈邈之前就注意到他那聲不由自主的悶哼，不顧心裡抽痛，踉蹌地爬起身：「水！冷水！」她轉過頭，朝嚇傻的厲哲等人大吼。

在多數人的印象裡，那是蘇邈邈唯一一次發脾氣。

女孩的栗色長髮散亂地披在肩上，精緻豔麗的臉頰被焦急染上了兩分嫣色，花瓣似的唇更像是點了朱，烏黑的瞳孔裡情緒猙獰得驚人。

那樣身材嬌小無害的女孩，卻在兩秒內震懾住所有人。

厲哲最先反應過來，隨手拿起一個盆子就衝去接水。而蘇邈邈目光一掃，就近看見後面那組桌上的大剪刀，她快步跑過去拿又迅速折回。

那把剪刀的柄幾乎比她的手掌大一圈，握起來都費力。

蘇邈邈的指尖有點抖，商彥皺著眉要起身。

「你別動！」女孩聲量不低，但震住商彥的，是聲音裡藏不住的哭腔。

商彥擰著眉：「妳不哭我就不動。」

「……！」蘇邈邈有點氣急敗壞，都什麼時候了，他還逗她！

對上女孩近乎凶狠的表情，商彥愣了一下，果然被逼急了，弱小的兔子也會暴起咬人。

揣想著被咬一口大概會很痛，更何況還是隻紅眼睛的兔子，商彥無奈地重新蹲下身，配合女孩的高度。

「真的沒事，不准哭。」

蘇邈邈右手握著剪刀，忍不住簌簌發抖。她咬了咬牙，左手用力捏住右手，捏得細白的指背上綻出通紅的印子，才勉強止住顫慄。

蘇邈邈咬緊下唇，將商彥的毛衣左袖從袖口筆直剪開。先是露出白皙流暢的前臂線條，接著映入眼簾的，是後臂那一片被灼得通紅、鼓起水泡的傷處。

灼傷程度不重，但傷口或輕或重，幾乎覆蓋了半條後臂。

蘇邈邈扔下剪刀，嘴一癟，眼角垂下來，眼眶倏地紅了，溼漉漉的水色在圓潤烏黑的眼瞳裡氾濫，就要往外湧。

商彥見情況不妙，連忙伸手，輕捏住女孩的鼻尖：「不准哭，聽到沒有？」

蘇邈邈憋住，抽噎一下，方才急救小先鋒的模樣已不復存在：「痛……痛不痛……」語調輕軟，還帶著鼻音和顫抖。

商彥安撫：「只要妳不哭，就不痛。」

蘇邈邈哽咽一聲：「……騙人！」

「……」商彥停了兩秒，啞然失笑，「妳這樣子還真有點凶。」

凶得很可愛，讓他感覺自己燙到的不是手臂，而是心臟，燙得都快融化了，融成一灘黏膩泥濘，最後勾勒出那個小小身影。

厲哲和其他幾個男生端著幾盆冷水衝過來：「水來了水來了！」

又是一陣七手八腳的忙亂，蘇邈邈繃著小臉，壓抑住幾乎要湧出來的淚水，紅著鼻尖幫商彥做緊急處理。

在療養院待了那麼多年，她與同齡人比起來，匱乏許多常識，卻唯獨在外傷緊急處理等醫療方面，比一般成人都好許多……

幾個主責老師聽說有學生受傷，而且受傷的還是商彥，頭頓時大了好幾倍，正所謂怕什麼來什麼。不過這個節骨眼，老師們也沒心情閒話，一個去拿預備的醫藥箱，一個打電話叫車，另一個鼓起勇氣去通知校長，剩下的全部小跑步趕往事發現場。

跑在最前面的就是教務處的副主任，也是第一梯次秋遊的總負責人。

「牛主任，您慢一點，我、我跟不上了！」

「早知道就該請校醫隨行！」

「聽說……傷勢不是很嚴重啊，主任……我們急歸急，但需要這麼賣命地跑嗎……」

「你沒聽見是誰受傷嗎！」

主任一發火，幾個老師都不敢出聲，悶頭跟著跑，只是忍不住互相交換眼神。商彥不僅學生覺得他背景神祕，學校裡絕大多數老師也不知道他是什麼來頭。雖然有些傳聞，不過既然校長不說話，老師們就當是學校默認，多一事不如少一事，再加上商彥各方面委實優秀，他們也就睜一隻眼閉一隻眼。

如今被主任這麼一提，幾個老師都不禁揣測起來，其中最憋不住的一位老師加快了腳步，跑到稍稍落後牛主任一點的位置。

那人壓低音量，半玩笑半試探地問：「主任，這個商彥來頭有多大啊，他燙傷了，您還得這麼拚命地去看他？」

「……」牛主任氣喘吁吁地瞪了那老師一眼，「多大來頭你別管，只要知道哪怕是我們所有人加在一起，也得罪不起他家就夠了！」

幾個老師聽得暗自咋舌，面面相覷一陣後，無人敢再多話。

一干老師上氣不接下氣地趕到事發現場時，蘇邈邈已經為商彥做了初步的緊急處理。兩個釀成這起「慘案」的男生大氣不敢出地站在旁邊，臉色非常難看，其中一個臉頰上還抹著一塊烤肉醬。

牛主任及其他老師們連忙上前慰問傷患。

「商彥同學，你忍耐一下，救護車馬上就到山腳下了！」

「對對，用不了多久！」

「痛是暫時的，等一下救護車抵達，上車處理就好了！」

「沒錯……」

老師們七嘴八舌著，商彥剛皺起眉想要開口，就聽到旁邊響起一個聲音，音量不大，但卻冰冷得嚇人。

「好不了。」

「……」

「會一直痛。」

「……」

幾個老師被嗆了，氣惱地抬頭，想看是哪個學生這麼沒大沒小，結果商彥背後走出一個女孩，走到提醫藥箱的老師面前，蘇邈邈沒抬頭，緊緊盯著那個箱子。

「請把藥箱給我。」女孩聲音輕軟而平靜，在眾人慌亂且不知所措的時候，散發出一種格外鎮定人心的力量。

那個老師愣住，不自覺地把醫藥箱遞了過去。

蘇邈邈接過，轉身往回走，豔麗的小臉緊繃得不見情緒，只有眼眶周圍還染著點餘紅。

等她走回商彥身邊，一干老師才反應過來。

牛主任急忙上前：「這個小同學，妳懂緊急處理嗎？不懂可不要——」

「老師，」商彥的聲音壓過牛主任，截斷了對方剩下的話，黑眸迎上老師們的目光，嘴角輕勾一下，「不會有事。」

「哦……哦，好。」牛主任尷尬地站在原地。

蘇邈邈蹲跪在商彥身邊，打開醫藥箱，從裡面找出用以敷住創面、防止感染的滅菌紗布。

女孩一邊動作，一邊低著眼喃喃道：「誰說不會有事……」

女孩的聲音很低，商彥側回身，配合她壓低了話音：「我說的。」

聲音輕得像是兩人之間的私語，蘇邈邈半抬起頭，不輕不重地瞪了商彥一眼，又重新將注意力落到紗布和商彥的傷上。

商彥卻無意結束這個話題，他低笑一聲：「而且，有事就更好了。」

「——？」蘇邈邈手裡動作一停，不可置信地抬頭看向商彥，烏黑的瞳子裡漫上氣惱的情緒，「你怎麼能這麼不珍惜自己的身體……」

看出女孩是真的生氣了，商彥反而覺得心情愉悅許多，他悶聲笑起來：「如果有事，那是不是妳要負責？」

蘇邈邈：「？」

「真的有事的話，妳就完了，」聲線裡藏不住的笑意，讓蘇邈邈有些懵了，而商彥很快戳破自己最後那點隱晦的心思，「真有事的話，妳就準備好被我賴一輩子吧。」

「……」蘇邈邈停了兩秒，就像什麼都沒聽見似的，低頭去剪紗布。

然而從商彥的角度，可以清楚看見露在領子外面的那截白皙纖細的頸子，脆弱得像是一隻手就能折斷的頸子，在他的視線下，漸漸染上嫣色。

牛主任等人幫不上忙，還怕幫倒忙，只能遠遠地看著。豈知傷患和急救員低聲交流起來，完全忽視他們的存在，牛主任尷尬地和老師們對視了眼。

他茫然四顧，終於在迷霧般的腦子裡找了個方向，轉移焦點：「這到底是怎麼回事，商彥同學怎麼會受這麼重的傷？」

四十多歲的主任板起臉，夾帶著方才在商彥那裡吃了顆軟釘子的怒氣，一開口，就把全場餘悸猶存的學生吼得集體靜默。

站在旁邊的兩個男生首當其衝，臉色更青了。

「主、主任……」那個撞倒烤肉架的男生知道在劫難逃，哭喪著臉顫顫巍巍地舉起手，「是、是我們……我們不小心弄的。」

接著兩人你一言我一語，結結巴巴地把事發經過大致交代一遍。

牛主任聽得冒火，深吸了口氣，正準備運足丹田之氣大吼，他身後突然傳來一個懶洋洋的聲音。

「沒多大事，別吵了。」

「——！」牛主任一口氣憋在喉嚨，不上不下，差點噎得他翻白眼。好不容易嚥下去，他轉回頭，語氣放輕，「商彥同學，你傷成這樣，怎麼能不追究責任？」

商彥聞言，從幫自己包紮傷口的女孩身上收回視線：「追究什麼？」

男生姿勢隨意地坐在地上，右手往後撐著上身，兩條長腿大大方方地橫著，一腿平伸一腿屈起，看起來一點不像是傷患，倒像是準備躺在草地上晒太陽，就連懶散睇著的眼裡，還有那張清雋張揚的面龐上，神態情緒都格外漫不經心。

商彥側眸，瞥一眼認真為他包紮的女孩，嘴角勾起點笑意，他轉身：「而且也不用什麼救護車，有人能處理，我明天——」

「不行。」安靜的空地裡，突然響起個輕泠的聲音，沒有任何猶豫地打斷商彥的話。

蘇邈邈邊說邊停下動作，仰起臉看向商彥，漂亮而精緻的五官繃得沒有情緒：「必須去醫院。」

「明天……」

「商彥！」女孩聲音提高了幾個分貝，「你一定要去。」

空氣沉寂幾秒，男生無奈地低下頭，笑著拂了拂額前的碎髮，妥協，「好，去。」

牛主任等老師第一次見有人敢這樣跟商彥說話，更是第一次見商彥這副「好欺負」的模樣，一時間臉上的表情都有點崩壞。

而厲哲幾人雖然做不到淡定，仍舊心情複雜，但對於商彥和蘇邈邈的相處狀態，由於近日意外和震驚之事太過頻繁，他們已經漸漸麻木了。

隨後蘇邈邈起身，小心地扶著商彥往山下走，厲哲幾人站在後面，表情一言難盡。

不知道是誰先開口，感嘆了一句：「禽獸啊……」

「明明是英雄救美。」

「那就是英雄救美的禽獸。」

「你們剛剛看見沒有，當時距離那麼遠，發生得那麼突然，我眼睛都來不及眨，彥哥一步就過去了。」

「這完全是靠本能反應吧。」

「嘖嘖，戀愛的酸臭味……」

「戀愛的酸臭味我沒聞到，你身上那單身狗獨有的檸檬味倒是熏得人頭痛。」

「——呸！」

半個小時後，蘇邈邈陪商彥坐上回程的救護車。

來時乘遊覽車，回程坐救護車，商彥不禁想笑，坐在他身邊的蘇邈邈卻紅著眼睛，一副隨時要哭的模樣。

商彥頭痛，笑得無奈：「一點小傷，妳怎麼一副要為師父送終的樣子？」

「一點都不小！」女孩火大地瞪著他，尾音還帶著哭腔，眼睛紅得像隻兔子，不過是最漂亮的兔子……

商彥壓抑不住嘴角往上勾，垂著眼望著女孩笑。

「你還笑！」蘇邈邈氣得轉開頭，一看到空蕩蕩的車廂，更惱怒，連聲音都有點委屈地哽咽，「這個救護車連隨車的醫護都沒有……」

女孩軟軟的腔調聽得商彥心頭酥酥麻麻的，又酸又痛又癢。不過他實在是捨不得女孩再哭了，只能開口安撫：「上車前司機不是說了，車是從附近鄉鎮緊急抽調的，所以才沒有隨車醫護。」

蘇邈邈憋了憋，這些她都知道，可她就是著急，不打針、不擦藥，拖得越久痛得越久……想到這裡，女孩鼻頭一酸，眼眶又紅了一圈。

商彥皺起眉，伸手去捏女孩鼻尖：「能不能不哭？」

「我沒……沒哭。」女孩倔強，屏住氣，淚水在眼眶裡打轉，鼻尖通紅。

商彥又心痛又好笑，拿她一點辦法都沒有。

車裡安靜了一陣子，女孩終於忍住哭腔，湊過來小心地看他：「你痛不痛？」

「不痛。」商彥安撫她。

又過兩分鐘。

「現在痛嗎？」

「……不痛。」

又過兩分鐘。

「你痛不——」

「……」商彥忍無可忍，右手一伸，捏住女孩的下巴，仍是記憶裡熟悉的細膩觸感，他恍惚了一下，隨即輕咳一聲，定眸看著女孩，「妳是不是一定要聽我說『痛』，才能不再問，嗯？」

商彥輕瞇起眼，表情看起來有點危險。

蘇邈邈擔心地看著他，等他一鬆手，她苦著臉，一副「果然如此」的表情：「果然很痛嗎？」

「……」商彥氣笑了，點頭，「嗯，非常痛。」

女孩的淚水開關彷彿裝在他身上，他話一出口，望著他的烏黑眼瞳頓時溼漉了幾分。罪惡感油然而生，商彥暗罵了自己一句，但還是忍不住挖個坑讓女孩跳。

「我有一個辦法，止痛效果特別好。」

「……」

他的話果真能控制女孩的情緒，幾乎是剛說完，蘇邈邈的眼淚就止住了。

「什麼——」她哽咽了一下，急道，「什麼辦法？」

商彥抬手，點了點自己裹著紗布的手臂，笑了，很不要臉的那種。

「妳親一下就不痛了。」

蘇邈邈懵懂地看他。

被女孩無辜又無害的眼神盯了幾秒，商彥心裡那點埋藏已久的人性終於浮了出來。他輕咳一聲，轉開眼：「跟妳開玩笑的，妳別再哭——」

話音戛然而止，身體僵住幾秒之後，商彥緩緩側過頸，垂下眼。

女孩小心翼翼地吻在他的手臂上，很輕很輕。幾秒後，女孩慢慢抬頭，不安地望著他，眼角沾著一點淚痕。

「這樣……好一點嗎？」

「……」商彥愣了一下，他聽見耳邊無聲的震響，撐在腳底的最後一塊玻璃碎掉。他用力地閉了閉眼，彷彿看見自己從蒼穹跌落，一直向下，高樓幢幢，風聲如歌……

他跟許多同年紀的男生一樣，幻想過世界廣闊，天盡頭高山平河，無盡袤野，鳥亢鹿鳴，飛瀑連天，只等先行者開拓——而他們桀驁不馴，恃才傲物，無所束縛。

無所束縛，直到此刻。

打碎他腳下最後一塊玻璃的，是無形的線，那條線把他糾纏得越來越緊，他卻甘之如飴……

商彥在心底苦笑了一聲。

你「完」了。

儘管沒有隨車醫護，救護車司機還是很盡職，一下高速公路就開始鳴笛，第一時間把商彥送到C城最好的一家私立醫院。

醫院的急診室早已接到學校通知，正準備輪休的主任也專程回到辦公室，耳提面命兩個年輕醫師要仔細為商彥檢查，不過除了創面部位不利於恢復以外，灼傷程度確實不算嚴重。於是其中一個醫生留下寫診斷，另一個則去向主任彙報。

「情況不嚴重？」

「真的還好，」年輕醫師無奈地說，「而且緊急處理做得很不錯，後續治療別說我們醫院，送小診所也可以。」

辦公桌後的主任一瞪眼，不輕不重地拍桌：「這是什麼話，病人無小事！」

年輕醫師被訓得低下頭，不敢說話。

這位年輕醫師算是主任的關門弟子，主任訓沒多久，神色便緩和下來。

「你啊，什麼都好，就是心性太浮躁。你以為我會閒著沒事有假不休，跑回醫院，還特地壓著你去為一個程度不重的灼傷患者看診？」

「……」年輕醫生愣了一下，眨了眨眼，猜測道，「難道這個病人有什麼背景嗎？……不像啊，看起來就是個學生。哦，不過長得像明星似的，急診室有一半的護士都一直『路過』那個病人的床前呢。」

主任聽到一半臉就黑了，到最後忍無可忍：「等一下去叫她們專心工作，別給我找麻煩！」

「噢。」年輕醫師白挨了一句，垂頭喪氣的，「主任，這個病人到底是什麼身分？」

主任頓了頓：「這個你別管，好好看病就是了！」

年輕醫師若有所思地答應，便轉身出去。

門一關上，主任臉色就變了，遲疑許久，他還是拿出自己的手機，回撥最近一通打來的電話號碼。

電話一接通，辦公桌上的方鏡子裡，映出中年主任的諂媚笑容。

「葛院長，病人接到了，灼傷程度很輕微，沒什麼大問題，急診醫生已經處理了。」

「……哦，沒什麼事，就是我聽說對方是個學生，怎麼會勞駕院長您親自打電話給我？」

「我不是要打聽他，院長您別誤會。」

「哎哎，我一定讓他們做好分內工作，您放心。」

「……」

半晌後，通話結束，急診室主任對著手機一陣迷茫，喃喃碎念起來：「這到底是哪家的小少爺，還真是保密到家……」

急診室裡，商彥病床周圍的簾子拉上後，站在病床邊的蘇邈邈才終於鬆了口氣。急診室進進出出的人本來就多，來來往往掃向他們的目光讓她有些承受不住，尤其是熱情的護士姐姐們，恨不得一分鐘跑三趟來詢問病人狀況。

蘇邈邈實在有些受不了。

商彥看出女孩的不安，倚著立起來的病床床頭，笑了笑。

「不喜歡這裡的環境？」

「……」蘇邈邈想了想，慢吞吞地搖了搖頭，「不喜歡。」

「我之前說不需要來醫院，是妳一定要來的。」

「……那不一樣。」

「怎麼不一樣？」

「你受傷了，就不該拖，一定要來醫院。」

「可妳不是不喜歡嗎？」

「……你的傷比我喜不喜歡更重要！」

女孩似乎因為他的「無理取鬧」而有些氣惱，音量稍大地說完最後一句話，突然驚覺自己失態，臉頰一熱，不自在地瞥開眼。

商彥愣了愣，莞爾失笑：「妳總是能帶給我驚喜，小孩。」

「……」蘇邈邈悶悶地哼了一聲。

明明是他一直不肯配合，總是逗她，還和她唱反調……

蘇邈邈在心裡小聲控訴，手機突然響了起來。蘇邈邈一愣，有些不解是誰會在這個時間聯繫她，拿出手機一看，螢幕顯示的是不認識的號碼。

蘇邈邈猶豫了一下，還是接通了電話。

「……你好？」

電話另一頭是個陌生的男聲，聽見她的聲音後，不知為何似乎噎了一下。

『嗯……妳是蘇邈邈嗎？』

蘇邈邈遲疑地回應：「我是，您是哪位？」

『我是商彥的姐……咳，朋友，商彥是不是在妳旁邊，能不能麻煩妳讓他聽一下電話？』

蘇邈邈沉默兩秒，烏黑漂亮的瞳仁露出一絲細微的警覺。

「……你是誰？你怎麼知道商彥在我旁邊？」

這次對方沉默更久，過了好一會兒，電話那頭十分無奈地笑了：『妳跟商彥說，我是薄屹。』

蘇邈邈聽對方這樣坦然，不由信了大半，她鬆口氣，轉向病床上的男生：「師父，有人打電話找你，他說自己叫薄屹。」

商彥輕瞇了一下眼睛：「不認識，掛了吧。」

蘇邈邈一頭霧水，電話另一頭的薄屹更是錯愕，叫道：『你們商家兒子這討人厭的性格是遺傳嗎！？』

話音之大，就像是開了擴音一樣，由此可知對方有多憤怒。

商彥示意蘇邈邈開擴音，自己懶懶一笑：「我錄下來了，明天就傳給商驍，看他以後會不會放你進商家大門。」

薄屹氣極：『……去你媽的。』

商彥不以為意：「那這段傳給商嫻。」

『……』

「對了，你剛剛說什麼，我家遺傳是吧？那這段再複製一份給你未來岳父。」

薄屹低頭：『……我錯了，彥爹。』

商彥低笑一聲：「擔當不起啊，兒子。」

薄屹差點氣得原地升天。

玩笑開完，薄屹自覺反省：『我是打擾你這禽獸和你家小徒弟兩人世——』話未說完，商彥眼疾手快地關了擴音，在蘇邈邈茫然的目光裡，伸手勾過手機，『……界。』最後一個字拋出來，薄屹聽見另一頭的背景音明顯少了大半，不由為扳回一城而得意不已：『幹麼關擴音啊彥爹，做賊心虛？』

商彥哼出一聲薄笑：「你少帶壞我徒弟。」

薄屹無奈：『……被你看上的人，還能有我帶壞的餘地？』

商彥輕瞇起眼：「我可以，你不行。」

『……』薄屹氣結，『好好好，你就繼續當禽獸吧。我剛剛可聽見了，你徒弟的聲音一聽就是未成年。』

「她本來就沒成年。」商彥說著，偏開電話，問蘇邈邈，「妳幾月生日？」

蘇邈邈愣了一下，還是誠實回答：「七月。」

商彥算了算，遺憾地轉回去：「嗯，還有一年零八個月。」

薄屹一抖：『……為什麼你的語氣聽起來有點迫不及待？』

商彥嘴角一勾，毫無誠意：「你聽錯了。」

『那你問人家還有多久成年？你想幹麼？』

商彥咬著薄唇內側，迸出一聲壞壞的低笑。他眼簾一掀，黑瞳定焦在茫然出神的女孩身上，停了兩秒，他垂下眼瞼，聲線壓得又低啞又撩人。

「唔……生、吞、活、剝？」

『……』薄屹咋舌，『你他媽是怎麼把這麼恐怖的詞說得這麼色情？』

商彥啞然失笑，他伸手扶著額頭遮住眼，壓抑不住地笑起來。

站在床旁邊的蘇邈邈只能聽見商彥說的話，完全聽不懂其中玄機，只是看著壞笑的商彥，更加茫然。

『……想想那麼天真無邪的女孩，天天跟在你這個披著人皮的禽獸身邊，還一無所知地喊你師父……』薄屹痛心疾首，『你怎麼忍心對人家下手？』

商彥笑嘆：「你以為我現在面對的問題，是忍不忍心？」

『不然呢？』

「是忍不忍得住。」

『……』薄屹切齒，『你再這樣我要報警了！』

商彥暫時嘗夠了當禽獸的樂趣，笑著壓下眼底情緒，神色重歸散漫，倚進床頭，聲調也變得慵懶：「說吧，你打電話來，總不會是為了聽我徒弟的聲音。」

薄屹也微微正色：『我聽說你受傷了。』

商彥笑意一頓，片刻後，他眼瞳微微瞇起，目光側落到手裡的行動電話上。

聽出呼吸聲變化，薄屹嘆了口氣：『放心吧，商家不至於監聽你小徒弟的手機，她的身分我還替你瞞著你姐和商家呢，夠義氣了吧？嫻嫻要是知道了，不扒我一層皮才怪。』

商彥質疑，「那你怎麼知道我受傷的事？」問完心念一轉，他便猜到了答案，清雋冷白的俊臉上笑意一淡，微皺起眉，「學校通知商嫻了？」

『不然呢？你受傷這麼大的事，你們學校還敢瞞著商家的人？』

「……」商彥眸色陰沉下來。

『不過你放心，嫻嫻最近在忙一個大專案，這幾天應該是沒空去煩你。』

「『這幾天』？」

『不然你還指望她能一直當這件事沒發生？嫻嫻可不是你大哥那種個性，她能忍過這幾天已經不錯了……你做好準備吧。』

「？」商彥不解。

薄屹嘆了口氣，挑明道：『把你家小徒弟藏一藏。』

商彥沒說話，唇角一扯，輕嗤一聲，嘲弄又輕蔑，眼神裡還帶著點冷意。

薄屹拍了拍腦袋：『哦對，差點忘了一件事，你把聲音開小一點，別讓你徒弟聽見。』

「嗯。」

『你前幾天不是要我查一下她的家庭背景什麼的嗎？』

「……」

『我發現你這小徒弟的來歷很有意思。』

「？」商彥皺眉，「什麼意思？」

薄屹直言：『查不到，至少短時間內很難，有人隱藏她的身分。確實跟你說的文家有關，但文家只是小意思。』

商彥輕挑一下眉。

『簡單來說，』薄屹笑，意味深長，『你這個小徒弟，好像也不是一般人啊。』

「……別廢話，」商彥垂眼，「我一定要知道，也等得起。」

『好，我只是先通知你一聲，別太急。』

電話掛斷，歸還手機，商彥垂下眼，收起手機的女孩好奇地問：「你剛剛問完我生日，說還有一年零八個月，是什麼意思？」

正在思索薄屹電話裡透露的訊息，商彥想也沒想：「距離妳成年的時間。」

蘇邈邈愣了一下，而商彥也意識到說溜嘴，暗惱了幾秒，抬頭望見女孩無害的模樣，又不禁失笑。

蘇邈邈更不解了：「算成年時間，做什麼？」

「唔……」商彥不懷好意地笑，「成年，就能做很多事了。」

蘇邈邈直到離開醫院，仍搞不懂商彥那段話的意思，因為她還不及細問，便被人打斷了——之前為商彥看診的年輕醫師離開一趟後，又回到急診室，對兩人的態度變得殷勤起來。最後確定商彥的傷勢不需要住院，他還十分熱情地把兩人送出急診室，並主動說明了離開的路線。

蘇邈邈一頭霧水地跟在商彥身後，走出醫院，此時已接近下午兩點，而兩人一路從秸渠山顛簸回來，別說午餐了，水也沒喝。

商彥想了想，側身看向身後的女孩：「不餓嗎？」

蘇邈邈被叫回神，誠實地回答：「餓過頭了。」

「那帶妳去吃飯。」

「……去哪裡？」

商彥沒有回答，伸手招了一輛計程車，他單手拉開後車門：「上車。」

「……」女孩露出明顯的遲疑。

商彥嘴角一勾：「妳是怕我把妳拐走賣掉？」

「不是……」

「放心，」商彥單手撐著門，笑著趴在門邊，壓低的聲音鑽到女孩耳裡，「要是把妳拐到手，我肯定捨不得賣……自己留著吃掉多好。」

最後一句聲音很輕，蘇邈邈沒聽清楚，但她仍能從前半句感受到這人為師不尊，又想逗她的意圖。

女孩氣得臉頰不自覺鼓了一下，一彎身鑽進車裡，不理商彥。

商彥笑笑，跟著俯身進到車內，關上車門，嫻熟地報了一個地址。

自從來到C城，蘇邈邈極少踏出療養院，所以她對於C城並不熟悉，反倒是計程車司機聽到地址後愣了一下，意外地從後照鏡看了看商彥兩人。

那裡是C城最昂貴的地段，說是寸土寸金也不為過，既然是住在那裡的人，怎麼還會坐計程車？

帶著這樣的疑惑，司機一腳踩下油門，車開上路。大約半個小時後，車開到別墅區外，被攔了下來。警衛室有人跑出來，顯然帶著與計程車司機相同的疑惑，但他還是畢恭畢敬，俯身到車窗旁。

後車窗落下，商彥朝對方微微頷首。

那保全愣了一下：「商少爺？您怎麼……」

商彥臉上笑意很淡，沒有要開口的意思。保全見狀識趣地嚥下後面的話，回頭朝警衛室裡的同事示意，金屬閘門緩緩向兩側打開，計程車驅車入內。

這片完全對外封閉的別墅區，顯然保留了建設之初的地形特徵，門內順滑平整的柏油路一塵不染，路邊的花草樹木沿地勢或起或伏，窗外悠然靜謐。

區內鮮有人跡。

事實上，一路駛來，望著窗外的蘇邈邈發現，這片別墅區不同於文家所在的地方——不像是住宅區，更像是在一片寬闊的自然公園裡，零星坐落著三兩棟別墅，彼此之間相隔甚遠，互不干擾。

生活在這裡，感覺一定很像世外桃源……

「確實有些像。」身旁那人突然開口。

「……」蘇邈邈愣了一下，隨後才發現自己似乎下意識地把心裡的話說出來了。

她轉頭望過去，對上商彥不知看了她多久的目光。

「妳喜歡這裡？」商彥問。

蘇邈邈想了想：「環境很好，但是好像太安靜了……」

安靜得讓人覺得陽光醺暖下，空氣都有些莫名發涼。

商彥遺憾地收回沒能順勢出口的話，他目光一抬，對計程車司機說：「前面右轉。」

「……哎。」司機心裡惶恐地回應。他比蘇邈邈清楚，住在這片「公園」裡的，都是跺個腳就能震動C城的大人物。

後座的人雖然是學生模樣，但聽剛才保全的稱呼，顯然大有來頭，不知道是哪個家裡的少爺……這麼一想，司機握著方向盤的手收緊了許多。

區裡的岔路顯然每一條都是那些獨門獨棟的別墅專用的。沿著商彥指示的這一條，計程車很快開到盡頭，一幢造型頗具現代風格設計感的別墅出現在視野內。別墅前，一位衣著樸素大方的女士站在路邊。

商彥付過車費，拉開車門，帶著身後的蘇邈邈下了車。計程車駛離，兩人穿過僻靜乾淨的路面，走到別墅前。

站在路邊的女士顯然有些驚訝，目光透著意外望著蘇邈邈。商彥一邊走，一邊為蘇邈邈介紹：「這是家裡請來照顧我的阿姨，年近五十。她姓陳，我叫她陳姨，妳跟著我叫就好。」

「……」蘇邈邈輕點了點頭。

兩人走到陳婉芳面前，「陳姨，」商彥示意了一下蘇邈邈，「這是我班上的同學，蘇邈邈。」

陳婉芳回過神，感慨地點頭：「真是個漂亮的女孩呀。」

女人說話似乎帶點外地口音，聽起來別有味道，蘇邈邈乖巧地朝對方微微彎身：「陳姨好。」

「不用這麼客氣。」陳婉芳笑了笑，隨即轉向商彥，疑惑地問，「方才大門保全撥內線過來，我還以為他看錯了。不是說秋遊要一天一夜嗎，怎麼今天就回來了？」

提及這個，旁邊女孩豔麗的小臉似乎暗了一下。商彥瞥見，伸出手揉了一下女孩的長髮：「進去再說吧。」

陳婉芳見到商彥的動作，眼裡掠過一抹驚色，但她很快壓下情緒，回應商彥一聲「嗯」，便轉身去開別墅的正門。

「你不要摸我的頭了。」身後傳來女孩的聲音。

「為什麼？」

「……」

「不說原因，我就當沒聽見。」

「……他們說會長不高。」憋了半天，女孩委屈地說道。

男生失笑：「他們騙妳。」

「你又摸！」

「師父把長高的運氣分妳一點。」

聽著商彥和女孩打鬧的聲音，陳婉芳背對著他們，臉上神情控制不住地驚訝，同時也帶著些猶豫和遲疑。

解除密碼鎖，她推開別墅正門，轉身招呼兩人進屋。

別墅內溫度調節在最適宜的攝氏二十六度，商彥單手脫下披在肩上的外套，剪開的黑色毛衣和其下的白色繃帶便露了出來。

剛回過身想說話的陳婉芳嚇得一愣：「這是怎麼了？」

蘇邈邈想開口說話，卻被商彥搶先，「沒什麼，」他笑，「被烤肉架燙了一下而已。」

陳婉芳臉色不太好看：「都包成這樣了，怎麼可能是簡單燙了一下？你還說什麼『而已』。」

她不放心地想上前查看：「傷勢處理得怎麼樣？要不要叫醫生來幫你看看？」

「今天不用，等明天換藥吧。」商彥話題一轉，「陳姨，我們今天午餐跟著那烤肉架一起泡湯了，您看……？」

聽到兩人還沒吃午餐，陳婉芳無奈：「怎麼不先打電話，我也好提前幫你們準備？」話才說完，她忽然意識到原因，嗔怨地瞪了商彥一眼：「你看你，自己不辨手機，還拖累女孩陪你挨餓。你們等一下，我這就去做飯。」

臨走前，陳婉芳又擔心地看了一眼商彥的手臂，才走向廚房。

客廳裡只剩下商彥和蘇邈邈兩人，蘇邈邈的目光在別墅一樓轉了一圈，沒見到其他人或是聽到任何聲音，她好奇地看向商彥：「伯父伯母沒有回來嗎？」

「……」商彥目光一閃，片刻後，他嘴角輕勾，「我和他們不住在一起。」

蘇邈邈一愣，男生雖然在笑，但那雙黑漆漆的眼眸裡卻看不出半點笑意，女孩心裡掠過些猜測，卻沒有再往下問。

停了兩秒，商彥不知道想到什麼，又低笑一聲：「所以，以後妳隨時可以來。」這一次，那雙黑眸裡實實在在地浸上笑意。

「……？」蘇邈邈不解這個「所以」的因果關係在哪裡？

兩人簡單地吃完遲來的「午餐」，商彥帶著蘇邈邈上樓參觀房間。剛進入書房，房間裡的座機便響了起來。

「等我一下。」商彥走過去，看了一眼來電顯示，似乎有些意外，他向蘇邈邈招了招手，然後才按下擴音。

吳泓博焦急的聲音從座機的話筒裡傳出：『喂喂喂？彥爹嗎？』

商彥看見那顆好奇的小腦袋湊到自己眼睛底下，不由恍神。

他垂下眼，「嗯」了一聲，有點漫不經心地問：「怎麼了？」

『彥爹，我聽說你被烤肉架砸了！真的假的？』

旁邊傳來一聲提醒，聽聲音似乎是欒文澤：『如果是假的，彥哥現在應該在秋遊的山上，不會接你電話。』

『是哦……』吳泓博明顯在電話那一頭愣了好幾秒，隨後扯著喉嚨喊起來，『這麼說是真的燙傷了？臥槽，彥爹你沒事吧？你可是我們全組的希望，你那手更是寶貝，得供起來！可不能被一場秋遊毀了啊！』

商彥被吳泓博吵得頭痛，嫌棄地「嘖」了一聲，吳泓博聞聲，哭嚎戛然而止，瞬間收住。

蘇邈邈在旁邊聽得驚奇不已。

商彥伸手叩了叩桌面，有點不耐煩：「誰告訴你的？」

既然吳泓博知道了，那多半全校都知道了。

『彥爹，學校裡都傳開了，說你英雄救美，捨身救小徒弟，還說那烤肉架裡紅彤彤的火炭直接砸你身上，還說——』

商彥終於聽不下去，他嗤笑一聲：「還說什麼？我重傷不治，撒手人寰？」

『……』吳泓博有點嚇到，這話他可不敢接。

旁邊蘇邈邈終於忍不住，輕聲笑了起來。聽到動靜，吳泓博聲音興奮地提高：『哎？哎吱？我是不是聽見我們小蘇的聲音了——你們聽見沒，不是我的錯覺吧？』

『不是。』

『嗯，我也聽見了。』

『原來小蘇跟彥哥在一起，那我們就放心——』

吳泓博傻笑的聲音突然停住，像是隻被人驟然掐住脖子的鴨子。幾秒後，電話另一頭的氣息驀地變得驚恐：『等等，彥爹，你不是在家裡接電話嗎？你要對我們小蘇做什麼啊！』

吳泓博一口一個「我們小蘇」，終於踩到商彥的高壓線，他眸色沉了沉，安靜片刻後，他突然抬起右手，在自己手背上親了一下，細微的水聲引人遐思。

電話那頭集體愣住，而商彥輕舔上顎，低笑。

「你們猜是什麼，就是什麼吧。」

電腦組瞬間瘋了半組，吳泓博帶頭，嗷嗷地掛了電話，翹掉自習和培訓課就往校門外衝。

學校警衛對電腦組的學生特別寬容，也清楚他們和普通學生的學習方向不同，所以睜一隻眼閉一隻眼地把幾人放出去。

上學期因為學校臨時借調科技大樓，電腦組有一段時間，每逢週末都到商彥家裡上培訓課，故而幾人對於商彥家是熟門熟路，連大門外的保全都對他們幾個有印象，揮了揮手就把今天的第二輛計程車放進去了。

警衛室裡的保全拿起水杯喝口水，與同事開玩笑：「來這裡這麼久了，還是第一次見到這麼親民的『貴人』。」

「真的。」那同事也頗為疑惑，「這商少爺是哪家的，我印象裡C城沒有這個大家？」

「嘿，」喝水的保全放下水杯，笑道，「C城是一個小池塘，還是淺水池，游得了鯉魚游不了龍，人家可不是我們這個小地方出身。」

「……背景這麼厲害？」

「好啦，別打聽了，具體我也不知道，以後見到那位小少爺，你心裡有數就好。」

別墅裡，陳婉芳收到警衛室的內線電話通知，將這個消息告訴商彥。

商彥聞言，嗤笑一聲，語氣輕蔑：「真是沉不住氣。」

旁邊的蘇邈邈偷偷瞪了他一眼，如果不是這人先沉不住氣，吳泓博他們怎麼可能會跑來。

商彥目光一轉，落到蘇邈邈身上，盯了兩秒，他輕瞇起眼：「妳是不是在心裡罵我？」

「……！」蘇邈邈眼睛睜大了一圈。

商彥莞爾，好氣又好笑地伸手揉亂女孩柔軟的長髮：「騙人都不會。」

蘇邈邈想躲卻躲不掉，又被揉了腦袋，不由得氣悶：「師父最會騙人……」

商彥眼神一閃，想到她是指自己在書房裡開的那個玩笑，愉悅地低笑一聲，趁著陳婉芳去接吳泓博等人，他向前傾身，從後面壓到女孩耳邊：「想學嗎？師父可以慢慢教妳。」

後半句每個字他都咬得低沉又撩人，蘇邈邈耳廓微微發燙，心裡泛起一些無力的惱意，那種想咬他一口或者踢他一腳的衝動又湧上來，只不過考慮到這人手臂上的傷，蘇邈邈才勉力壓下去。

惹不起但躲得起，蘇邈邈乾脆躲過商彥，閃到旁邊去了。

不多時，吳泓博幾人跟在陳婉芳身後走了進來，幾個人都靜悄悄的，完全沒有電話裡吵吵嚷嚷的樣子，看起來更像幾隻安安靜靜的小雞。

見商彥和蘇邈邈之間隔了一公尺遠，吳泓博長長鬆了口氣：「看來彥爹還是有點良知的，沒有對我們小蘇做什麼。」

旁邊欒文澤遲疑了一下：「看起來更像是已經做了什麼，小蘇在躲彥哥呢。」

「……？」

在吳泓博控訴的目光下，幾人進到書房裡，之前電腦組來上課，也是以這裡當根據地。

「我去幫你們準備點果汁。」陳婉芳說完，關上書房門，就下樓了。

吳泓博立刻帶頭，把控訴由目光轉為實際的話語：「彥爹，剛剛在電話裡，你到底對我們小蘇做什麼了？」

商彥輕嗤一聲，懶洋洋地笑：「你猜呢？」

「……」吳泓博不上當，「我不猜！」

蘇邈邈聽不下去，偷偷瞪了商彥一眼，才撇開臉低聲說：「他親了自己的手背一下。」

電腦組眾人一懵，死寂片刻。

吳泓博愕然：「厲害，還是彥爹你厲害。」

其他人無比贊同地點頭，將飽含控訴和指責的目光射向商彥。

商彥視若無睹，單腿支地，側坐在書房裡的實木桌桌沿，手裡把玩著沉甸甸的金屬魔術方塊，嘴角似有若無地勾起，清雋冷白的側顏上，露出無所謂的笑容。

吳泓博長長鬆了口氣，苦口婆心地「勸誡」道：「彥爹，俗話說得好，兔子不吃窩邊草，更何況小蘇還是你徒弟，而且彥爹，你都禍害全校女生了，還是把這顆純淨的獨苗留在我們電腦組吧！」

商彥冷淡地瞥了他一眼，似笑非笑：「你是來給我上課的？」

「……」從這一眼裡感覺到生命威脅，吳泓博停頓三秒，俐落地搖頭，同時舉起懷裡抱著的筆記型電腦，表情瞬間轉為滿滿的誠懇，「我們是來求上課的。」

十二月初將舉辦一場含金量很高的電腦賽的省級預選賽，電腦組全體——除去商彥——從十月底，就摩拳擦掌地著手準備了。

商彥自然清楚他們來這裡的目的，他稍作思索，便從實木書桌上起身，走到蘇邈邈身旁：「下午我幫他們培訓，妳去書房另一邊自習？」

蘇邈邈之前就注意到幾人帶著電腦，聞言眼巴巴地看向商彥：「我能留下來聽嗎？」

對上那無辜又惹人憐愛的眼神，任何人都沒辦法拒絕，然而商彥不吃這套：「不能。」

蘇邈邈不解。

商彥垂眼一笑：「他們要準備的比賽，更側重於多種程式設計語言的實現以及演算法優化，而妳還沒有到那個程度，除了C和C++以外，Java、Kotlin和Python妳都一竅不通，留下來也是無用。」

蘇邈邈失望地低下頭。

商彥又說：「最重要的是，距離期中考還有一週，妳不是說要追上我嗎？」

「……」蘇邈邈沉默幾秒，點頭，「但我沒有帶書。」

商彥帶她進到書房內側的房間：「高一到高三的所有教科書和講義都在左手邊的立櫃裡，已經分門別類標識好了，妳自己拿。」

書房裡有一片很大的落地窗，窗外似乎是花園，漂亮而細碎的花開在枝頭上，粉色、紅色、淡紫色，或深或淺，斑駁得讓人眼花撩亂。

蘇邈邈不由得停下腳步，看著窗外無意識地驚嘆一聲：「真漂亮……」

商彥無奈：「好好念書？」

蘇邈邈收回目光，乖乖點頭，走到房間正中央的白色簡歐式書桌後面。

商彥斜倚在門邊看她，提醒道：「我會進來檢查。」

蘇邈邈呆了一下：「……會嗎？」

商彥輕瞇起眼，眸裡漆黑：「會。」

「哦。」蘇邈邈遺憾地低下頭，只差沒在額頭寫上「我本來想偷偷看花的」。

商彥氣笑了，他走到站在桌旁的女孩身邊，一俯身，兩手撐在她身體兩側，將她困在書桌和自己的胸膛之間。

商彥低下頭，蘇邈邈嚇得一愣，不安地瞥開視線，看向敞開的房門。

吳泓博等人認真討論演算法的聲音隱隱約約傳來，商彥眼瞳緊縮，停了幾秒，低頭在女孩鬢角輕吹了口氣。

「……！」仍盯著房門的蘇邈邈身體驀地僵住，過了好幾秒，才睜大眼睛不可置信地轉回頭，「你……」

收到令他滿意的效果，商彥無聲地笑了，他眼簾半垂，笑意放鬆，漆黑的眸子裡卻像是藏著危險的微光。

「如果被我逮到妳沒有認真自習，會怎麼樣？」

「……」蘇邈邈小心地吞了口口水，大腦一片空白，被吹過的耳垂後知後覺地泛起酥麻的灼熱。

她慢吞吞地搖了搖頭，商彥慢條斯理地抬起右手，在女孩額頭上輕點一下：「相信我……妳不會想知道。」

他收回手，重新站直轉身，目光瞥向旁邊的立櫃：「好好念書。」

「知、知道了。」蘇邈邈從剛才的「驚嚇」裡回神，連忙站直身體——她剛才快被商彥壓到書桌上去了。

商彥離開房間，神色平靜地將門帶上。最後一條縫隙閉合後，男生的手沒有離開淡金色的門柄，他停了一下，慢慢放鬆緊繃的肩背，將額頭抵在門上。

商彥悶悶地低笑一聲，有些無可奈何。

差一點……差一點就忍不住了。

果然，有些危險距離最好不要輕易嘗試——尤其是，某些人的道德底線幾乎快要消失。

不久後陳婉芳進到書房內側的房間，為蘇邈邈送上水果切盤。

房間外「熱鬧」非凡，但由於隔音效果太好，所以陳婉芳推門進來的時候，認認真真坐在桌前自習的女孩，反而被門外突然放大的聲音嚇了一跳。

她茫然地抬頭，看見陳婉芳走過來，將手裡的托盤放到書桌角落，托盤上除了水果切盤，還有一杯溫熱的牛奶。

「……謝謝陳姨。」

蘇邈邈驚訝地看了一眼房門，對於門外傳進來的動靜有些不安。

陳婉芳笑了一下：「別客氣。小少爺不說，我還不知道，原來他每天早上的熱牛奶，就是為妳準備的。」

提到這個，蘇邈邈有些不好意思，她點了點頭，才從袖子裡探出指尖，慢吞吞地把牛奶杯子勾過來。她兩手合攏，將杯子捧進掌心，溫熱的觸感直沁心底。

蘇邈邈眼角垂下，旁邊的陳婉芳看得感慨——這麼漂亮乖巧的女孩，真是討人喜歡。

「這個是小少爺特別要我為妳準備的。」

蘇邈邈實在不好意思再談這個，索性隨著心思指了指外面：「他們經常來這裡嗎？」

「也不算經常，上學期比較常來，」陳婉芳想了想，「但前後加起來也有十幾次了。」

蘇邈邈點頭。

「不過，妳是小少爺第一個帶回來的女孩。」陳婉芳笑著低頭看蘇邈邈。

蘇邈邈臉頰微熱，不知道為什麼，總覺得陳婉芳的目光帶著點玩味。

房間安靜下來，更襯得門外的音量又高了幾個分貝。

蘇邈邈不安地看過去：「那他們每次都這樣嗎？」

提到這個，陳婉芳有點無奈：「不至於每次都是這樣，但也司空見慣了。我第一次還真被他們嚇一跳，總怕他們打起來呢。後來習慣了，就沒什麼了。」

蘇邈邈聽得一愣，這種爭吵竟然也能習慣？

陳婉芳注意到她的神情變化，不由得笑了：「他們都是各吵各的，彼此之間互不影響，吵完之後立刻又勾肩搭背了。」

陳婉芳說著，朝蘇邈邈溫和地道：「走，我帶妳去看看。」

蘇邈邈遲疑了一下，但還是按捺不住心底的好奇，跟著陳婉芳輕手輕腳地往外走。

此刻時間已經不早，落地窗厚重的窗簾拉上，將戶外的光線遮擋得幾乎一絲不透，書房裡更顯得暗淡無光。整個空間裡只有投影機開著，閃著一點微弱的暗芒。

不遠處吳泓博和欒文澤因為一個演算法優化的問題爭執起來，蘇邈邈見慣了平時文靜少言的欒文澤，連大聲說話都少見，她還是第一次看見他跟別人爭得有些面紅耳赤。

而另一邊，黑底白字的程式列，被投影機密密麻麻地拓在牆上。商彥斜坐在實木書桌上，單腿撐地，右手按在書桌的筆記本上，隨意地寫著。同時他的左手拿著鐳射筆，隨著紅色光點在投影的牆壁上移動，語氣嚴肅地跟旁邊兩個男生分析著什麼。

暗淡的光線下，坐在書桌上的男生側顏剪影顯得越發立體，鼻梁高挺，眼睫半垂，薄唇微抿，輪廓凌厲而漂亮，加之意態從容，聲音沉穩有力，措詞清晰，邏輯表達快速且流暢……在在透著一種張揚又讓人移不開目光的吸引力。

蘇邈邈看得有點出神。

「怎麼樣，認真起來，是不是更有魅力？」陳婉芳含笑問道。

「嗯……啊？」蘇邈邈慢半拍地反應過來，陳婉芳話裡隱約的暗示，讓她有些不自在。

「陳姨妳別……別誤會……商彥是我的師父，我也是電腦組的……」

蘇邈邈越說越心虛，聲音也不自覺變小，心底彷彿有個聲音悄悄反駁：不是的，妳騙人，才不是那樣。

蘇邈邈被心底的聲音嚇壞了。

陳婉芳聽出她越說越小聲，笑著逗她：「我是說他們，又沒有特別指哪一個人。」

「……」蘇邈邈愕然，這商家的人，都擅長挖坑給人跳嗎？

蘇邈邈按捺住情緒，小聲說：「陳姨，我回去自習了……」說完，她朝陳婉芳點了點頭，便跑回內側的房間，頗有些落荒而逃的樣子。

陳婉芳笑著搖了搖頭。

下午的培訓課結束，吳泓博幾人走出別墅，外面天色已經全黑，陳婉芳提前叫司機等在別墅外。

上了車，吳泓博還戀戀不捨地往車窗外探頭：「彥爹，我們小蘇呢，她怎麼不走？她家住那麼遠，回去的路上一定很無聊吧，不如我們送她回家？」

剛結束幾個小時的授課，商彥此時比誰都憊懶，聞言他懶洋洋地抬了一下眼皮，似笑非笑地瞥了車窗一眼：「關你屁事。」

「……」吳泓博不死心，「彥爹！天都黑了！你快放我們小蘇回家吧，再不回家就太晚了唔唔唔……」

話還沒說完，車裡伸出隻手，摀住吳泓博的嘴巴，把人拖回去。欒文澤神色淡定地升起車窗，同時跟商彥揮手告別：「彥哥，再見。陳姨，今天打擾您了，改天見。」

「……」商彥滿意地點了點頭。

車窗關上，司機驅車上路，一直等到開出去幾十公尺，欒文澤才鬆開手。

吳泓博委屈地說：「老欒，你這是私報公仇啊！」

結束培訓課，欒文澤像是封印了火爆脾氣，好好先生似的嘆了一聲：「我是要救你。」

吳泓博不解：「最需要救的明明是小蘇，都深陷魔爪了！」

旁邊有個男生忍不住笑出聲：「你要是再多說兩句，我看彥哥那眼神，搞不好當場把你剁了當花園肥料。」

「……」吳泓博後知後覺地抖了一下，「這麼恐怖？」

「嗯，非常恐怖。」副駕駛座上的男生也笑著附議。

「……這麼說我是撿回一條命啊？可我們小蘇怎麼辦，落在彥爹那禽獸——啊不，司機叔叔你什麼都沒聽見……」吳泓博壓低了聲音，「落在彥爹手裡，小蘇怎麼辦？」

司機被他逗笑了，沒搭話。

欒文澤也笑：「彥哥的個性你又不是不知道，當初在舒黴的生日party上，被逼到那個地步，他都什麼也沒做，你還不相信他的為人？」

吳泓博想了想，將信將疑：「這麼說也是，不過我總覺得……」

「覺得什麼？」

吳泓博轉回頭，靠著椅背碎念：「我總覺得彥爹最近變化有點大，不太安心……他不會不放小蘇回家吧？」

「你想太多了！」旁邊的男生笑著捶他。

「但願是吧……」

與此同時，別墅裡，商彥看著收拾桌面書本的女孩，輕輕挑眉：「真的要回去？」

蘇邈邈鄭重地點頭：「當然要回去。」

「之前不是告訴他們秋遊是一天一夜嗎？」

「可是我明明已經回來……」蘇邈邈抬頭看向商彥，表情有點認真，「說謊不好，以後圓起來很累。」

見女孩一臉認真地傳授他人生哲理，商彥莞爾，側開視線：「嘖，真遺憾。」

「遺憾什麼？」

商彥輕舔了一下牙齒，低聲笑：「我想終於帶小徒弟回家，可以有人為我暖被窩了。」

「……」蘇邈邈氣鼓鼓地瞪了他一眼，收拾完東西，接著拿起手機。

通訊錄裡存了文程洲的電話，蘇邈邈撥過去，幾秒後，她茫然地看著被掛斷的電話。

「關……關機了？」過於驚訝，女孩表情都有點呆了。

商彥聞言，側回眸。書桌後的女孩不死心地又撥了一遍，還是關機。

蘇邈邈：「……」

商彥愉悅地笑了一聲：「小孩，今晚記得來幫師父暖被窩。」

第十章　咬痕

蘇邈邈最後還是留宿在商彥家中。

晚餐前，陳婉芳為女孩整理出一間客房，免得商彥再繼續逗她。而商彥也確實沒有再與蘇邈邈開玩笑。

吃完晚餐，休息了半個小時左右，蘇邈邈便被商彥抓進書房。物理、化學、生物三科的教科書和講義，堆了厚厚的兩疊，擺在白色書桌上。

蘇邈邈一進門，就被這兩疊書嚇到了。

察覺女孩明顯遲疑的腳步，商彥伸手把門帶上。

「……」蘇邈邈自覺上了賊船。

商彥繞過她，走到桌前，拍了拍兩疊教科書和講義：「明天中午班上才會從秸渠山下來，下午正式上課。在這之前，我陪妳把前半學期，物化生三科的重點梳理一遍。」

「……」蘇邈邈有點腿軟。

可惜商彥沒有給她拒絕的機會，單手拉開書桌後的椅子。

蘇邈邈站在原地停滯幾秒，才生無可戀地走過去。輕鬆了一天，蘇邈邈沒想到地獄模式會在臨近深夜的此刻，毫無徵兆地展開。

所幸商彥對課本和課程了解非常透澈，講起重點也是深入淺出，融會貫通。雖然一整晚聽得蘇邈邈有點頭大，但確實比她自學或是聽老師講課效率更高。

不知過了多久，有人叩響房門，下一秒陳婉芳走進房間，將切好的水果盤放到兩人旁邊。看見陳婉芳，蘇邈邈就像看見了希望女神：「謝謝陳姨。」女孩說著就要起身。

「坐下，做完練習題。」旁邊椅子上，商彥盯著自己手裡的書，眼也不抬地開口。

「……」蘇邈邈無從反駁，可憐兮兮地看了一眼陳婉芳，低頭坐了回去。

陳婉芳在旁邊笑意溫和地說：「書讀久了也要休息一下啊。」

「……」商彥把手裡的書蓋到桌上，垂眼看向身旁坐著的女孩，「離期中考還有一週，考完再『休息』怎麼樣？」

這次，不等蘇邈邈開口，陳婉芳突然問：「今晚你們會讀得很晚嗎？」

商彥瞥一眼時間，微微皺眉，「會有一點晚，」他轉過去，「陳姨，妳先休息吧。」

陳婉芳想了想，朝商彥招了招手：「小少爺，你來一下，我有東西給你。」

商彥起身，跟著陳婉芳離開房間，沒多久他回來了，手裡多了一本非常厚重的書。

蘇邈邈以為又是教材，生無可戀地看向書名，而後她愣了愣，書名非常長，但她知道這本書，重點在最後兩個字：《刑法》。

等蘇邈邈反應過來，商彥已將這本厚重且刺眼的書放到書桌左上角。

蘇邈邈疑惑道：「這個是……哪來的？」

商彥回答：「原本就在書房裡，陳姨剛剛拿給我。」

蘇邈邈愣了兩秒，小心翼翼地問：「三中的期中考試，應該不考這個吧？」

商彥坐回椅子上，垂下眼，似笑非笑：「這個不是考試和學習用的。」

蘇邈邈：「那是做什麼用的？」

商彥：「自我監督和提醒。」

蘇邈邈：「監督和提醒……什麼？」

沉默兩秒，商彥右手撐著額頭，垂眼低笑一聲：「提醒我不要遊走在法律邊緣。」

蘇邈邈：「……？」

在《刑法》的光輝籠罩下，蘇邈邈毫無波瀾地在商彥家度過一夜。

第二天，一班秋遊結束，學生們紛紛歸校，為即將到來的期中考試做準備，而科技大樓的培訓組辦公室，也難得關門整整一週。

一週之後，期中考試結束。學生們度過整學期最煎熬的一個週末，忐忑不安地迎來週一。

週一，一般來說，是老師們熬夜奮鬥兩天後，公布各科成績和年級排行榜的日子。

升旗儀式結束，所有學生返回教室，班上氣氛果然相當緊繃，明明距離第一節課還有十多分鐘，全體學生卻不自覺陷入前所未有的安靜狀態。

連不怎麼注重成績的學生，此時都不好意思貿然開口，打破緊張的氣氛。

高二一班，每週一的第一節課，恰好就是班導李師傑的化學課。換句話說，如果週末老師們已經批完試卷、統計完成績，那他們班將很榮幸地，在週一的第一節課，提前知道自己的期中考試到底是考好了還是考砸了。

在這樣的氣氛渲染下，蘇邈邈不由得緊張起來。她豎起耳朵，聽見後座的齊文悅和廖蘭馨低聲議論。

齊文悅：「廖廖，妳緊張嗎？」

廖蘭馨：「還好。」

齊文悅：「妳平常成績那麼好，一直是全班第一。妳覺得自己考得怎麼樣，尤其是物理和生物，這次出的題目也太變態了吧？」

廖蘭馨沉默兩秒：「哦，我考得滿好的。」

「……」齊文悅痛心疾首，「廖廖！這種時候你們好學生不是應該故作謙虛地說：『我覺得自己好像考砸了，哎呀怎麼辦……』之類的嗎？」

廖蘭馨語氣更加平靜：「這要看人。」

齊文悅不解。

廖蘭馨解釋：「如果是商彥問我，那我可能得要這樣說；但既然是妳問——」

齊文悅氣極：「夠了，住嘴，妳不要再說了，從此我們恩斷義絕！」

蘇邈邈聽到這裡，終於忍不住輕聲笑出來，之前那點緊張也煙消雲散。想起兩人的話，蘇邈邈側過頭看向商彥——男生難得沒有戴上降噪耳機，趴下來睡覺。

蘇邈邈好奇地問：「我聽吳泓博說，你們昨天練 Python 練到很晚，今天不補眠嗎？」

商彥眼神頓了一下：「緊張，睡不著。」

蘇邈邈驚奇地看著他：「你也會擔心成績？我以為你向來得心應手，不會在意……」

商彥側身，欲言又止地看了女孩一眼，兩人之間沉默幾秒，商彥沒好氣地說：「我緊張妳的成績。」

「……」蘇邈邈愣住。

不等她再開口，教室前門發出輕微響動，李師傑推門走了進來。

全班鴉雀無聲，悉數將目光投過去。李師傑手上抱著一疊試卷以及幾張摺起來的白紙。

李師傑站上講臺，看到全班學生像是被按下靜音鍵，集體消音，落針可聞，不由得笑了起來：「怎麼了，一個個像要上斷頭臺似的？」

學生們不出聲，目光落在他手上。

「哦，擔心成績是吧？」李師傑罕見地開起玩笑，顯然心情不錯，「這個時候才垂頭喪氣，會不會太晚了一點？試卷交都交了，改都改了，你們後悔沒好好用功也來不及了。」

班上某個學生熬不住緩慢的折磨，硬著脖子說：「老師我們知道錯了，您快發試卷公布成績，痛快給我們一刀吧！」

其他學生也紛紛附和。

「是啊老師。」

「我都兩天沒睡好了，您看我瘦了多少啊。」

「老師快發吧……」

「好，」享受完這票平常不服管教的學生一個個愁眉苦臉的表情，李師傑笑著放過他們，「小老師上來，把化學試卷發下去。」

李師傑說著把手裡的化學試卷往桌前一擺，隨即彎身打開面前的多媒體講臺，開啟電腦，趁系統準備的空檔，他直起身，說道：「這次期中考的題目比較難，尤其是數學、物理和生物。大家即使分數不如預期，也不要心慌，檢討不足的地方，我們慢慢進步。」

說話間，投影機的布幕上顯示出電腦桌面。李師傑彎下身，從自己的郵件信箱下載高二一班的期中考試成績，放到桌面上。

全班屏息以待，李師傑按兩下點開表格，名列前茅的學生名單率先出現在布幕上。

學生們自然從第一行開始看，然而在看清楚名字後，教室裡突然一陣譁然，所有人的目光不約而同地落向教室最前排。

站在講臺上的李師傑盯著名單上的第一個名字看了兩秒，無聲地嘆了口氣：「忘了告訴大家，我們班這次排進年級前五的一共有兩位同學——商彥年級第四，廖蘭馨年級第五，僅一分之差。你們兩個都很優秀，繼續努力。」

李師傑這麼一說，學生們才確定自己沒看錯，以往商彥雖然各科成績優異，但因為語文成績扯後腿，總分在班上大多是排名三到五之間，全年級排名也在十名以外，這還是第一次，商彥的名字位列第一。

眾人的目光不由得落向緊跟在他名字後面的各科成績。這一看，有人差點咬到舌頭：

「臥槽！物化生三科滿分！」

「……」李師傑不滿地瞪了那個男生一眼，轉回身，「商彥同學很值得表揚，卻也最需要檢討。物理化學生物三科滿分，學校正式考試已經十年沒遇過這樣的成績了，對於商彥同學來說，應該也是第一次。但是……」

李師傑嘆了口氣，看向商彥：「商彥，你跟語文老師是有什麼深仇大恨？」

商彥的語文成績那一欄，寫著一個鮮紅刺眼、代表不及格的「八十九」。

全班學生忍不住笑了起來。

「好了好了，都安靜——」李師傑無奈地打斷班上學生的笑聲，「還好意思笑？你們看看自己，商彥一科不及格，總分六百七十一，你們考了多少？我要是你們，都想找個地洞鑽，你們還笑得出來？」

話一出口，全班陷入寂靜，李師傑這才滿意地轉向商彥：「三科滿分，確實厲害。商彥，有空跟班上同學分享一下學習心得。」

商彥聞言，視線一抬，原本沒什麼波瀾的神色，突然笑了笑，「我的學習心得？」班上同學眼睛一亮，豎起耳朵，商彥揭曉，「不就坐在我旁邊嗎？」

蘇邈邈愣住，全班也愣愣地看向兩人。

商彥沒有解釋，皺著眉笑道：「老師，往下翻吧。」

李師傑往下滑了一頁，蘇邈邈的名字出現在布幕上。

商彥笑容一淡，目光掃過女孩的成績欄位，低頭記到自己的筆記本上。寫到最後，黑色中性筆順勢一圈，圈出最後兩欄——全班排名十七，年級排名一百六十五。

商彥思索兩秒，嘴角微勾：「進步不少，小孩。」

和商彥相反，蘇邈邈其他各科成績平平，唯獨語文一枝獨秀。統計下來，也是她拿到全班語文最高分。

公布完成績，李師傑開始上課，蘇邈邈好奇地低聲問商彥：「你剛剛……為什麼說我是你的學習心得？」

商彥垂眼看她，似笑非笑：「妳以為我天生會講課嗎？為了幫妳補習，物化生三科課本我不知道翻了多少遍，尤其生物，重點零碎又複雜，我能滿分，一大半是妳的功勞。」

「……」女孩沒來由地臉頰發燙，憋了憋氣，半晌後，她縮回座位，「哦。」

李師傑講解完化學的期中試卷，第一節下課鈴聲響起，他匆匆收拾講臺，突然想起一件事：「生物老師今天上午有事請假，第二節課改上語文，之後生物再補課。」

班上一陣嘈雜，學生們不約而同地將目光投向商彥。

商彥正在為蘇邈邈解析最後一道化學題，聞言筆尖一停，皺起眉頭。

果不其然，語文老師沒有辜負學生們的「期待」。課堂上，林正的目光時不時投向商彥，其中不乏恨鐵不成鋼的怒意。

終於忍到下課，林正闔上手裡的教材，步下講臺站到商彥桌旁，將語文試卷凶狠地拍到商彥面前——鮮紅的「八十九」分躺在試卷正中央，十分刺眼。

林正氣極反笑：「商彥，你真是厲害啊！數學一百四十四，英語一百三十六，物化生三科滿分，唯獨語文！你竟能考不及格，還只差一分！你說！你是不是對我有意見？」

林正抽了一口氣，戳著試卷，繼續罵道：「看看你的閱讀測驗，題目問你怎麼看待這段景物描寫在文中的作用，你回答的什麼？你竟然寫『沒看法』！你是不是存心要造反啊！」

林正暴跳如雷，而商彥低垂著眼，清雋的側顏看不出半點情緒，一言不發地坐在位子上。林正見狀更加氣急敗壞，他抖著手指著商彥：「好，好，你很行啊商彥，乾脆以後我的語文課，你都不要來上了！」

商彥昨晚為了培訓組的 Python 演算法熬到半夜，只睡了兩三個小時，煩躁得太陽穴突突直跳，現在又被林正大聲吼了兩分鐘，眼底的戾氣終於壓抑不住，竄了上來。

聽完林正最後一句話，商彥冷冷地嗤笑一聲。他右手一推桌子，站起身：「求之……」

「不得」兩字還來不及出口，他的左手突然被陌生的觸感挽住，女孩纖細的指尖有些涼，帶著不安的微慄握住他手掌前側。

商彥一愣，下意識地垂眸望去，蘇邈邈祈求地看了他一眼，瞳仁烏黑溼漉，朝他小幅度地搖頭。

商彥近乎本能地收緊五指，反握女孩的手。

蘇邈邈被他捏得發痛，卻裝作無事，她不安地看向怒氣沖沖的語文老師：「林老師，我之前沒有幫商彥輔導語文，是我的錯……我跟您保證，期末考一定會讓商彥的語文成績提高到全班平均分以上。」

「……」林正死死擰著眉頭，胸膛氣得不斷起伏。如果換個人說話，他理都不會理，然而蘇邈邈現在是他在一班的「得意門生」，從第一次見面就留下很深的印象。

這次期中考試，蘇邈邈的語文單科成績更是全年級排名第三，對著這樣一個漂亮聽話、成績又好的女孩，林正有火也發不出來。

他憋了口氣，沉聲問：「妳保證？」

蘇邈邈點頭：「嗯。」

「……好。」林正氣呼呼地瞪了商彥一眼，「看在蘇同學的面子上，我再給你最後一次機會。這學期期末考試，你要是再考這樣的成績，以後我的語文課你都別上了！」說完，林正帶著未消的餘怒，甩手走人。

林正一離開，蘇邈邈立刻鬆了口氣，同時用手輕輕按壓心口。林正剛才發怒的模樣頗為嚇人，再加上誇下海口的緊張感，讓她的心臟快從喉嚨裡跳出來了。

女孩虛脫似的倒向椅背，想收回手，卻發現自己的右手還握在男生手裡。

那人一張俊臉微繃，冷白清俊，面無表情。

蘇邈邈心裡微惱，仰起臉：「師父，你弄痛我了。」

「……」商彥回過神，有些遺憾地緩緩鬆開手，感受女孩指尖拂過掌心，留下的酥麻觸感，「誇下那樣的海口，如果做不到，妳打算怎麼辦？」

蘇邈邈停下手上的動作，認真思考兩秒，然後拿起桌上的筆記本，指著上面自己的成績看向商彥：「我能為師父進步，師父不能為我進步嗎？」

商彥愣住，不知過了幾秒，他眼簾一垂，驀地低聲笑起來。

蘇邈邈仍然望著他，執著地等待答案。

商彥被女孩的目光看得受不了，撇開臉，輕咳一聲：「……能。」

他能為她做的、準備要為她做的，又豈止這一點。

蘇邈邈臉上露出一點柔軟的笑意，她抱起自己收拾好的語文課本和筆記本，站起身：「那我們走吧。」

商彥疑惑地看著她。

蘇邈邈歪了一下頭，軟聲笑道：「圖書館，下節課自習，我幫你補語文。」

「……」一週前的自習課，兩人說過差不多的話，只不過接受輔導的人換成了商彥。

正所謂天道輪迴……

期中考過後，圖書館的自習區更是人跡罕至。商彥和蘇邈邈一起來到二樓，在空蕩蕩的自習區隨便找了個位置。兩人正準備坐下，蘇邈邈口袋裡的手機突然震動起來。

蘇邈邈將懷裡的課本和筆記本一起塞給商彥，低聲說：「你先看一下課文和我在旁邊寫的註記，我接完電話就回來。」說著女孩拿起手機快步走向長廊。

商彥頓了頓，有點不耐地瞥了眼課本上的《語文》兩個字，他單手撐著額頭，百無聊賴地拿起書，隨手「嘩啦啦」地翻過一遍。

翻著翻著，一張紙突然從書頁裡露出半個角。商彥動作一停，垂下手，不動聲色地抽出那張紙。上面的筆跡雋秀有力，密密麻麻地寫了一整張，全是關於扭傷的「注意事項」，末尾還簽了一個漂亮的名字。

「褚、銘。」商彥微瞇起眼，低沉緩慢地念了出來。

蘇邈邈一副愁眉不展的模樣回到自習區，小臉微皺，眉心緊蹙，走路都有些恍神，所以她也錯過了商彥望向她情緒十分複雜的目光。

「出了什麼事？」見女孩的神情，商彥強壓下心底那點躁戾，出聲詢問。

蘇邈邈晃了一下手機：「班導要我和你去多功能教室開會，討論這個月底週年校慶主持人評選的事情。」

商彥垂眸：「現在？」

蘇邈邈未察覺他話中掩藏的波濤洶湧，沮喪地點點頭，「不知道要開多久。」想了想，她看向商彥，「語文輔導不能再拖了，如果會議提前結束，我們就回來自習吧。」蘇邈邈低頭把課本和筆記疊起來，放到桌角，「這些就先放在這裡，應該不會丟……」

「……」商彥沉默幾秒，起身，嘴角輕扯，「好。」

他的目光從蘇邈邈身上緩緩掃過，女孩神情不由得一僵，過了兩秒，她回過神，不解地看向那道緩步向外走的修長背影。

……好奇怪，剛剛被他看了一眼，為什麼突然有種後背發涼的感覺？

想不透這個問題，蘇邈邈一頭霧水地跟了上去。

三中的多功能教室也充作三中的小禮堂，一個講臺外加四五百個座椅，由入口處向下呈階梯式分布。

蘇邈邈和商彥抵達多功能教室時，其他人也差不多到齊。這次的候選人是從高二、高三中篩選，雖然名義上是「每班男女各一個名額」，但實際上僅從每個年級的升學班挑人，故而候選人只有男女各二十人。

人數這麼少，居然還能遇上熟面孔。

「蘇邈邈。」清朗的男聲一響起，便吸引了在場近一半的目光。

蘇邈邈正低著頭，小心地順著坡度和緩的階梯向下走，聞聲下意識抬起頭。

高三學生裡，一個男生站起身，笑容陽光地走了過來。那人的笑容有些太燦爛，近乎刺眼，牙齒雪白。蘇邈邈呆了兩秒，心想——真是富有感染力的笑容。

等她回過神，那人已經站在她前面幾級臺階上。臺階坡度本就平緩，兩人身高差距不小，所以即便那人站在低處，看起來還是比蘇邈邈高了一點。

兩人目光平視，男生笑得更好看了：「我就猜妳也會來這裡。」

蘇邈邈遲疑幾秒，才輕聲問好：「褚學長好。」

褚銘笑著擺手，「不用這麼客氣，我沒比妳大多少，最多幾個月吧？」不等蘇邈邈接話，褚銘話鋒一轉，目光落向她的腳踝，「腿怎麼樣，已經痊癒了嗎？」

「嗯，」蘇邈邈回應，「沒事了。」

褚銘笑道：「那就好。如果還有什麼問題，妳不要覺得不好意思，一定要來找我，畢竟是籃球隊員害妳受傷，應該負責到底。」

「謝謝學……」蘇邈邈話還沒說完，身後忍了一路的男生終於爆發。

商彥右手從褲子口袋抽出來，神態散漫地走下兩級臺階，停在女孩身側，手臂輕搭女孩肩膀，側彎下身，聲音低沉：「小孩，妳是不是當師父死了？」

「……」蘇邈邈茫然地轉過臉，看向商彥。

商彥疏懶的神色間露出一點凌厲的鋒芒，只是很快被他壓下去。他的目光掃過褚銘，輕瞇著眼，低頭看向懵懂的女孩：「師父不喜歡他，妳該怎麼做？」

商彥話音坦蕩，沒有刻意壓低，在安靜的小禮堂內，別說站在旁邊的蘇邈邈和褚銘，即便是不遠處的人，都清楚聽見這句毫不客氣的話。

頓時，許多八卦的目光興奮地望了過來。聽聞商彥褚銘不和久矣，這還是他們第一次現場直擊。

首當其衝的蘇邈邈愣了幾秒，無奈地皺起眉，細白的眉心像是綻開一朵小花。

「師父，你怎麼這麼幼稚……」女孩小聲碎念。

商彥眉一挑：「我幼稚？」

女孩誠實地點頭，目光控訴地望著他。

不等商彥再說什麼，多功能教室沉重的木門再次被人推開，一道身影走了進來。

「噢，舒校花來了。」

「這下有好戲看了……」

前排隱約有看熱鬧的人低笑。

蘇邈邈眉心皺得更緊，她抬起頭，順著身後上行的階梯，看到門口的舒薇。舒薇不知道怎麼了，看見商彥反而僵在原地，一動不動。

蘇邈邈心裡奇怪，手上卻不假思索地拉了一下身旁的男生：「師父，我們下去吧。」

說完，她沒給商彥思考或拒絕的機會，牽著他的衣角，繞過面前的褚銘就往最下方走。

商彥原本微冷的眼眸稍愣之後，浮上一點玩味的笑意。他放任女孩緊張地抓著自己的衣角，也縱容她牽著他走下臺階。

在與褚銘擦肩而過的瞬間，商彥嘴角一勾，極輕地嗤了一聲：「我的。」然後目不斜視地走過去。

「……」褚銘臉上的笑容沉了下去。

等高二高三的二十對學生代表全部到齊，負責老師走到臺上，介紹了一下規則：「我們一切從簡。投票規則很簡單，首先，我會給你們每人一分鐘的時間，站到講臺上發言，無論是自我介紹還是什麼都好，哪怕講個笑話也可以。然後，全體分為男生和女生兩組，互相投票，每人只有一票，也就是只能投給一個人。各組得票最高的，即是最終的學生代表。」

老師說完又拍了拍手掌：「為了公平起見，避免互相影響，來，男生到我左手邊的座位，女生到我右手邊的座位，把中間這塊區域空出來。」

男生組裡有人碎念了一句：「不就是個形式嘛，幹麼搞那麼麻煩。」

臺上負責的老師眉頭一皺，目光掃過去：「誰說的，給我站出來。你是什麼意思？質疑校方黑箱作業嗎？那你來，來來來，你站到我這裡，你訂一個公平的規則我看看！」

見負責老師真的生氣了，之前開口的男生顧忌地看了眼最前面修長的背影，隨即訕訕地笑了：「不是，老師，我沒有質疑規則公不公平，這規則很公平啊……我只是說，大家心裡都已經有人選了，這不是什麼壞事吧？」

聽到學生低頭認錯，臺上負責老師的態度才稍稍緩和下來。他仍有些不悅地看了那個男生一眼：「什麼叫已有人選，連競爭一下的勇氣都沒有啊？」

那男生縮了縮腦袋，露出尷尬的笑容，才結束這個小插曲。

一分鐘演講從女生組開始。

其實大家都和之前開口的男生想法差不多，有商彥在，男生組最後選出來的勢必是他，而也因為有他在，女生組得票最多的，必然是他選擇的那個。

即便原本因為商彥出現，而產生那麼一點表現欲的女生，也被蘇邈邈和舒薇澈底壓過。

女生組平淡開場，平淡結束，男生組也大同小異。負責老師在旁邊皺眉，卻無話可說。演講結束後，每人發一張紙條，開始投票。

商彥側過身，看向女生組，恰巧最前排身影嬌小的女孩也若有所思地看著他。目光相撞，女孩嚇了一跳，嗖地一下把那顆小腦袋低了下去。

商彥莞爾，收回目光。

……跟小孩一起留個能載入校史的紀念禮，似乎也沒什麼不好。

心意已決，他在蘇邈邈的名字下快速打勾，接著拿起投票紙條端詳三秒，輕瞇起眼，忍了忍，才沒有順手把那個勾補成一顆心形。

其他男生等他下筆等了很久，終於看到結果，幾人目光交流一番，紛紛跟著下筆。

負責老師先收完男生組的紙條，皺著眉，擺了擺手：「等一下計票，你們先休息吧。不過別離開這裡，很快公布結果。」

幾個男生抱怨了一聲，起身去洗手間。

商彥在座位上停留片刻，見女生組還未收完，便也起身往洗手間走去。剛走到門外，就聽見隔音不怎麼好的洗手間裡，傳出兩個高三男生嬉笑的聲音。

「你選誰？」

「蘇邈邈啊，你呢？」

「我也是。」

「哈哈，就知道你慫，不是之前還說舒薇是你理想女友嗎？」

「那是高二的事了好不好，再理想，看三年也看膩了。高二那個新來的小學妹多好，看起來乾乾淨淨，而且清純漂亮。我第一次見她就想，這麼漂亮一個妹子，卻整天穿著那種寬鬆的衣服，胸腰腿半點看不出來，真是可惜！」

「認真的啊？」

「對啊，這次可是天賜良機。來之前我還和班上幾個人說，無論如何也要在畢業前，看看這位小學妹的身材。我想臉蛋都這麼漂亮了，腰腿肯定也夠看，到時候拍照留念——」

那人的話還沒說完，身後突然襲來惡狠狠的一腳，直接把他踹進小便池裡。人體最堅硬的頭骨和硬牆相撞，發出「哐」一聲巨響，旁邊站著的男生反應過來，對上鏡子裡商彥那雙陰沉戾然的眼眸，嚇得差點腿軟跪進小便池。

此時門外遠遠傳來負責老師透過擴音器放大的聲音：「現在宣讀投票結果。」

商彥目光陰狠地掃過兩人，轉身大步走了出去，然而還是慢了一步，等商彥回到多功能教室，老師尾音已經落下。

「男生代表，商彥，十九票通過；女生代表，蘇邈邈，十七票通過。好了，結果出爐，我會向校方報告。如果大家沒什麼事情，就——」

「等等。」站在舞臺邊緣，商彥緊握著拳，沉聲阻斷負責老師的話。

負責老師眉毛一擰，大為不悅地看過去，見是商彥，他不由愣了一下，臉上情緒立即緩和：「商彥同學，有什麼事情嗎？」

商彥沉眸，片刻後，他嘴角輕勾，露出一個散漫痞痞的笑，只是笑意未達眼底：「我申請……重新投票。」

負責老師一愣：「為什麼要重新投票？」

商彥眸光冷了冷，笑著說：「剛剛我有點意氣用事，現在後悔了。」

這理由既不正經又不負責，讓在場學生都愣在原地，尤其是想到投票結果，眾人看向蘇邈邈和舒薇、商彥三人的目光更加古怪了。

負責老師的腦子有些轉不過來：「你剛剛是投給……？」

商彥臉上笑意薄了兩分，幾秒後，他微垂下眼：「蘇邈邈。」

女生組裡，女孩的動作微微一僵。

負責老師更搞不清楚了：「那你、你打算改投？」

「……是。」

「投誰？」

商彥目光掃過去，坐在最前排的女孩低垂著頭，雙手疊放在膝蓋上，看不清神情，而在她後面，舒薇目光瑟瑟地望過來。

其他人見狀，低聲笑了起來。

「這是要藉機『復合』啊？」

「就是說嘛，肯定還是前女友贏面比較大……」

在細碎的議論聲裡，商彥神色越發沉冷，忽然一個輕聲響起：「為什麼要改投？」

眾人聲音一頓，目光紛紛看過去。商彥瞳孔輕縮，在他的視線焦點，女孩抬起頭，豔麗的臉上五官漂亮而精緻，眼神澄澈純淨。她的聲音很靜，卻帶著執著。

她重複了一遍：「為什麼……要改投？」

商彥眼神一沉，想起剛剛聽見的那些不堪入耳的話，手背上青筋綻起。沉默許久，他撇開目光，聲音微啞：「妳個子太矮，不合適。」

蘇邈邈身體一僵。

「考試成績、身高、還有電腦程式設計，雖然我們差很遠，但我努力想追上你……你不要總是嘲笑我……」

「這是妳說的，別後悔。」

騙子！女孩壓抑不住湧上心頭的委屈，她眼眶微紅，慢慢站起身。

「……我棄權。」說完，女孩轉身，頭也不回地往外走，走了兩步，便忍不住狼狽地跑了起來。

商彥深吸一口氣，等女孩背影消失在多功能教室外，他壓抑在心底的怒火一口氣爆發出來。「砰」的一聲，舞臺下疊著的空桌被直接踢開，在場學生驚恐地看著他。

商彥目光陰狠沉戾，直直戳向男生組，「洗手間裡那兩個垃圾，我記住了。誰再敢在背後那樣議論蘇邈邈……」商彥眼底攀上血絲，清俊的面龐此刻近乎猙獰，「就拿命來試試。」

眾人尚在驚愕之際，商彥甩下一句「棄權」，轉身追了出去。

負責老師最先反應過來，想起之前隱約聽到的那一聲巨響，不由皺起眉，對幾個男生說：「去看看，洗手間裡怎麼了？」

商彥在圖書館追上蘇邈邈。他快步跑上二樓自習區，看見女孩紅著眼眶，抱起桌上的語文書就要離開。

商彥大步走過去，到了女孩面前，女孩看也不看他，低著頭就要繞開。

商彥眉眼一沉，伸手直接握住女孩的手腕，細的像是一捏就會斷。他狠下心，不等蘇邈邈出聲或者掙扎，直接把人拖進一旁的閱覽區。

「商彥——」蘇邈邈想抽回自己的手，但男生的手像鐵鉗一般，禁錮她的手腕。那無法撼動的蠻力將她拉進監控範圍外的閱覽區角落裡，兩排高高的書架之間。

「砰」一聲悶響，蘇邈邈被男生握著手腕一扯，直接壓到牆角。那裡有個矮桌，似乎是從自習區淘汰的廢棄品。蘇邈邈還想掙扎，卻被那人攔腰一抱，抬到了桌上。

商彥沉眸俯身，與女孩四目相對。

女孩紅著眼眶愣在桌子上，下意識地伸了伸腳，腳離地面……很遠。

蘇邈邈默不作聲，想起方才商彥那句「因為妳太矮」，淚水忍不住在眼睛裡轉了一圈，啪嗒掉下來，眼神委屈又無害地瞪著他。

商彥抽了口氣，心痛得像是被人用刀攪了一下。他暴躁地沉下臉，伸手把女孩扣進懷裡：「不准哭。」

蘇邈邈委屈得胸口發酸，難受得一直小口換氣，忍得都快爆炸了，這人居然還這樣凶她。她想都沒想，隔著男生身上薄薄的線衫，狠狠地咬了下去。

商彥眉頭一皺，鎖骨傳來劇痛。

……牙齒還挺利。

商彥沒躲，任由她咬。片刻後，他伸出手輕輕摸了摸女孩的後腦杓，妥協地低聲嘆道：「別哭了，好不好？」

蘇邈邈忍不住，哽咽了一聲。

感覺懷裡抱著的女孩抖了一下後便僵著不動，商彥低垂下眼。

安靜幾秒後，蘇邈邈退開一點，慢吞吞地低下頭。剛才那聲哽咽把她自己也嚇了一跳，現在覺得有點丟人。

好像不是多嚴重的事，她怎麼哭了……明明在療養院裡，比這難受的事更多，她也沒有這樣脆弱。

蘇邈邈低頭想了想，自從認識這個人以後，她越來越習慣在他面前釋放情緒，不管是正面的還是負面的。

他也一直縱容著她，還主動要她測試自己的容忍度，以致她漸漸把他對她的好當成理所當然，因為一點不滿就發脾氣……而且，剛剛好像還……

終於把她想了很久的事情付諸實行。

剛哭完的女孩頹喪地低下頭：「你痛不痛……商彥？」

「痛。」商彥皺起眉，低眼看著她，「痛死了。」

蘇邈邈抿住嘴巴：「對不……」

「所以下次，妳怎麼咬我都沒關係，但是千萬別哭了，好嗎？」

蘇邈邈懵然地抬頭看他，微捲的眼睫上掛著亮晶晶的淚滴。

商彥嘆氣，再次俯下身，把女孩重新抱進懷裡，語氣透著無可奈何：「或者，哪天妳不想看到我了，就來我面前哭，哭完挖個坑把我埋了。」

蘇邈邈懵然地任由他抱著，鼻尖抵在他的鎖骨上，線衫有些濡溼。她頓了兩秒，眼瞳微擴，鼻翼翕張，輕輕嗅了嗅，有一絲很淡的血腥味。

蘇邈邈對這個味道再敏感不過，她驀地慌了，往後退了退：「我是不是把你咬傷了？商彥，你──」

話未說完，後頸被溫熱的手掌托住，向前壓了回去。

「蘇邈邈。」耳邊的聲音帶著少有的正經。

蘇邈邈頓了頓，不安地安靜下來，一動不動地任由桌前的人把自己抱進懷裡。

那人很輕地笑了一聲，說道：「遇見妳之前，我無往不利了十八年，沒有我解不開的難題、沒有我做不好的事情……妳知道嗎？」

蘇邈邈愣了一下，但她還是點點頭：「知道。」

商彥低嘆，又像是笑：「可是遇見妳以後……像今天這樣簡單的事，我都搞得一塌糊塗？」

蘇邈邈一頓，她想直起身，卻又被壓回去。

「別抬頭。」

「為什麼？」

「……因為我沒有認過錯。」商彥慢慢收緊手臂，將女孩抱緊，俯在她的耳邊，聲音壓得很低，「第一次認錯，看起來應該很傻……不想讓妳看到。」

蘇邈邈呼吸微微一滯，她錯愕地轉過視線，耳邊那人垂著眼，細密的睫毛掩映，在瓷白的皮膚上拓下一層淡淡的陰影。

他輕聲訴說，但每一個字都很清晰，「對不起，我錯了。」他停頓一下，「那時候我只想改變投票結果。妳問我為什麼改投，我絞盡腦汁，也只想到那一個……我找不到別的藉口。」

蘇邈邈微愣，片刻後，她茫然地問：「你不是因為嫌我矮，才那樣說的嗎？」

「不是。」

「那是……為什麼？」

「……」商彥眼底掠過厲色，不過很快，他垂下目光，「因為我討厭別人對妳評頭論足，把妳當作商品一樣評價和開玩笑。」甚至極盡侮辱。

商彥肩背繃緊，肌肉蓄力，想起那兩人噁心的嘴臉就忍不住想揍人。

沉默很久，他慢慢放鬆身體。

蘇邈邈經過一番思索，終於想通了，她遲疑地問：「有人說我的壞話？」

商彥無聲地嘆氣，他沒辦法告訴女孩，在背地裡，那些男生會因為她長得漂亮，而產生怎樣的衝動、肆無忌憚的惡意……

他想保護她，也一定會做到。

兩人的沉默裡，蘇邈邈若有所感，她低下頭，輕聲說，「不說也沒關係……我知道了，不是師父的錯，我不該……咬你。」她抬了抬眼，小心試探，「我能看看嗎？」

商彥稍稍直起身，環住女孩的手垂下來，壓在桌子兩側。

蘇邈邈伸手拉開男生線衫的領口，黑色的線衫質地鬆垮，很輕易便拉到鎖骨下方。順著立體漂亮的鎖骨線條，冷白的皮膚上，一圈滲著血痕的牙印，咬得比較重的地方還冒出血珠。

女孩嚇得倒抽一口氣，慌了手腳：「我……我們去醫務室吧，要消毒、擦藥……」

商彥手一抬，把想跳下桌的女孩拉回來，垂眼笑道：「我又不痛，妳慌什麼？」

「都見血了，怎、怎麼會不痛！」蘇邈邈急得有點結巴。

商彥抵著桌子，垂下眼眸。女孩仰著纖細白皙的頸子，眼瞳烏黑地看著他，眼角染著餘紅，唇上沾著一點殷色的血。

那模樣簡直……

商彥喉結輕滾，片刻後，他撐著桌邊低下頭，微微傾身，在女孩耳旁啞聲笑道：「再咬我一下。」

「……？」第一次聽到這樣的要求，蘇邈邈傻了。

「快點。」那人竟然還催促她？蘇邈邈覺得自己腦子有點不夠用……或者是面前這人腦子壞了。

她抬起手，抵在他胸膛上試圖把人往外推：「商彥……你別鬧了，跟我去醫務室……」

話音未落，她的雙手手腕被面前的人單手擒住，按到身前。

商彥低眉，視線掃向她：「妳再不咬，就換我咬妳了。」說完在她白嫩的耳垂上輕吹口氣，彷彿暗示什麼。

曖昧的熱度拂過耳廓最敏感的神經，蘇邈邈後背泛起一陣雞皮疙瘩，她情不自禁地抖了一下，但還是咬著細牙，堅持搖了搖頭。

「……真的不咬？」

「已經出血了，不能再咬了。」女孩無力地小聲辯解，語氣有點委屈。

「那換我咬妳，見血怎麼辦？」

「……」女孩漂亮烏黑的眸子看著他，可憐兮兮的。

什麼都沒接觸過也不懂的女孩，卻憑藉本能，輕易地摸索出一套對付他的辦法。

商彥莞爾，垂下眼，聲音故意壓得低沉：「妳自己選的，痛別怪我。」

發現這一關逃不過去，蘇邈邈可憐兮兮地縮回腦袋，努力把自己捲成一團來尋求安全感：「你咬……咬吧。」

誰叫妳剛剛咬人呢……女孩在心裡小聲勸誡自己。

耳邊灼熱的呼吸越來越近，蘇邈邈緊張地閉起雙眼，突然她感覺自己的耳垂被含住，輕吮一下，一瞬間便鬆開。

一聲戲謔的啞笑響起：「……甜的。」

「——！」熱度直沖臉頰，蘇邈邈覺得自己像是被扔進火爐裡，熱得幾乎要融化。

她終於撐不下去，懊惱地推開商彥，跳下桌子，抱起書本溜走了。

商彥轉身，笑意放鬆，手插在褲子口袋，邁著長腿不疾不徐地跟上：「妳慢一點。」

跨進樓梯間之前，商彥的步伐一頓，他驀地側身，望向身後。

二樓的閱覽區仍如他們來時那樣空空蕩蕩。

錯覺嗎？商彥微皺一下眉頭，停頓兩秒，便轉身下樓了。

幾十秒後，隔著許多排書架後面，一道身影慢慢走出來。那人表情有些僵硬，站在原地愣了許久。

不遠處的茶水間裡，倒完熱水走過來的女生好奇地看向她：「素素，妳怎麼了？不是說要來自習嗎？」

文素素回過神，支支吾吾地應了一聲，腦海裡的畫面卻仍停留在兩分鐘前自己無意間看到的交疊身影。

就算是關係很好的師徒……也不可能那樣親密吧。

想著那個場景，文素素突然聯想到什麼，她從同學那裡接過水杯的手不自覺顫抖，幾滴熱水濺到她手背上，她卻一無所覺。

文素素緊張得瞳孔收縮，看向同學。

「妳上個月是不是說過，在論壇看到一則貼文。」

「貼文？什麼貼文？」同學被她問得一愣。

文素素皺眉：「就是和商彥有關的……」

「啊啊，我知道了，妳說那個有人在學校裡撞見商彥跟一個女孩接吻的貼文是吧？那個貼文怎麼了？」

「我記得當時妳跟我說，發貼文的女生是妳認識的人？」

「對啊，我後來還去問她。」

「……！」文素素瞳孔放大，下意識地伸手抓住同學的衣袖，「那她怎麼說？」

文素素的同學擺了擺手：「別提了，她原本還信誓旦旦說自己真的看見了，只是沒看到那個女孩的長相，因為被商彥擋住，而且當時他們似乎站在暗處……」

文素素不由得握緊手，緊張地問：「然後呢？」

「然後？」女生無奈，「結果我隔天去問她，她卻說自己是開玩笑的，完全沒有這件事，論壇裡的貼文也刪掉了——然後妳也知道，沒人再議論這件事了。」

「……」文素素目光恍惚一下，臉色漸漸泛白。

她同學不放心地看著她：「素素，妳怎麼突然問這個啊？」

文素素咬了咬嘴唇：「……沒什麼，就是突然想到。」

「唉，妳別想太多，妳看都過去一個月了，商彥跟學校哪個女生親近過？別說接吻，多說幾句話也沒有。」

不，有的。文素素在心底聲嘶力竭地大吼，只不過那時候舒薇和商彥還是傳聞中的男女朋友，而舒薇最先在那個女孩身上蓋下「商彥徒弟」的標籤……

哪怕後來舒薇和商彥「分手」，學校裡的學生也已習慣了「商彥徒弟」這個設定，理所當然地沒有再做他想。

只有她知道，舒薇和商彥根本沒有半點關係！

從最開始——從那個女孩出現在商彥面前開始，在眾人所見的表象之下，有什麼已經默默改變了！

「……素素？素素？」耳旁的聲音終於叫回文素素的意識，她同學擔心地看著她，「妳臉色真的有點難看，如果身體不舒服的話，我們就先回去吧？」

文素素的腦袋亂成一團，在原地僵滯幾秒後，才慢慢點點頭：「好……我們回去吧。」

週一最後一節自習課的下課鈴聲響起，宣布一天課業結束，早就按捺不住的學生們立刻動作起來，有些人甚至提前收拾好書包，迫不及待地衝出教室。

蘇邈邈遲疑地看向商彥：「那我去跟文素素說一下？」

商彥起身，讓路給她。蘇邈邈剛準備背起書包，就被面前的長手從懷裡直接拿走。

「我幫妳拿，妳去說吧。」

「……哦。」

蘇邈邈走到文素素桌旁，文素素今天一整天心神恍惚，還是鄰座同學戳了戳她的手臂才回過神，抬頭看向來人。

看清是蘇邈邈，她本就難看的臉色頓時更是近乎鐵青。

蘇邈邈沒來由地被她瞪了一眼，過幾秒才反應過來。她茫然地回視文素素，兩人僵持片刻，蘇邈邈垂下眼簾，錯開目光，輕聲道：「我今天不跟妳一起回去……晚餐會在餐廳吃，大概八九點回家。」

如果換作平日，文素素不會多問一個字，她巴不得蘇邈邈永遠不要靠近自己。然而經過白天的事情，文素素頓時緊張起來。

她不自覺繃緊肩膀，警惕地看向蘇邈邈：「妳為什麼要晚回家？」

「……」蘇邈邈一愣，按照平日的相處模式，她顯然也沒想到文素素會追問，但遲疑過後，她還是平靜地回答，「今晚要去電腦培訓組。」

……果然。

文素素的臉色又冷了幾分：「妳如果八九點才回家，我爸媽肯定會擔心，有什麼事情不能白天處理，一定要拖到晚上──」

她話未說完，耳旁響起一聲輕嗤。文素素對這個聲音再熟悉不過，瞳孔一縮，抬起頭望向蘇邈邈身後。

身材修長的男生單手拎著女孩的背包，似笑非笑地勾著嘴角，走了過來，直到蘇邈邈身旁才停下腳步。

「我家小孩，是跟你們文家簽了賣身契嗎？」

「……」文素素臉色一白。

商彥低笑了一聲：「如果真有這個東西，請妳務必告訴我，我一定高價收購。」

聽到這裡，蘇邈邈忍不住抬頭，微惱地瞪向商彥：「你才簽賣身契……」

商彥低下眼，望著女孩笑：「妳要我簽也行，現在就擬一張給妳？」

蘇邈邈被他嗆了一下，低下頭小聲碎念：「誰想要。」

「應該滿多人想要的，」商彥繼續逗她，「……妳真的不要？」

蘇邈邈聽不下去，轉頭拉著男生衣袖，離開了教室。

獨坐在後面，看著兩人逐漸遠去的背影，文素素臉色陰沉得近乎黑暗。

蘇邈邈和商彥夾在放學的人潮之間前往科技大樓，這個時節白天漸短，天色已近昏暗。從教學區到科技大樓，距離最近的是科技大樓的側門。兩人穿過側門前的那片小竹林，路燈被茂密的竹葉掩映得斑駁暗淡，礫石小路像是彎曲的長蟲，七拐八彎地往前延伸。

在昏暗天光的襯托下，平時走慣的路顯得有些陰森，竹林裡的影子被微風吹拂著，搖來晃去。蘇邈邈看得指尖發涼，她不安地放慢腳步，感覺身後的商彥離她更近了些，她才稍稍安心。

商彥有所察覺，只略一思索，便了然地一勾嘴角：「小孩，妳還怕黑啊。」

那人一定是故意的，才會在這樣的地方問這樣的話，還俯到她耳邊，用最輕的氣聲吹拂她的耳廓。

蘇邈邈無言以對，心裡又緊張又氣惱，沒有理他，小心翼翼地往前走。眼看就要走到竹林盡頭，她長長鬆了一口氣，目光轉向商彥，然而她剛側過身，便僵在原地。

商彥察覺她的神色變化，垂眼問道：「怎麼了？」

「那裡……好像有人……」指著竹林深處，蘇邈邈的聲音不自覺地顫慄。

借著朦朧透進來的路燈和昏暗的天光，商彥瞇起眼睛望過去。風聲吹得竹枝搖擺窸窣，夾帶著衣角廝磨聲。

商彥反應過來，表情頓時變了。

蘇邈邈瑟瑟發抖地看著那個方向，似乎有兩道人影交疊，隱約還傳來……

不等她看清楚，眼前突然一黑。

「唔……？」女孩茫然又無辜地質疑出聲。

商彥沒跟她解釋，幾乎是半拖半抱地把她帶出竹林，徑直走進科技大樓內。看著旁邊的男生一張清俊側顏繃得凌厲而近乎陰沉，蘇邈邈更茫然了。

很快上了三樓，電腦培訓組全體人員都在，顯然他們也剛到沒多久，除了欒文澤坐在電腦前，其他三人都閒散地聊天打屁。

一見商彥和蘇邈邈出現，組裡其他人愣了愣，吳泓博最先反應過來：「彥爹，你怎麼把小蘇帶來了？」

商彥應了一聲：「從今晚開始，她在這邊自習。」

「這樣啊，」吳泓博幾人了然點頭，隨即開口，「對了，恭喜啊彥爹，期中考試全年級第四，超屌啊。」

商彥把手上的書包遞給蘇邈邈：「你們怎麼樣？」

吳泓博幾人對視一眼，嘆氣：「我們哪能像彥爹你這麼變態，這學期都在忙組裡的事，成績沒臉看。」

「……」商彥聞言，皺了皺眉，看向辦公室裡另外兩個男生，「你們呢？」

兩個男生愣了一下，臉上笑容有些發苦，儘管商彥實質上比他們低一個年級，但因為他在國外待了幾年才回國升學，所以年齡不比他們高三生小。更何況，無論成績、能力、眼界、家世背景……他們都無法跟這個「學弟」比。

早已習慣電腦組由商彥主導，兩個高三男生沒有半點不快。

其中一個嘆氣道：「我可能撐不下去了。」

另一個也苦笑：「是啊，高三都過了一半，要是真的拖到下學期，就沒有後悔的餘地了。」

旁邊，吳泓博終於反應過來，欒文澤也皺著眉從電腦前抬起頭。

吳泓博平日話最多，此刻卻一個字也說不出來。從高一進電腦組，他就和這些人走在同一條路上，聽到有人要轉身離開，他心裡頗為難受。

忍了許久，他才悶聲道：「我們已經拿了很多獎，黃老師不是也說，學校願意提供保送資格……或許再堅持一下，我們就能……」

他話還沒說完，兩個高三男生便對視一眼，搖搖頭。

其中一個遺憾地說：「櫃子裡這些金獎，多數是彥哥個人的。雖然有彥哥幫忙，拿過一些團體獎……但自己的水準到哪裡，保送面試能不能過關，我們心裡有數。」

「而且我們不像你們，」另一個人接話，無奈地笑，「你們還有一年時間可以準備，但我們現在拿不出成果，競賽保送這條路基本上已經沒希望了。」

眾人沉默下來，氣氛安靜且壓抑。許久後，商彥垂手，拍了拍身旁空著的椅子：「既然決定了，那就走吧。」

「彥爹——」聽商彥無意要勸，吳泓博有些急了。

商彥抬眸，目光很淡地瞥了他一眼，吳泓博剩下的話又嚥了回去。

商彥收回視線，看向那兩人：「沒走到最後，誰也不知道哪條路適合自己。與其聽別人的，不如聽自己的。你們再考慮幾天，下週之前把結論告訴我，黃老師那邊，我會去說。」

兩人點頭。

「謝了，彥哥。」

「那我們就先回去了。」

「嗯。」

走到門口，前面的那個男生停下腳步，他身後的人不解地催促。

那個男生突然苦笑一聲，說道：「彥哥，其實我們很羨慕你。」

其餘人愣了一下，連跟在他後面的男生也沉默了。

「學業上，你得天獨厚，連三年級的老師都誇你，說可惜你不會參加大學考試，不然理科榜首一定落到我們學校。競賽上，你得心應手，金獎擺滿一整個櫃子。我時常聽黃老師碎念，說你心高氣傲，幾所我們攀都攀不上的一流大學遞來橄欖枝，你卻看都不看。其他方面……哈哈，我們就更沒得比了。」

那個男生把壓抑許久的話說出來，慢慢吐出一口氣。他轉頭，目光複雜而閃爍：「如果沒有你，可能我們還會繼續走下去吧……但是彥哥你在，我們這米粒大小的光，哪敢跟皓月爭輝呢？」

說完，他轉身，搖頭走了，話尾帶著苦澀留在身後：「說是羨慕，其實我是有點嫉妒你啊……枉費你那樣照顧我，對不起了。」

商彥站在原地，身體微微緊繃。他按在椅背的手輕輕收緊，慢慢垂下眼。

走在後面的另一個高三男生看了看前面，又回頭望了一眼辦公室裡的人，「彥哥，你別在意，他這次期中考表現失常……高三的第一場正式考試，壓力太大，才會那樣說話。」那人頓了頓，握緊背包帶，撐起笑容，「其實我知道，彥哥你既不會參加考試，也不會接受保送……黃老師說了，他說你要出國對吧？」他笑了笑，「我先預祝你世界知名大學的 offer 拿到手軟。」

房間裡驀地一靜，片刻後，蘇邈邈終於回過神，她微愣地看向商彥，瞳孔不自覺地縮緊：「你要……出國嗎？」

吳泓博和欒文澤對視一眼，看見各自眼底的不安。

「彥哥，我們先，呃，出去看看。」

說著，他們慌慌張張從這氣氛詭異的辦公室裡逃出去，追向剛剛離開的兩個男生。

商彥的視線從門外收回，落到女孩身上。

蘇邈邈與他對視兩秒，突然反應過來，低下目光：「我沒有別的意思……只是問一下。」

「只是問一下？」商彥低笑一聲，「那可不行，我還準備跟妳解釋呢。」

蘇邈邈仰起臉看向商彥，肢體的表現比言語更誠實。

商彥嘴角輕勾，說道：「之前確實還沒決定……其實出不出國都無所謂。」

蘇邈邈聽得一愣：「怎麼會無所謂？」

「……」商彥眼底情緒閃了閃，沒有解釋，只伸手輕揉一下女孩的頭髮，「這個以後再告訴妳。」

蘇邈邈點頭：「那現在決定了嗎？」

「嗯。」

「……哦。」

「『哦』？」商彥一挑眉，「就這樣？」

蘇邈邈不解。

對上女孩那副「不然呢」的無辜神情，商彥氣得失笑：「剛剛妳不是問我要不要出國，怎麼一轉眼就忘了？」

「……」蘇邈邈沉默兩秒，低下頭，語氣認真地說，「可是你說得對，自己的路，不要聽別人的。」

商彥難得也有摸不著頭腦的時候：「……誰要聽別人的？」

蘇邈邈憋了憋氣：「不要聽別人的，別人就不該說什麼……可是如果你告訴我你的決定，我可能會忍不住。」

終於明白女孩的邏輯，商彥莞爾。反正辦公室沒人，他也懶得維持師父的表面功夫，於是傾身向前，單手撐在女孩身後的桌上，把人壓向桌邊。

「忍不住什麼？」

「……」蘇邈邈輕抿起脣，低下眼不肯說話。

商彥輕笑，側過頭去看她：「怕自己會說出什麼話影響我嗎？」

沉默幾秒，女孩慢吞吞地點頭。

商彥垂眼笑道：「我會聽妳的。」

蘇邈邈一愣，隨即皺眉：「你剛剛還說，自己的路，不要聽別人的。」

商彥：「我騙他們的。」

蘇邈邈無言。

商彥：「而且，妳也算『別人』嗎？」

蘇邈邈一噎。

商彥不忍心繼續逗她，莞爾一笑，直起身：「放心吧，我不會出國。」

聽見這個答案，蘇邈邈意外地看向他：「為什麼？」

商彥深看她一眼：「妳覺得是為什麼。」

「？」

「……」

被女孩澄澈乾淨的目光看著，商彥神色難得有點不自在，他輕咳一聲，側身走開：「妳不是說要追上我嗎？我得在國內，妳才有那個機會。」

蘇邈邈噎了一下：「就因為這個？」

「……妳好像有點失望？」商彥回身看她，清雋面龐上帶著點似笑非笑，「不然，妳還想聽什麼理由？」

彷彿生怕她想得不夠多，這人故意將嗓音壓低，引人遐思，諄諄善誘道：「只要妳想聽，師父就說給妳聽，好不好？」

「……」蘇邈邈臉頰微微發燙，憋了幾秒，正要開口，身後突然響起小心翼翼的敲門聲。

在門外確定裡面沒動靜後，吳泓博放心地走進來，結果剛推開門，邁出第一步，就感覺到商彥不善的目光刺了過來。

吳泓博心裡一抖，身體跟著僵在原地。「呃，要不要我……」他表情尷尬，伸手指指門外，「再出去走走？」

商彥收斂神色，眼底笑意變得薄淡疏懶：「追上他們了？」

吳泓博神色微動，不自在地點點頭。

「勸得動？」

「……」吳泓博搖搖頭，苦笑，「彥哥你說得對，人各有志，既然他們已經萌生退意，強留也沒用。」

商彥沉吟片刻，開口：「週末叫他們出來，也邀黃老師，一起吃個飯，當歡送會。」

吳泓博愣了愣，看向商彥的目光有些感動：「彥哥……他們說的那些話，你不計較啊？」

「計較什麼，」商彥嗤笑一聲，眼神更薄，「不是我應得的嗎？」

吳泓博皺起眉頭，很快又放鬆，欲言又止了好一陣，才終於垂頭喪氣地悶聲道：「彥哥，你要是這麼說，我們就真的不是人了……我進組一年多，這一年你不遺餘力地幫我們，我們都心知肚明，要不是我們扯後腿，以你的實力，根本不需要做這麼多……還提供場地、幫我們準備培訓用的設備、工學桌椅，好幾場比賽學校不支援，也是你為了鍛鍊我們，自費帶我們去……」

吳泓博情不自禁地吸了吸鼻子，恨聲又失望地罵道：「他們是狼心狗肺，才會那樣怪你，我知道你從來沒有看不起我們，我們犯再低階的錯誤你也會耐心糾正……雖然會挨罵，但我知道你是為了讓我們記住，彥哥你對我們來說亦師亦友，我們——」

「……夠了。」商彥聽得頭大，「你這是為我念頒獎感言還是開追悼會？」

吳泓博猛地抬頭，眼眶隱隱發紅：「不是啊，彥哥我是發自肺腑——」

「你等我的追悼會再這麼發自肺腑也來得及。」商彥輕嗤一聲，「現在先收起你的鱷魚淚，去練習 **Python**，再這麼菜下去，神仙也救不了你。」

「……噢。」吳泓博垂頭喪氣地應了一聲，剛轉過身又轉回來，「彥哥，我聽說你把高三兩個男生踩進洗手間的小……呃，」吳泓博顧忌地看了旁邊的蘇邈邈一眼，最後兩個字自動消音，轉而問，「你沒事吧？」

商彥皺了一下眉：「一個。」

吳泓博不解。

「另一個還來不及踩，你提醒了我。」商彥面無表情，輕扯了一下嘴角，眼神發冷，「明天補上。」

吳泓博不敢吭聲，他是不是一句話害死了什麼人？

不敢繼續囉嗦，吳泓博戰戰兢兢地縮回自己的電腦桌前。

商彥領著默不作聲的女孩進到小房間。他將桌上的電腦和雜物清理到一旁，突然見蘇邈邈慢吞吞地走到窗前，把窗戶關上，又把簾子拉上，最後還確認了一下門是否關緊。

商彥動作一停，過了幾秒，他從喉間壓出一聲低笑：「……小孩。」

「？」蘇邈邈收回手，轉頭看見男生停下動作，抱著手臂斜倚在桌上，清雋冷白的面龐上笑意玩味。

「妳終於要把野心付諸實行，對師父做點什麼了？」

「……」不過幾秒，女孩的臉頰抹上俏麗的嫣色，她瞳仁烏黑帶著氣惱，瞪著這個毫不正經的師父一眼。

沉默片刻，蘇邈邈走到商彥身前，聲音壓得輕軟：「師父，吳泓博剛剛說的事情，是在多功能教室發生的嗎？」

她思來想去，今天一整天商彥幾乎沒有離開過她的視線，唯一反常的，就是商彥從多功能教室的洗手間出來以後的那番表現，再聯想到商彥之前說的話……

「嗯。」商彥漫不經心地回應，並垂手接過女孩的背包，擺到整理乾淨的桌面上。

蘇邈邈仰起臉看他，眉心微微皺著：「師父，打架不好。」認真的語氣帶著勸他改邪歸正的諄諄善誘。

商彥莞爾，側身坐到桌邊，抱著手臂似笑非笑：「哪裡不好？」

「會被老師點名批評，嚴重的話還可能會記過……」蘇邈邈又認真地想了想，下了結論，「而且大家會很怕你，所以很不好。」

商彥輕瞇了一下眼，就勢俯身：「妳不是不怕我嗎？」

「嗯。」

「那就夠了。」商彥輕嗤一聲，眼底笑意薄涼，「我管其他人做什麼？」

蘇邈邈愣在原地，她不是第一次聽商彥這樣說，以前她總以為是商彥傲氣凌人，但今天發生那樣的事以後，她好像多了些領悟。

他不計較，並非不失望，恰恰相反，他應該是失望太多太多次了吧？就像她一樣，習慣了被人不喜歡和討厭，哪怕最初有那麼多渴望藏在心底，最後全被那些冷漠凍住了。

所以她習慣了也學會了，不期望，就不會失望，他也一樣。

蘇邈邈心口突然抽痛一下。她不知道原由，卻隱約知道緩解的方法。她上前一步，伸手環住坐在桌邊的男生的腰，輕抱住他。

商彥的身體驀地僵住，過了片刻，他才回過神，垂眼看向女孩，漆黑的眸子裡情緒起起伏伏，不知道掠過多少不足為外人道的心思。

安靜幾秒後，他啞然一笑，移開目光：「小孩，妳是對師父意圖不軌嗎？」

蘇邈邈不理他的玩笑，埋在他身前，聲音悶悶的：「商彥。」

「為了順理成章地伸鹹豬手，連『師父』的稱呼都不要了？」

「商彥。」

「……」

「商彥。」女孩又輕喚了一聲。

商彥臉上那點散漫的笑意終於淡去，他無奈地垂下眼，抬手輕揉了揉埋在身前的女孩柔軟的長髮。

蘇邈邈慢慢收緊手臂，「我永遠不會嫉妒你、不會懷疑你、不會害怕你……更不會讓你失望。」女孩輕聲道，「我發誓。」

「嗯，我在。」

商彥驀地啞然失語，他顯然未曾料到，自己所有的心思會輕易被蘇邈邈窺見。他垂眼看著女孩。

蘇邈邈沒有抬頭，也就錯過這一瞬間，商彥難得狼狽的神色。等她鬆開手直起身，臉頰緊貼的胸膛微微震動，男生的聲音傳進耳裡，已恢復慣常的放鬆隨意和漫不經心：「妳是不是忘了，妳是我的人，這不是妳本該做的嗎？」

蘇邈邈心裡所有對這個人的心痛和溫情，瞬間消失殆盡，一點不剩。她嫌棄地繃緊小臉，往後退，然而退到一半，她的手腕又被人抓回去，後頸被溫熱的手掌壓著，更緊地抵在那人胸膛上。

臉頰緊貼著的胸腔裡聲音微微震動，磁性又低沉：「當妳師父是人形玩偶嗎？想抱就抱，想走就走？」

突然被男生攬回懷裡，蘇邈邈的臉頰忍不住有些發燙。她徒勞地掙扎了兩下，卻被抱得更緊。直到那人饜足又戀戀不捨地鬆手，女孩才趕緊跳開半公尺，惱怒地瞪著他。

商彥輕笑了一聲，垂眼：「小孩，妳以後不能再這樣了。」

蘇邈邈不明所以。

商彥又道：「這樣勾引師父，換作以前，是要浸豬籠的。」

「……」呸！剛剛明明是他抱著她不放！

週年校慶的主持人票選結果出爐，是高三的舒薇和另一個男生當選。消息一出，舉校震驚。商彥入選卻沒有當選，顯然出乎所有人意料。

很快，投票當天，多功能教室裡的曲曲折折、箇中因果，尤其是商彥揍了高三幾個男生的消息，在學生間不脛而走。之後幾天，商彥多次被叫到教務處，彷彿進一步印證這個消息的真實性。

枯燥的學校生活裡，最引人注目的莫過於這類八卦，一時間各種版本的猜測層出不窮。

「目前有三個版本。」下課時間，高二一班的教室裡，齊文悅屈著手指數給蘇邈邈聽，「第一個版本，是說彥哥對舒薇舊情復燃，在小禮堂大澈大悟，找回真心。」

旁邊的廖蘭馨懶洋洋道：「舊情個屁……拿他們腦子裡的糨糊復燃嗎？」

齊文悅對廖廖豎了個大拇指：「我也覺得很扯。第二個版本是說邈邈恃寵而嬌，忤逆了彥哥，已經失寵，『小徒弟』的名號即將不保。各路人馬正摩拳擦掌，準備隨時替補上位。」

齊文悅這次不等廖蘭馨開口，主動壓低聲音吐槽：「我也覺得『小徒弟』這個名號保不住——無論怎麼看，彥哥最近看邈邈的眼神都越來越危險，而且彥哥跟邈邈幾乎形影不離，她們想替補上位，大概下下輩子也無望。」

蘇邈邈：「……」

廖蘭馨：「那第三個呢，是什麼？」

「據說是知情人士透露的，好像高三參選的男生裡，有幾個在洗手間傳邈邈的流言蜚語，還打算等邈邈上臺拍露腿照……結果被彥哥聽見，其中一個直接被踹暈，另外幾個這兩天也遭殃了。」

廖蘭馨點頭：「這個聽起來還算合乎邏輯。」

齊文悅轉向蘇邈邈：「邈邈，哪個是真的啊？」

蘇邈邈卻愕然地反問：「什麼是露腿照？」

「呃，這個……」齊文悅一噎，急得眼睛亂轉，突然瞥見教室前門一道身影，她臉色一亮，像是見了救世主，「哎喲，彥哥回來了，不說了不說了。」

齊文悅說完，慌忙低下頭，對著課本做出一副「我要認真念書」的模樣。

蘇邈邈只得轉回身。

商彥走進教室，坐了下來。

蘇邈邈問：「老師找你去教務處，是因為票選那天發生的事嗎？」

商彥下意識地皺了皺眉，目光微閃，「……嗯。」隨即他轉過來，揉了揉女孩的頭頂，「別擔心，沒事了。」

蘇邈邈慢吞吞地點頭。

距離上課只剩一兩分鐘，教室裡逐漸安靜下來，突然一陣「喀啦喀啦」不疾不徐的高跟鞋敲地聲，從長廊上傳來。

學生們好奇地望過去，像是要滿足他們的好奇心般，一道身影出現在教室前門。妝容精緻豔麗、身材凹凸有致的女人斜倚在門框上，紅脣微啟，在全班死寂中，朝教室內勾了一下手指，說道：「商彥，出來。」

女人的聲音冷得非常有質感，像是雪花輕輕刮過耳邊，留一點涼意滲入，帶著磁性的菸啞。而這個女人的長相卻是極具攻擊性的美感，甫一看去，讓人不自覺地屏住呼吸。

在這樣的雙重衝擊下，高二一班的學生們不約而同地靜默了足足十秒。

等這陣死寂過去，坐在前排的商彥動作一滯，隨即黑著一張俊臉，起身大步走出去。見此情景，班上學生不禁一片譁然。

齊文悅呆呆地看了幾秒，等那兩人消失在視野，她驀地回過神，表情有點扭曲：「廖廖……這人是不是……是不是高一那個——」

廖蘭馨收回複雜而略帶疑惑的目光，點了點頭。

「……」前排的蘇邈邈聽見兩人的對話，茫然地皺眉轉頭，「她是誰，妳們認識嗎？」

齊文悅像是被什麼噎到，一口氣不上不下，漲得臉色通紅，支支吾吾半天說不出話，最後是廖蘭馨平靜地開口。

「不認識，但見過。高一剛開學的時候，她來找過商彥。」廖蘭馨頓了一下，「當時傳聞她是商彥的女朋友。」

蘇邈邈愣住了。

齊文悅在旁邊痛苦地壓低聲音：「廖廖……這種事就不要告訴邈邈了吧……」

「為什麼不說？」廖蘭馨不贊同地看了齊文悅一眼，「真的便是真的，假的便是假的，不會因為我不說而改變。況且究一切根本，『隱瞞』才是導致誤會的第一大原因。」

「……」齊文悅被嗆得無話可說，只能拚命點頭。

廖蘭馨又抬頭，看向有點走神的蘇邈邈：「當時學校裡有女生找商彥告白，還求證過這件事，據說商彥沒否認。妳如果想知道答案，可以等他回來，要他親口告訴妳。」

蘇邈邈安靜地盯著教室前門，看了一陣子，她輕輕點頭：「嗯……我知道了。」

與此同時，學校長廊上，商彥和妝容豔麗的女人一前一後，在還未回教室的學生們震驚的目光下，徑直走上樓頂。

商彥關上樓頂的雙開門，皺著眉鬆開女人的手腕。

「我不是告訴過妳，不要來我學校？」

女人被一路拖上來，早已沒了笑容，冷冰冰地哼了一聲。

「你真有本事，就別給我鬧事。要不是你們主任電話都打到家裡了，你以為我想來？」

商彥聞言皺眉，他欲言又止，輕嗤一聲，撇開臉。

女人擰著眉瞪他：「不是我說，商彥，你真是越來越沒用了。去秋遊露營還能把烤肉架弄到自己身上，你小學時期都不會犯這種愚蠢的錯誤吧？」

「……」商彥額角跳了跳，「那是意外。」

「好，這件事我不跟你計較。那週年校慶活動又是怎麼回事，嗯？」商嫻冷笑，「我想方設法為你的履歷加分，結果你跟我玩主動棄權？你是十八歲才進入叛逆期嗎？」

商彥沉默幾秒，眉頭蹙得更深，他煩躁地撥了撥額前垂下的碎髮，低聲道：「跟妳沒關係。」

「我、是、你、姐！」商嫻氣得想揍他，但評估一下兩人的身高和戰力差距，又放棄了這個想法，切換成言語攻擊模式，「好，校慶活動的事我沒有提前知會你是我不對，你棄權也就算了，跟人打架又是怎麼回事？」

商彥眉眼裡壓抑著戾氣：「我沒打架。」

商嫻氣結：「單方面打人、一腳把人踹進小便池裡照樣是打架！」

「……」商彥轉過頭，嫌棄地看了商嫻一眼，「薄屹到底是看上妳哪一點？」

「……」商嫻默默地做了三遍深呼吸仍沒有用，脾氣眼看就要爆發，樓頂的門突然被人推開。

兩個蹺課的學生看見有人，嚇了一跳，看清楚是商彥和一個女人之後，連忙躲到樓頂另一側。

在旁人時不時投來的目光下，前一秒還難以抑制的商嫻，下一秒回歸淡定，連語氣都變得平緩：「我今天既然來了，你就坦白告訴我，出國的事情你是怎麼想的？」

「……」商彥瞥她。

「你是不是不想出國了？」

商彥收回視線，輕嗤：「我從來沒想過。」

「扯淡。」商嫻跟著嗤了一聲，「你人生僅有的那點興趣，不都在電腦上發光發熱了？卡內基美隆、史丹佛、麻省理工、加州大學柏克萊分校……你不想去這些學校看看？還有矽谷，你不想去試一試，看看自己跳進去，是能驚起千層浪，還是連一點水花都沒有？」

商彥目光閃了閃：「不想。」

「……」商嫻臉上最後一點笑色退去，她話鋒陡然一轉，「你喜歡上哪個女孩了？」

前一秒還跟他在談人生、談理想的康莊大道上，下一秒就突然轉了方向盤直奔岔路，商彥還沒跟上這個急轉彎，商嫻已經順著說了下去：「就是跟你同桌的那個女孩吧？上次我來，你還是自己一個人坐一張桌子。」

商彥目光一沉：「上次妳來，已經是一年前的事了，我會一整年都自己一個人坐嗎？」

商嫻聞言輕瞇起眼，打量他：「談戀愛果然會降低男人的智商啊，要是換成正常狀態的你，這時候最可能說的話，應該是『妳覺得是就是』。」

「……」

「而且你當我傻子嗎？剛剛我一叫你，你立刻起身把我拉出來，換作以前，你不會晾我十分鐘？」

「……」

「嘖嘖，被你和商驍兩個變態輾壓十幾年，果然趁你們談戀愛，我才有機會報復。」

商彥眉一挑，冷笑：「他那性冷感，跟誰戀愛，婚內出軌嗎？」

商嫻不以為意：「……喔，說溜嘴了，你就當沒聽見吧。還有，別試圖跟我玩轉移話題那一套，沒用。」

商彥不耐煩：「妳還有什麼要說的嗎？沒有我要回去上課了。」

「說說看，你那個同桌的小同學，我連她長什麼模樣都沒看見，就被你拉出來了。」

「不說。」

「保護的那麼嚴密幹麼？怕我給她一千萬，要她離開我弟弟？」

「……」

「嘖嘖，看來我弟弟也有對自己的身價缺乏信心的一天，難得啊？」

商彥終於忍不住，冷笑：「我是怕妳表現得太智障，連帶拉低了她對我的印象。」

「……」商嫻慢慢吐出一口氣，揉了揉眼角，「年紀大了，不能發火，容易長皺紋。」

「難得妳還記得自己是老牛吃嫩草。」商彥哼出一聲低笑。

「……你姐姐我才二十六，芳華正茂。」

「薄屹今年才二十一吧？」

「……」商嫻氣結，「你十八，你年輕，你血氣方剛，你喜歡的那個女孩多大，啊？別墅裡那本《刑法》，我聽說陳姨已經交給你了？」

「……」

經過一場異常凶殘的言語廝殺，姐弟倆終於平心靜氣許多。

「你已經決定了？」商嫻抹掉臉上那些或濃或淡的情緒，輕聲問。

「嗯。」回答的人也毫不猶豫。

「將來怎麼走？」

「競賽保送，或者大學考試，我無所謂。」

「好吧，父親那邊我去說，那個女孩的事情我也替你保密——不過，我聽薄屹說，那女孩還不滿十七歲？」

「……」商彥冷峻的側顏上多了一點不自在，片刻後，男生輕咳一聲，偏開臉，低聲念了句，「你們夫妻倆怎麼都這麼八卦。」

「這叫對家人的基本愛護和關心。」

「……」

「《刑法》是本好書，閒著無聊、血氣上湧的時候，就多翻翻。」

「……」

「我下次不會得去監獄看你吧？」

「……」

這場非常友愛的姐弟談話，最終以單方面翻臉走人告終。

商彥回到教室，還是有些說不出的忐忑。依照他對商嫻的了解，那個女魔頭絕不會這麼好搞定，可惜他來不及細想，一走到課桌旁，最先見到的，就是一張漂亮豔麗卻沒什麼情緒的小臉。

女孩的聲音輕軟平靜：「師父，你前女友好多啊。」

第十一章 她的病

商彥難得懷疑人生。

愣了兩三秒，他才反應過來蘇邈邈話中的意思。

「她不是……」商彥頓了頓，改口，「我沒有前女友，一個都沒有。」求生欲極強。

齊文悅和廖蘭馨在兩人後座心照不宣地對視一眼。

「哦。」蘇邈邈的聲音一如問問題時的平靜，聽不出半點語氣起伏或是情緒變化。

商彥頭痛不已，又沉默幾秒，他有些無奈地坦白：「她是我姐。」

女孩的筆尖停了一下：「是嗎？」

商彥輕瞇起眼，俯下身，貼近女孩身旁，從下往上望著她。女孩那雙黑白分明的瞳仁淡淡掃了他一眼，不帶任何情緒。

商彥故作無辜道：「前些天在電腦組，妳還抱著我發誓不會懷疑我的。」

「我說的懷疑跟這個不一……」女孩咬著唇抬起頭，一觸及商彥的目光，便發現自己上當了。

她重新低下頭，神情也恢復淡定：「我相信你呀。」聲音輕軟。

商彥嘆了一聲，是誰把他家小孩教成這樣的？

「有手機嗎？」商彥問道。

蘇邈邈一愣，點點頭。

「帶在身上？」商彥目光掃過來。

「……嗯。」

蘇邈邈以為他有什麼急事，也知道這人不辦手機，便暫時放下心中芥蒂，伸手要去拿。結果剛放下手裡的筆，她的手腕突然一緊，整個人從椅子上被拉起來。

不等她反應過來，商彥拉著她就往教室外走。在全班驚訝而沉默的注目禮下，蘇邈邈臉色一紅，壓低聲音扯了扯走在前面的男生。

「商彥……現在是自習課啊……你拉我出去幹什麼？」

然而蘇邈邈拗不過商彥，話音未落，她已經被男生拉到教室外的長廊上。

走廊安靜，身後教室裡的學生們探頭探腦，豎著耳朵聽兩人說話。

商彥在原地站了兩秒，便又拉著蘇邈邈上到樓頂。說來也巧，之前在樓頂遇上的兩個學生正好走下樓，四人擦肩而過，兩個學生望著商彥身後拉著的女孩，表情微妙地對視了眼。

蘇邈邈和商彥轉過樓梯間，繼續往上走，聽見下層隱約傳來聲音。

「那個就是商彥吧？」

「嗯。」

「厲害啊……才一下子，就帶了兩款完全不同類型的女生上樓頂？」

「羨慕也沒用，別想了。」

「……」

商彥回頭一看，女孩一張豔麗的小臉果然更沒有表情了。

似乎是感覺到他的目光，女孩慢吞吞地掀起眼簾，輕輕掃了他一眼。

跟刀片刮過似的，商彥深深嘆了一聲，他加快步伐，將女孩帶到樓頂。

天高雲淡，四方空曠，風吹著豔麗的金色陽光，搖晃著眼裡的光影，將深秋的涼意吹拂過來。

蘇邈邈輕輕抖了一下。

商彥原本沒打算上樓頂，自然不會帶外套，一垂眼看見女孩微白的臉色，不由在心裡暗罵自己一句。

他鬆開女孩的手腕，脫下身上的校服外套，披到女孩身上。

帶著陌生又熟悉的體溫的外套將自己裹住，蘇邈邈微微錯愕地抬眸。

男生外套下只穿了薄薄的襯衫，蘇邈邈心裡一緊，皺起細細的眉：「你別把外套給我，會感冒的。」

她伸手想脫下外套，小手卻被一起包進正在合攏衣領的掌心裡。

商彥垂下眼看她，淡淡地笑：「感冒也是我活該，不好嗎？」

蘇邈邈不贊同，眉皺得更緊。

「不是帶了手機？拿出來打個電話。」

「……打給誰？」蘇邈邈一邊照做，一邊好奇地問。

「上次在醫院，打電話到妳手機找我的那個人，我存下了他的號碼。」

蘇邈邈打開手機通訊錄，翻到「薄屹」這個名字，撥號，然後把電話遞給商彥。

商彥接過，按下擴音。不久，電話接通了，那一頭的聲音有點遲疑：『蘇邈邈……同學？』

商彥嗤笑：「誰跟你是同學，你年紀多大了，要不要臉？」

『……』薄屹忿忿，『我早該知道是你這條老狗。』

「注意措詞，我開了擴音。」

『……呵呵，怎麼了，被你姐教訓，找我出氣？』

「商嫻那點本事只能教訓你吧。別廢話，發一張你和她的合照過來。」

『？』薄屹不解，『我為什麼要發合照給你？你是不是不安好心？』

「……」捏了捏眉心，商彥難得求人，便耐著性子解釋，「商嫻去年不是來我們學校？大家以為她是我前女友，我家小孩也誤會了。」

薄屹在電話那頭沉默幾秒，突然一吐怨氣似的笑了起來。

『邈邈同學就在旁邊聽是吧？妳別信這老狗的話，商嫻就是他前女友，他們不是姐弟，沒有任何血緣關係，商彥素行不良，交友關係十分混亂，妳咬他，用力咬！省得他在外面拈花惹草！』

「……」

說到這個地步，蘇邈邈自然聽得出來，之前來班上的商嫻確實就是商彥的姐姐，而且似乎還是薄屹的戀人。她有些好笑地看向商彥。

商彥靜默幾秒，輕瞇起眼，聲音裡透著危險：「我們班上有男生問我商嫻的聯繫方式。本來我不想給，但既然你這樣說了，那我就大發善心，幫她廣結善緣。」

薄屹一秒變慫：『我發，我這就發。』

電話掛斷，沒過幾秒，手機震動一下，一張照片傳了進來。

商彥一邊點開，一邊跟蘇邈邈解釋：「商嫻和薄屹，他們談好多年戀愛了，結婚是遲早的事。」

蘇邈邈好奇地湊過去看。

薄屹顯然生怕商彥這禽獸，轉頭便把商嫻的聯絡方式給了班上男生，所以發得很匆忙，照片是隨手從相簿裡選的，角度像是旁人從窗外偷拍，隔著玻璃，薄屹半跪在商嫻的辦公室沙發旁，小心地替沙發上累得睡著的商嫻脫高跟鞋。

商彥目光柔和了些，嘴上卻不饒人，輕嗤一聲：「妻奴。」

蘇邈邈看了幾秒，輕聲道：「他應該很喜歡你姐姐吧？」

想起這兩人談得兵荒馬亂的戀愛史，商彥不由莞爾。

「嗯……商嫻比我大八歲，他們談戀愛的時候，我剛回國念書。有一段時間，我總懷疑我姐姐上輩子是苗疆的下蠱高手。因為除了鬼迷心竅，實在沒辦法解釋薄屹的狀態。」

蘇邈邈也忍不住輕彎眼角。

商彥似乎想到什麼，目光在披著自己校服外套的女孩身上停了片刻，接著他嘴角一勾，自嘲地輕嗤一聲：「不過現在我不懷疑了。」

蘇邈邈一愣，抬眼：「嗯？」

商彥啞然失笑，側過身，手插進褲子口袋，聲音被太陽晒得鬆軟：「鬼迷心竅的不止他一個，總不可能……都會『下蠱』吧。」

蘇邈邈聽得一頭霧水，商彥卻沒有解釋，他言歸正傳：「我承認，高一我確實沒有否認過商嫻和舒薇的事……因為否認反而會有更多麻煩。」

商彥嘆氣，俯下身，撐著膝蓋低到女孩眼前，「那時候我無所謂，也不在乎別人怎麼看、怎麼傳。但如果早知道有今天，早知道會遇見妳……」商彥情不自禁地勾起嘴角，笑得無奈，「我一定不會那樣……會一開始，就跟她們劃清界線。」

蘇邈邈被他看得臉頰發燙，過了幾秒，才慢吞吞點頭：「我能理解。」

看著女孩臉頰一點點攀上的嫣粉，商彥眼神加深，突然有點想放飛自我。

商彥微瞇起漆黑的眼瞳，站了片刻，他重心前傾，附到女孩耳邊：「不過除此之外，師父我一身乾淨。」

蘇邈邈不解。

商彥啞聲笑了笑，起身：「原封不動，隨時等妳來拆。」

商彥不安的預感應驗了，他又一次在學校看見商嫺。他早該知道，這個女魔頭沒見到他家小孩，絕不會善罷甘休，然而想避已經來不及。

下午放學，蘇邈邈和商彥一起去電腦培訓組晚自習。走到半路突然商彥停下腳步，蘇邈邈好奇地仰頭看他，隨後又順著他的目光看到那個女人。

換了身不那麼搶眼的裝束，依舊嫵媚漂亮的女人摘下墨鏡，朝她揮手，熱切地打招呼，毫無第一次見面的陌生和疏離。

蘇邈邈愣了一下，出於禮貌地朝對方微微躬身。

商嫺大步走到兩人面前，商彥嫌棄地看她，而她也嫌棄地看著商彥。

「這麼乖巧又漂亮的小女孩……你這樣的人就應該被校方隔離在她三十公尺之外，免得總想著怎麼下手染指。」

商彥嘴角微勾，哼出一聲輕蔑的笑：「如果不是因為我，她現在看都不會看妳。」

「……」商嫺氣結，「你可真會抬舉自己。」

商嫺懶得和這個從小就氣死人的弟弟說話，轉而一臉明媚地笑著看向商彥身旁的女孩。

「妳好，我是商嫺。很高興能見到妳，妳比我想像中還要漂亮許多呢。今晚我有榮幸邀請妳共進晚餐嗎？」

「……」蘇邈邈呆住了。

從前在療養院不會接觸這樣的人，而進學校沒多久，她便被商彥保護得滴水不漏，這還是她第一次遇到陌生人這樣明目張膽地「撩」她——更何況，對方同為女性。

不等蘇邈邈反應，商彥臉先黑了。他側跨出一步，半攔在蘇邈邈身前，輕瞇著眼看向商嫻：「難得悠閒，不去找薄屹廝混，來我們學校做什麼？」

面對自家弟弟那張清雋冷白的俊臉，商嫻臉上笑容自動消失：「我是邀請她，又不是邀請你。」

「她是我的人。」

「？」商嫻意外地轉頭看向蘇邈邈，「他說的是真的？」

蘇邈邈飽含怨念地瞪了某人毫不心虛且筆直挺拔的背影一眼，不情願地點了點頭。

她總不能告訴商嫻，自己如果不承認，商彥就會拿親她小腿的事來威脅吧……

商嫻見女孩委屈地點頭，頓時心情萬分複雜，臉上表情跟著變化，她抬頭看向商彥，眼裡寫滿痛心疾首的譴責：「我以為你多少還有點良心和人性，現在看來是一點都不剩啊。」

商彥輕嗤一聲，似笑非笑，「要那個做什麼，」他伸手向後一撈，輕環住女孩的薄肩，「有我家小孩就夠了。」

「……」商嫻咋舌，她家到底養出什麼樣的一對禽獸兄弟。

商嫻微微躬身，看向女孩：「女孩，妳不用管他。嫻姐請妳吃晚餐，妳有時間嗎？」

蘇邈邈抬眼，和商嫻對視。女人生了一雙桃花眼，眼尾微微上挑，平添幾分嫵媚。被這樣一雙眼睛真誠地望著，拒絕的話真的十分難以出口。

蘇邈邈情不自禁地點點頭，商嫻眼底笑意一閃，她直起身：「好了，她已經答應我了。請這位同學讓開，別擋路。」

作為「這位同學」的商彥頓了一下，微微挑眉：「我不會放她和妳獨處，妳別做夢。」

「……」被那防賊似的眼神一盯，商嫻氣得笑容差點掛不住，她一個字一個字擠出來，「怎麼？我還能吃了你家寶貝啊。」

蘇邈邈懵了一下，看看商嫻，又看向商彥。

「吃輪不到你，拐跑也不行。」商彥接得迅速，似乎不覺得商嫻的用詞有什麼問題。

商嫻忍住對這個占有慾爆表的弟弟翻白眼的衝動，勉為其難地說：「好吧，那你一起。」

轎車將三人送到餐廳門廊下，看著那熟悉的自動旋轉門，蘇邈邈噎了一下。商彥自然注意到她的反應，事實上，剛才司機開上C城中心大道，商彥心裡就已經隱隱有預感。等車停下，預感應驗：他們確實是來到上次商彥生日聚餐的地方。

嚴格來說，這裡應該算是商彥和蘇邈邈第一次相遇的地方。商彥嘴角微勾，意味深長地盯著她，蘇邈邈假裝沒看到。

「我聽薄屹介紹，這家餐廳在C城算是數一數二，我們今晚就……」副駕駛座上，商嫻剛側回身便戛然不語。她的目光透著點詭異，掃了一下蘇邈邈，又落向似笑非笑的商彥。

停了兩秒，商嫻慢慢皺眉：「你是不是又欺負人家了？」

商彥瞥她：「什麼叫『又』？」也不等商嫻回應，他轉身下車，繞過車尾，打開蘇邈邈那一側的車門，讓女孩下車。

「謝謝師父。」蘇邈邈禮貌地道謝。

商彥側回身，等女孩上前，「我那時候，」擦肩而過的瞬間，男生聲音低沉微啞，藏著點似笑非笑，「……怎麼沒認出是妳？」

到底還是沒逃過被追究，蘇邈邈沉默幾秒，低下頭，聲音輕軟：「我不是故意隱瞞，只是被其他人知道的話，在學校裡會很麻煩……」

「我怪過妳嗎？」商彥垂手，輕揉了揉女孩頹喪地低下去的腦袋。

蘇邈邈一愣，經商彥提醒，她才恍然：是啊，從那次落入假山池塘露了臉到今天，商彥明明記得自己隱瞞、甚至當面「欺騙」他，卻從來沒有責怪，甚至不曾追問原因……

「以後就不需要怕麻煩了。」

「……？」蘇邈邈側過身，仰頭看向商彥。

那人臉上帶著漫不經心的笑，出口的話也頗為隨意，唯獨望向她的那雙眸子黑漆漆的，光也透不進去，凝墨一樣的深沉。

「以後有我在，不會有麻煩。妳可以隨心所欲，做任何妳想做的事情。」

蘇邈邈愣在原地，片刻後，她回過神，鼻尖突然有點泛酸。

女孩低下頭，這是第一次……有人告訴她，妳不需要怕，因為有我在。

她曾經一個人孤零零地抱著膝蓋，在蒼白無色的病房裡枯坐。窗外春去秋來，歡聲笑語，人間熙攘，世界絢爛多彩。然而，絢爛多彩，卻好像所有色彩都與她無關；人間熙攘，卻沒有一個人站在她身邊。

直到他來。

「……你們在想什麼，一動不動，這麼入迷？」

打趣的笑聲突然在耳邊響起，拉回蘇邈邈飄遠的意識。商嫻和司機交待完事情，正走到蘇邈邈另一側。

商彥不著痕跡地護著剛回神的女孩，接話道：「尊老愛幼，所以在等妳。」

「……」商嫻氣到說不出話，這種弟弟還能長這麼大，可見她心地多麼善良。

當著蘇邈邈的面，姐弟倆沒有再你來我往、脣槍舌戰地廝殺，而是各自站在女孩兩側，目不斜視地走進餐廳。

餐廳已為他們預留最好的位置。

正值晚餐的巔峰時段，餐廳裡幾乎座無虛席，卻靜謐優雅。穿著整齊得體小禮服的侍者走在前面，款款領著他們來到夜景最好的落地窗旁。

這一桌獨自位在一塊半橢圓形的低矮平臺上，不遠處還擺著一架擦拭烏亮、一塵不染的鋼琴。

侍者領三人落坐，待商嫻點完餐，便躬身退下。

餐廳裡隱隱約約投來許多目光，畢竟進來的三人樣貌出類拔萃，平日難得遇見一個，更何況一次出現三個。再加上他們坐在餐廳的ＶＩＰ位置，引得不少人交頭接耳揣測這三個年輕人的身分。

商彥早有預感，特意讓蘇邈邈坐在臨窗的座位，自己則坐在外側，擋下大多數的視線。

商嫻之前還有些不解，此時自然懂了，不由紅唇輕撇，半帶嘲弄地喃喃道：「商家的兒子啊……平時狂妄得鼻孔朝天，到頭來還不是妻奴。」

「……」商彥上午剛用這個詞形容薄屹，聞言身體一僵。過了兩秒，他不疾不徐地瞥了對坐的商嫻一眼，「商家女婿不僅繼承這項優良傳統，還竭盡所能地發揚光大。」

「別急著對號入座啊商彥，我說的是商驍，又不是你。」商嫻懶洋洋地笑，眼神嫵媚裡藏著鋒利，「更何況，你還年輕，所謂長江後浪推前浪，一浪更比一浪高嘛。」

商彥乾脆閉口不語。

捧著紅茶的蘇邈邈安靜看戲，烏黑的瞳仁一閃一閃的，漂亮又乖巧。

趁著第一道湯還未端上桌，商嫻終於分出心神，溫柔地轉向蘇邈邈：「我之前沒問，妳叫什麼名字？」

女孩放下手裡的紅茶杯，回答：「我叫蘇邈邈。」

旁邊商彥似笑非笑地垂著眼，接口道：「蘇州的蘇，貓叫的喵。」

「……」不良人師……蘇邈邈偷偷瞪了男生一眼，才氣悶地糾正，「邈是表示遙遠的邈，不是貓叫的喵。」

商嫻一聽到女孩的姓氏便愣在座位上，接著像是想到什麼，眼底飛快掠過諸多情緒。餐桌上驀地沉寂，連商彥都有所察覺，他微抬起視線，落在商嫻身上。

商嫻回神，她淡淡一笑，掩飾過去，開口道：「蘇邈邈……是個很好聽的名字，跟小美人的氣度風儀很相襯。」

蘇邈邈有些不好意思地笑道：「謝謝。」

席間，蘇邈邈離開座位，去了一趟洗手間。

女孩背影遠離後，按捺許久的商嫻終於收斂神情，目光微肅地抬眸：「你知道她是什麼背景嗎？」

「……」商彥眼皮都沒抬，「無所謂，什麼背景都是我家小孩。」

「……」商嫻皺眉，「你可真敢說，她姓蘇！」

商彥一頓，漆黑的眸裡掠過點什麼，不過很快被他抹掉，他不疾不徐地抬眼，嘴角微勾，笑容裡浸上一點嘲弄：「怎麼？姓蘇的都是他們蘇家的人？」

商嫻無奈，她知道，當初商驍被迫和蘇家聯姻，讓商彥對蘇家頗有微詞，所以對於商彥的態度，她並不意外。

商嫻難得放軟語氣，循循善誘：「你不覺得，蘇邈邈長得很像蘇家的人？」

商彥垂眸思索兩三秒，再抬起視線，眼底情緒仍然薄涼，他嘴角輕扯一下：「妳是說蘇荷？她是妳的好閨蜜，不是我的，我只見過她兩三次。」

「不是蘇荷，蘇荷是獨生女，我從小跟她玩到大，會不知道？」商嫻沒好氣地道，「蘇家上一輩是兩兒一女，除了蘇荷父親的長房一脈，不還有么子那一脈？」

商彥沉默片刻，有點不耐：「他們家我不熟悉，也不想熟悉。」

商嫻噎了一下，忍著沒翻白眼：「蘇宴？蘇家么子的兒子，也是蘇家唯一的小孫子，比你小三歲，你不記得？」

「……」名字有點耳熟，但商彥尋遍記憶，印象趨近於無。他心裡莫名的煩躁感湧上來，「有什麼話妳就直說，別賣關子。」

「我第一眼看見蘇邈邈，就覺得她眼熟，直到剛剛她提起自己姓蘇，我才想起來，她和蘇家那個小孫子蘇宴長得很像，非常像。」商嫻特別強調最後三個字。

商彥眉心緊蹙，片刻後輕嗤一聲：「省省妳那點沒用的推理能力吧。」

商嫻不解。

「蘇家跟我們同輩的只有兩個女孩，長房那個嫁給商驍的蘇荷，以及獨生女家那個隨外公姓的蘇桐。」商彥一頓，似笑非笑地抬眼，眸色冷淡，「怎麼，妳準備再幫蘇家加一個女孩？」

商嫻皺著眉，沉默下來，過了幾秒，她才遲疑地說：「你可能不知道，蘇家么子那一房，原本有個比你小一歲多的女孩。」

「……！」商彥拿著湯匙的手驀地頓住，片刻後他抬眸，目光清冽近乎凌厲，緊緊盯了商嫻兩三秒，才啞聲問，「我怎麼從來沒聽說過？」

商嫻仍皺著眉，低聲說：「蘇家那個小孫女的情況比較特殊……」

「什麼意思？」

「她三歲就被送出蘇家，聽說是去國外治療，但從此音訊全無。所有人都說，這個女孩已經……去世了。」

「……」商彥捏著湯匙的指節下意識地收緊，「那蘇家的態度呢？」

「沉默。」商嫻肅然道，「從未聽蘇家人在公開場合提起過。對於外界的說法，他們不承認也不否認，所以時間久了，所有人都以為他們默認，再沒提起這個女孩。」

商彥安靜許久，垂下眼：「妳說這個女孩被送到國外治療，是治什麼？」

商嫻沉吟幾秒，開口：「你知道，蘇家長子蘇毅民經營娛樂事業，而蘇家么子蘇毅清是國內醫療界巨頭，多數高級私人醫院的主要股份都在蘇毅清手裡。」

商彥「嗯」了一聲。

商嫻將聲音壓到最低：「但蘇毅清那個女兒，一出生就診斷出先天性心臟病，而且是非常棘手的一種。」

「啪嗒」一聲，銀色湯匙從男生修長的指間掉落，砸在圓環形紋理的湯盤盤托上，發出清脆的聲響。

原本寂靜的西餐廳裡，坐在附近幾個角落的客人投來驚訝且不解的目光。

商彥卻無心理會，他驀地抬眸，眼神驟沉。

商嫻看到商彥的反應不由愕然，一向疏懶散漫的弟弟近乎鐵青的臉色，應證了她心裡那點不好的預感。

商彥不會對一個無關的女孩這樣關心，他之所以不斷追問，就是因為在方才的某一段對話裡，商彥已經確定蘇邈邈極可能就是傳聞裡蘇家死掉的那個孩子！

想通這一點，商嫻的臉色跟著變了。

「蘇邈邈……是不是也有先天性心臟病？」

商彥眼神戾然，他張口欲言，眼角餘光突然瞥見從洗手間緩步走回來的蘇邈邈。

女孩似乎是注意到他們之間劍拔弩張的氣氛，遲疑地放慢了腳步。

她目光投來，兩相對視。

商彥在腦海裡重複了一遍商嫻說的那個病名，所有……所有和女孩相遇以來，那些奇怪的事情，那些不能說的祕密，都有了答案。

早知道答案會撕得他心口鮮血淋漓，商彥就不會這般急於知道了。

商嫻坐在對面，心情複雜且沉重，雖然今天才第一次接觸，但蘇邈邈對自己這個弟弟的影響有多大，她深有所感。

她弟弟從小聰慧、優秀、卓越，向來無往不利、恃才傲物，從沒受過什麼挫折。因為是么子，父親母親都頗為放任……商家捧出來的這位狂野不馴的小少爺，在世交之間也是人盡皆知。

而今天，她第一次見商彥這樣專注地看著一個女孩，像是整個世界只有她一個人。商嫻無法想像，如果蘇邈邈真的是——

「別說出去。」

「什麼？」商嫻回神，錯愕地抬頭看向商彥。

「……」商彥慢慢起身，聲音低沉發啞，壓在桌上的手緊握成拳，「剛剛我們說的，無論事實如何，就當沒發生過，別告訴任何人。」

商嫻抿唇，抬頭，望著她的男生眼睛裡陰鬱滿布，卻深沉決然：「……算我求妳。」

女人的身體一震，近乎驚怒的情緒從眼底掠過——商嫻發現，自己竟不希望她這個桀驁不馴的弟弟為了任何一個女孩說出「求」這個字。

兩人沉默之際，蘇邈邈已經走到桌邊。

看著不作回應的女人，商彥眼眸陰沉得近乎黑暗。

「商、嫻！」他一字一頓，字字透著椎心泣血的沉冷。

「……好。」商嫻吐出的尾音微顫，她沉聲，眼睫緊壓下目光，「我答應。」

商彥鬆了一口氣。

蘇邈邈全然不知發生什麼事，有些遲疑地看向商彥。

瞬息間，商彥臉上的情緒悉數收回眼底，又被漆黑的眸色藏在深處。他嘴角微勾，如平時般散漫的笑意：「嚇到妳了？」

見商彥神態如常，蘇邈邈鬆了口氣，繼而好奇地問：「你們剛剛是……？」

「我和她開玩笑。」商彥抬手，輕揉了揉女孩的長髮，「坐吧，湯快要涼了。」

蘇邈邈儘管不完全相信，但她以為是商家的私事，不好過問，於是安安靜靜地坐下。

之後商嫻似乎有些心不在焉，直到餐後，三人離席。

仍是送三人來餐廳的那輛車，按照商彥的意思，先將商嫻送去她在C城的住處。下車前，商嫻扶著副駕駛座的車門，意味深長地沉默不語，看著商彥。

後座的蘇邈邈遲疑了一下，伸手戳了戳旁邊安靜的男生。

始終望著車外濃郁夜色的商彥緩緩轉回視線，望了商嫻一眼，警告的意味不言而喻。而商嫻也清楚，商彥之所以要司機先送她回來，無非就是表明不想再與她深談下去。

商嫻思考了兩三秒，重新俯身到車內，「邈邈，介意我耽誤妳三五分鐘嗎？有些話想和妳說。」商嫻頓了一下，又補充，「單獨和妳說。」

蘇邈邈意外地看著商嫻，而商彥眉峰一蹙，目光微微冷了下來。

經過一晚上調整情緒，商嫻此時已恢復往常的狀態，對上商彥的目光，只是不屑地撇了撇嘴。

「你放心，我答應你的事情不會食言。」她看向蘇邈邈，眼角一彎，笑容轉為和善，「我找邈邈，是有別的事情要說。」

「那為什麼我不能聽？」商彥顯然不吃她那一套。

商嫻臉上的笑容抽了抽：「……女人之間的祕密，你閉嘴。」

商嫻甩門下車。

車內，蘇邈邈側眸小心地看了看商彥的側顏，發現他的心情似乎有些陰晴不定。

「師父，那我下去一下……」蘇邈邈伸出一隻手，五根細白的手指漂亮又嬌嫩，「五分鐘，我一定回來。」

商彥眼底情緒微戾，他咬住薄唇內側，喉結滾動，躁動的情緒有些克制不住。瞥一眼女孩從袖口露出的細白手指，他俯過身，慢慢把人逼到車門邊。

蘇邈邈懵懂地看著他，生物本能告訴她，現在的狀況有點危險，她卻不知起因是什麼。

蘇邈邈無辜地看向前座，安靜得近乎死寂的車廂裡，前座司機眼觀鼻鼻觀心，靜如石雕，存在感為零。

蘇邈邈只得又轉回來，更努力地往車門縮了縮：「師父？」

「五分鐘？」半晌後，她聽見男生輕嗤一聲。昏暗中那雙眸子近在咫尺，暗光微熠，商彥的目光緩緩從女孩白嫩的指節拂過，他眼簾半闔，聲音低啞微沉，「五分鐘，夠她把妳吃得骨頭都不剩。」

「……」蘇邈邈不解，怎麼突然要吃人了？

商彥眼底思緒暗轉，他實在不知道商嫻那個女魔頭又想做什麼，但他知道，今天如果不讓對方得逞，以商嫻不達目的誓不甘休的個性，必定會趁他不注意，再找上蘇邈邈。

與其如此，還不如現在順她的意，至少最後結果他可以調控。這樣一想，商彥嘆了口氣，手一抬，將女孩身後的車門打開：「去吧。」

蘇邈邈如獲大赦，她鬆了一口氣，轉身就要下車，然而還未關上車門，車內的男生驀地拉住她：「等等。」

「……？」蘇邈邈遲疑地轉回去。

倚著真皮座椅的男生，五官被車外的路燈光線琢磨出立體深邃的輪廓，他側眸問：「幾分鐘？」

蘇邈邈重展笑容，伸出手，晃了晃：「五分——」

話音戛然而止，女孩的手突然被拉過去，濡溼的親吻落在指尖，末了，氣不過似的，那人又輕咬了一下。

漆黑的眸子抬起，沉沉望著她。

等在不遠處的路燈下，商嫻沒有看清楚車門後面發生了什麼事，只覺得走過來的女孩似乎渾身僵硬，臉頰紅撲撲的，眼神寫滿「我是誰我在哪裡我要幹什麼」的茫然無措。

商嫻輕瞇起眼，儘管不知道她那個弟弟做了什麼好事，但他不想讓自己達到目的的意圖再明顯不過了，而且看蘇邈邈的模樣，是被他得逞了。

商嫻氣極又無奈。商彥一心放在這個叫蘇邈邈的女孩身上，可如果蘇邈邈真的是蘇毅清的女兒，那就意味著，她得了讓蘇家都覺得棘手的先天性心臟病……

商嫻慢慢地、無聲地吐出一口氣。秋夜涼了，她抱緊手臂，目光越過女孩的薄肩，落到不遠處停著的轎車上。

那是先天性心臟病啊……商彥，你真的想清楚了嗎？

商嫻恍惚間，蘇邈邈已經走到她面前。

「嫻姐……」喊出這個不太熟悉的稱呼，蘇邈邈小心地問，「妳找我出來，是有什麼事情要說嗎？」

女孩聲音輕軟，在涼夜裡聽來尤為空靈，像是風一吹就會散去。

商嫺目光一顫，視線的焦點回到女孩身上，紅脣自然地勾起一抹笑意：「妳不用緊張，沒什麼大事……只是隨便聊聊。」

蘇邈邈心裡鬆了口氣，臉上卻不顯，她微微點頭：「嗯。」

商嫺目光閃了閃，笑著問：「妳覺得，商彥這個人怎麼樣？」

蘇邈邈一愣。

「妳不用顧慮什麼，直說就好。」商嫺朝她眨眨眼睛，「妳也看得出來，我們姐弟關係沒那麼融洽，我巴不得從妳這裡聽到他的糗事和壞話呢。」

蘇邈邈低下頭，眉心緊緊蹙起，苦思冥想許久，才想到什麼，抬起頭：「他不喜歡語文。」

「？」商嫺一愣。

「這個算嗎？」

「……」

「其實我覺得不太算……因為我也不喜歡物理化學生物。」

「……除了這個之外呢，沒別的了？」商嫺又問。

蘇邈邈搖了搖頭。

商嫺目不轉睛地盯著女孩的眼睛，對視十秒，她敗下陣來。蘇邈邈沒有說謊，她發自內心地認為，自己那個乖戾不馴的弟弟，除了「不喜歡語文」這個不算缺點的缺點以外，沒有任何毛病。

天生一對啊……

商嫻無奈得簡直想為這兩人鼓掌。

似乎是看出商嫻的情緒變化，蘇邈邈認真地看著她：「他真的很好。」

商嫻順著她的話問下去：「比如說？」

蘇邈邈被問得一愣，卻還是如實回答，「很多。」不等商嫻引導，她主動說下去，「他功課很好，期中考雖然語文不及格，但物化生全部滿分，拿到全年級第四名；他體育也很棒，可以在操場跑四圈都不出汗，籃球打得很好，大家都很喜歡他；他的電腦技術最厲害，培訓組的人說校外很多人崇拜他；他對人也很溫柔，教學的時候從來不會不耐煩，而且……」

「嗯……差不多了。」商嫻頭痛地喊停，她懂了，要女孩說商彥一句壞話，想半天才說出一句不喜歡語文；而要她說商彥的好，這個看起來沉默寡言的女孩，卻能說上一天一夜。

商嫻心裡無奈，又忍不住笑意：「妳喜歡他嗎？」

「……啊？」前一秒還滔滔不絕的女孩突然愣在原地，她無聲地眨眨眼，過了幾秒才開口，聲音和目光一起低下去，「喜歡啊，他是我師父，我當然喜歡他。」

商嫻之前從薄屹那裡聽說了這段「師徒情分」，無可奈何地瞟了轎車一眼，這才發現商彥不知道什麼時候下了車，外套都沒穿，只穿著單薄的黑襯衫，煩躁地咬著根沒點燃的菸，皺著眉頭，漆黑的眼眸望著這裡。

商嫻想追問的話在嘴裡轉了兩圈，最後還是嚥了下去。

她轉回眸，目光落到女孩身上：「這個弟弟，我還算了解。母胎單身十八年，多少女孩倒貼他都沒正眼看過，我和我爸媽還一度十分擔心，怕他會不會太過自戀，或者是同性戀之類的……」

商嫻玩笑過後，又輕嘆了一聲：「邈邈，在妳之前，我從沒看過他對哪個女孩這樣在意。」

「……」蘇邈邈懵了許久，才隱隱約約又似懂非懂地聽出商嫻的言下之意，她一時語塞，張口想解釋，卻又無從說起。

看出女孩的困窘，商嫻體貼地安撫：「別緊張，我說了，只是閒聊。」

商嫻抬眸瞥一眼遠處路燈下的少年，不由垂眼無聲地笑，「我們把他慣壞了，邈邈，從他生下來，全家就把他捧在雲端，他從小到大沒遇過挫折，唯一的不幸大概就是太孤單……可妳知道嗎？」商嫻嘆氣，抬眼，若有深意和擔憂地看著她，「我寧可他永遠在雲端上孤單，也不想有一天他為了哪個人摔下來，跌得頭破血流滿身狼狽、被折磨得再沒有意氣與不馴……我不想看到……」

蘇邈邈聽得一頭霧水，茫然地看著商嫻，許久後才搖了搖頭：「不會的，師父那麼驕傲，才不會狼狽呢。」

商嫻苦笑：「是嗎？」可在她看來，她的弟弟已經義無反顧地往下跳了。

商嫻慢慢地嘆氣，伸手摸了摸女孩的頭頂：「邈邈，我這個弟弟，就交給妳了。」

「……哎？」蘇邈邈有點慌，不好意思地擺擺手，不知道想到什麼，又突然把指尖握住，臉頰微微泛起漂亮的嫣色，「我不會照顧人……」

「妳不需要照顧他，」商嫻垂下手，眼睛彎彎地笑，「只要妳照顧好自己，別讓他……我就能放心了。」

蘇邈邈似懂非懂，商嫻卻已經朝她擺擺手：「回去吧，商彥等得不耐煩了。」

蘇邈邈遲疑一下，慢吞吞地點點頭，轉身走向車邊。

男生修長的陰影拓在地上的落葉間，聽見腳步聲，陰影一動，皺著眉、咬著菸的男生抬起漆黑的眼，先把女孩上上下下檢查了一遍，才鬆了口氣，然後又略帶警告地抬頭瞥了商嫻一眼。

商嫻又好氣又好笑，狼心狗肺的弟弟，在姐姐和心上人之間，偏頗得毫不猶豫啊。

她剛要轉身，就見前一秒還眼神不馴的男生垂下眼，沒有刻意壓低的聲音，隨著清朗的夜風飄過來：「再三十秒妳就要出事了，小孩。」男生俯下身，姿態威脅。

「……哦。」女孩悶悶地低頭回應。

商彥的目光在女孩身上一掃，皺了皺眉：「只穿這麼一點還慢吞吞的，上車。」

「師父穿得明明比我還……」蘇邈邈抬到一半的視線停住，落在男生手邊的香菸上。沉默兩秒，女孩抬起烏黑溼漉的眼瞳，小臉也微微繃緊，豔麗的臉蛋上沒有表情：「你在抽菸嗎？」

商彥被她一看，莫名地心虛：「沒點燃。」

「……」

沉默幾秒，商彥輕咳一聲，垂眼看著女孩：「怎麼不說話？」

「……」蘇邈邈仍是沉默。

商彥皺眉，伸手捏了捏女孩尖尖的下巴，輕瞇起眼：「說話，蘇邈邈。」語氣有點危險。

女孩卻也不甘示弱，她伸手微惱地撥開男生的手，語氣不滿又失望：「商彥，你怎麼能抽菸。」她剛剛還在商嫻面前那樣誇他。

商彥無奈：「以後不會抽了。」如果他沒記錯，先天性心臟病的忌諱之一就是香菸裡的尼古丁。

蘇邈邈不知道商彥的心思，看向他的目光還將信將疑：「真的嗎？」

「嗯。」

「那……我下次又看到怎麼辦？」

商彥沉默兩秒，俯在女孩面前，撐著膝蓋，對視著女孩澄澈乾淨的眼眸，啞聲笑：「隨便妳怎麼『辦』我都行。」

「……」蘇邈邈覺得好像哪裡怪怪的。

不等蘇邈邈明白其中深意，身後一個聲音響起：「商彥，你這個臉都不要了的模樣，我真想拍下來傳給爸媽看啊。」

「……」商彥不耐煩地皺眉，往旁邊一偏頭，看向女孩身後的商嫻，一臉嫌棄，「妳怎麼還沒回去？」

商嫻不以為意：「我只是突然想起一件事，還沒跟邈邈說。」

「……？」蘇邈邈好奇地轉身。

商嫻走到近前，伸手朝她勾了勾，蘇邈邈遲疑一下，走過去。商嫻附到女孩耳邊，輕問了一句，女孩愣了愣，點點頭。

商嫻露出「果然如此」的表情，目光十分複雜地看了商彥一眼，然後又俯下身，在女孩耳邊喃喃地說了些什麼。說完，商嫻支起身，懶散又應付地跟商彥揮了揮手，轉身走向自己的住處。

商彥剛開口想問，便見女孩低著頭，默不作聲地從他面前走過，進了車裡。

「……」商彥目光危險地瞥了一眼商嫻的背影，才帶著眼底那點不甘，轉身回到車上。

習慣接送兩人的司機從後照鏡望了一眼：「小少爺，回學校嗎？」

商彥抬手看了看腕錶，七點剛過半，換作以前，他一定會告訴司機直接回三中，可是現在……商彥看向旁邊沉默的蘇邈邈：「累了嗎，小孩？」

「……啊？」蘇邈邈慢半拍地反應過來，搖了搖頭，「我沒事。」

商彥皺了皺眉，還是開口：「直接去文家別墅吧。」

「好的，小少爺。」

蘇邈邈不解地看向他：「才七點多，不去培訓組了嗎？」

「嗯，今晚不去了。」商彥垂眼，「我累了。」

蘇邈邈輕輕「嗯」了一聲。

轎車於是一路開進別墅區，在臨近文家別墅的拐角小路前停下。

蘇邈邈拿起背包：「那我先……」

「我送妳下去。」

蘇邈邈愣了愣：「我們之前不是說好，送到這裡就可以了。」

商彥已經推開門，漆黑的眸子望向她：「從今天起，那個約定作廢。」

「……？」

沒有給她辯駁的機會，男生已經轉身下車，蘇邈邈無奈，只能跟上去。

別墅區非常安靜，路上一個人都沒有，只有風吹過的樹影在地上輕輕晃動，蕩起水面一般的漂亮漣漪。

從拐角到文家別墅，不過幾十步的距離，蘇邈邈和商彥走得很慢，也很沉默，直到站在文家別墅的正院前，兩人停下腳步。

「你回——」

「商彥——」

兩人不約而同地開口。

商彥眼底染上一點笑意，嘴角也輕勾起來：「說吧。」

蘇邈邈猶豫了一下，商嫻在臨別前，附在她耳邊問的問題又一次響起。

「妳是不是咬過商彥，在鎖骨的位置？」

蘇邈邈清楚記得自己當下複雜的情緒，慌張、赧然、被抓包的尷尬和擔憂，以及更多的不解……

再想到之後商嫻的那番話，蘇邈邈更不安了，她白皙的面頰微微透著嫣紅，不知道憋了幾秒，她終於鼓足勇氣，仰起臉看向商彥：「我之前咬的……你鎖骨上的傷好了嗎？」

商彥一愣，旋即低笑一聲，「嗯，早就好了。」他微俯下身，似笑非笑，「怎麼，妳還想再補一口？」

蘇邈邈卻一瞬不瞬地回視著他，目光澄澈：「我能看看嗎？」

「……」商彥動作一頓，片刻後，他輕瞇起眼，「商嫻跟妳說了什麼？」

聽到這個問題，女孩似乎是確定了什麼，又因此而愣在原地。過了不知幾秒，她回過神，慢慢咬住下唇，眼睛裡漾起水光。

「……我要看。」她罕見地用帶著氣惱、近乎命令的語氣說道。

商彥頓了一下，又過片刻，他無奈地笑。

明明想故作強硬，卻一雙眼睛溼漉漉的，像是隨時要哭出來一樣。

這麼不軟不硬的威脅啊，他還真是無計可施。

「一定要看？」

「……嗯！」

「嘖。」

商彥直起身，牽動薄薄的黑色襯衫。他單臂抬起，右手伸向繫得一絲不苟的領口，解開最上面的第一顆釦子。

黑色的襯衫鬆開，露出底下線條流暢的頸項。

商彥垂眼，漆黑的眸子撞上女孩始終緊盯著他指節的目光，他輕舔一下牙齒，驀地低笑一聲，放下手，懶懶笑著問：「小孩，明明是妳想看，為什麼要我自己動手？」

蘇邈邈一懵。

商彥彎身，雙手撐到膝蓋上，只解開一顆釦子，仍然看不到鎖骨。

蘇邈邈的目光移到男生臉上，那人看著她，似笑非笑，漂亮的黑眼珠像是藏著碎星的黑曜石那樣熠熠發亮。

他似乎是在賭，賭她不好意思伸手解開他的釦子。

蘇邈邈憋了憋氣，慢慢、慢慢地抬起雙手。從袖口探出的粉白指尖，還帶著一點點不自覺的顫抖。

商彥嘴角勾了勾，他盯著女孩的眼，低聲笑：「害怕就算了。」

「……！」蘇邈邈咬了咬下唇，心一橫，抬手摸上那人胸前的衣襟，微慄而快速地解開最上面兩顆釦子，然後她左手拉開左側的衣襟，白皙而凌厲的單側鎖骨線條露了出來。

與之一起顯露的，是覆蓋住原本傷痕、貼合得天衣無縫的紅色刺青——他把那個咬痕一針一針地刺在身上。

白皙上的紅痕刺得人眼睛發痛，蘇邈邈屏住呼吸，臉色微白，不知多久後，她才懊惱地抬起頭，紅著眼眶凶巴巴地瞪著男生：「商彥，你是不是……你是不是有病！」

這是女孩長這麼大，學過最凶的一句罵人的話了。

她氣壞了，薄薄的肩膀壓抑不住地顫抖，如果眼眶沒那麼紅，眼淚沒有在烏黑的瞳仁前打轉，那就更好了……

商彥嘆了一聲，「嗯，我有病。」他伸手輕捏女孩的鼻尖，「所以別為了一個有病的人哭，多不值得？」

女孩氣得躲開他的手，她呼吸發顫，左手仍拉著他的衣襟，不甘心又不安地看了一眼。血紅血紅的，看起來就很痛，而且明明傷口剛好沒多久……

蘇邈邈越想越氣，眼淚都快掉下來了，眼眶通紅。

商彥看得更心痛，他嘆氣：「我自作自受，但也罪不至死，所以妳就別哭了，嗯？」

蘇邈邈噎了一下，商彥當初在圖書館說過的話在耳邊響起。

「或者，哪天妳不想看到我了，就來我面前哭，哭完挖個坑把我埋了。」

想起這句話，酸澀的情緒果然沖淡許多。

蘇邈邈餘怒未消，卻又哭笑不得。她抬起頭看向男生，目光又遲疑地掠過那紅色的刺青。

憋了憋氣，她軟聲悶悶地問：「為什麼要這樣做？」

商彥嘆氣：「商嫻告訴妳的？」

商嫻原本就無意隱瞞，所以蘇邈邈想了想，便慢吞吞地點點頭。

「那個女魔頭……」商彥眼底掠過點不快。

「你還沒回答我。」女孩不滿地看著他。

商彥轉回視線，停了兩秒，嘴角一勾：「不知道……鬼迷心竅吧。」

蘇邈邈被這個答案噎了一下：「那你……痛不痛？」

「不痛了。」商彥毫不猶豫。

蘇邈邈微惱：「騙人，明明還有點腫。」

商彥從善如流：「還有一點痛。」

蘇邈邈眼簾一垂，又氣又心痛：「那怎麼辦？」

商彥半垂下眼，懶懶笑道：「我教過妳方法。」

蘇邈邈不解。

「當初在救護車上，我教過妳了。」

想起商彥說的辦法，蘇邈邈臉頰一燙，不禁又有些氣惱：「那次可以，這次不行。」

「為什麼？」

「這是你自己……你自己弄的！」女孩辯道。

商彥啞然失笑：「原來妳那天肯聽我的，只是當作英雄救美的獎勵？」

「……」蘇邈邈咬住下唇，沒說話，烏黑的眼瞳溼漉漉的，臉頰也悶得嫣紅。

商彥輕皺起眉：「可是真的有點痛。」

蘇邈邈氣結。

商彥繼續耍賴：「雖然刺青是我自己做的，但傷疤好像跟我沒關係？」

女孩握著他衣襟的手慢慢收緊，粉白的指尖上，最後一點血色褪去。

兩人之間寂靜無聲許久，就在商彥決定展現一點人性，不再逗女孩的時候，他聽見女孩悶悶軟軟地開口。

「最後一次……」

話音剛落，女孩拎著他的衣襟，輕輕踮腳，一個輕吻落在男生的刺青上。

商彥身體一僵。

幾乎與此同時，一個不可置信的驚叫響起。

「你們在做什麼！？」

蘇邈邈猛地回頭，看見呆在原地的文家父母，以及文素素。

蘇邈邈踮起腳尖吻上去的那一刻，她覺得自己瘋了，不然怎麼做得出這樣的舉動？

捏在商彥衣襟上的左手慢慢收緊，她指尖泛白，唇前那豔紅色刺青的溫度灼人。

被燙了一下似的，她慌忙落回腳跟，眼神慌亂不已。

不等她恢復理智，耳邊突然炸響一聲驚叫：「你們在做什麼！？」

「……！」蘇邈邈被那聲音嚇得往後一縮，目光驚慌地望過去。

路燈下，似乎剛散步回來的文程洲夫婦目瞪口呆地看著兩人，而他們身旁的文素素在那聲驚叫之後，臉色煞白得近乎發青。

因為那一個輕若無物的吻而僵滯原地的商彥，被這一聲驚叫喚醒。他深吸一口氣，側身將蘇邈邈攬在身後，保護意味再明顯不過。

文素素的臉幾乎扭曲，她剛剛還懷疑是自己看錯，然而此刻再看商彥這樣的姿態，一切不言而喻。

她看到的是事實。

之前即便舒薇信誓旦旦，她也不相信；即便在圖書館看到交疊的背影，她也以為是誤會，可是剛剛……

文素素握緊雙手，指甲不自覺地刺進掌心。

剛剛她親眼看見了——

女孩伸手抓著商彥的衣襟，踮腳吻在男生的鎖骨上。而那個在學校裡，任何女生都近不了身的商彥，卻靜靜站在那裡，雙手插在褲子口袋，低笑私語，任女孩為所欲為。

文素素嫉妒得快要發瘋，整顆心像是被無數蟲子啃噬撕咬。那是她喜歡了一年多的男生，對她和其他女生總是愛理不理，卻和蘇邈邈認識了不過幾個月，就一副情根深種、非蘇邈邈不可的模樣。

這讓她怎麼能接受！

「蘇邈邈！」文素素氣憤不已，被搶走了喜歡男生的怒意，讓她幾乎失去理智，「妳怎麼能——」

商彥冷眼，然而不等他開口，旁邊的高媜雯臉色微變，一把拉回要衝上前的文素素，低斥一聲：「妳怎麼這樣跟邈邈妹妹說話！」

「媽，明明是她——」

「閉嘴！」高媜雯懊惱地打斷她的話。

「……！」文素素氣得幾乎要哭了，她用力甩開母親拉著自己的手，紅著眼眶狠狠瞪了被商彥護在身後的女孩一眼，頭也不回地跑進別墅。

高娰雯臉色十分不悅，但也只能從文素素的背影收回目光。她尷尬地與文程洲對視一眼，慢慢走上前，試探地開口：「邈邈，這位是……妳的同學嗎？」

高娰雯原本不以為意地望向商彥的目光裡，多了一點驚豔的情緒。剛才沒看清楚，一方面也是太過驚訝而沒心思注意，此刻走到近前，才發現這個和蘇邈邈似有曖昧的男生，竟長得俊美無瑕。

單論外表和氣質，她還沒見過哪個同年紀的少年能與他相提並論。收起心裡的輕視，高娰雯的笑容真誠了幾分。

「邈邈？」她看向蘇邈邈，似乎在等待她回答。

站在文程洲夫妻面前，女孩抿脣不語，又恢復安靜至極的狀態。

商彥不喜歡眼前這個女人盯著蘇邈邈看，不由皺了皺眉，主動開口：「我是蘇邈邈的同班同學，商彥。」

高娰雯的眼神閃爍，「商彥」這個名字她不只一次聽文素素提起，而且按照文素素的說法，這個男生似乎家庭背景非常雄厚，個人能力也相當卓越。

回想文素素剛才的反應，高娰雯心下了然，回頭與文程洲交換了一下眼神，再轉頭時，臉上掛著和善的笑容。

「既然和邈邈是同班同學，那跟我們家素素認識也有一年多了吧？」

「嗯。」商彥冷淡地回應。

高嫋雯微微皺眉，但她很快抹平，笑著問：「你們是從哪裡回來啊？」

她目光落向蘇邈邈，商彥往女孩身前一攔，主動回答：「培訓組，自習提早結束，所以今晚我提前送她回來。」

異樣的情緒浮現在高嫋雯眼底，隨即她不著痕跡地帶過，淡淡一笑：「啊，原來之前素素說邈邈要上自習課，晚點回家，就是和你一起嗎？」

商彥漫不經心地「嗯」了一聲，回身去看藏在自己後面的蘇邈邈。女孩始終垂著一顆小腦袋，看不清神情。

商彥輕皺起眉，突然他聽見高嫋雯笑著問：「既然都是同學，時間也還早，不如商彥同學進家裡來坐一坐吧？」

商彥動作一頓，與此同時，蘇邈邈也微愣地抬頭，撞上他的目光。

女孩眼底的情緒果然有些慌亂。

商彥也不在意身後文程洲夫婦的目光，抬手輕揉了揉女孩的長髮，微俯下身，低語：「記得我說過的話嗎？有我在，不用擔心麻煩，我會解決。」

說完，商彥轉身，薄脣勾起一點淺淡的笑，黑眸裡薄光微熠：「多謝，那就打擾了。」

高嫋雯愣了一下，顯然是沒想到商彥會這麼輕易答應自己的邀請，但她迅速調整好情緒，滿面笑容地把商彥和蘇邈邈帶進屋裡。

一進正門，坐在客廳沙發上生悶氣的文素素瞥過來，不可置信地愣住。

背對玄關站著的幫傭臉色尷尬，邊轉身邊開口：「先生，夫人，素素一回來就坐著生悶氣，我怎麼勸也沒用……」

高媜雯拚命以目光示意，幫傭意會過來立刻收住後面的話。她望著商彥愣了一下：「這位是……？」

高媜雯表情僵硬地笑了笑，「這是商彥，素素和邈邈的同班同學。」說著，她向幫傭使了使眼色，「妳去沏一壺茶，別怠慢了客人。」

「哦哦，好的夫人……」

幫傭阿姨轉身走向一樓的廚房，高媜雯這才轉身去招呼兩人：「商彥同學，還有邈邈，來，我們到沙發上坐。」

蘇邈邈沒有說話，商彥卻出口婉拒：「我陪叔叔阿姨坐一下，邈邈今天累了，讓她先回房間休息吧。」

話一出口，不只文程洲和高媜雯愣了一下，連蘇邈邈都意外地看向商彥，烏黑的瞳仁裡滿是藏不住的擔憂和不安。

「聽話。」商彥抬手摸了摸女孩的瀏海，漆黑的眸子裡笑色柔緩微熠，「回房休息吧。」

他的一言一行都維護著她，蘇邈邈心裡的不安慢慢散去，被甜絲絲、棉花糖一般的觸感包裹，變得柔軟而泥濘。

蘇邈邈慢慢點頭，輕聲道：「那……師父晚安。」

「嗯，晚安。」

目送女孩的背影漸漸消失在樓梯間，商彥才垂下眼，轉回身，臉上的笑色淡了許多。

文素素再次目睹商彥對蘇邈邈獨有的溫柔舉止，眼睛都快氣紅了，她嗖地一下站起身：「我也回房了。」

文素素聲音僵硬，抬腳往樓梯走去，她才剛離開沙發，便聽見商彥不疾不徐，語氣平靜地說了一句：「不要去打擾她。」

「──！」文素素腳步戛然一停，她終於忍無可忍，猛地轉身，「你幹麼那麼維護她！你們才認識多久！」

文程洲和高婌雯都嚇了一跳，客廳裡死寂了兩三秒，文程洲澈底沉下臉：「素素，妳怎麼回事，今晚鬧夠了沒有？」

「……」文素素臉色一白，和高婌雯的喝斥不同，文程洲很少發脾氣，只要冷著臉說一句話，她往往半聲都不敢再出。

文素素委屈地低下頭，唇緊緊抿著，掌心也快被指甲掐得流血。

在這陣沉默裡，商彥突然聲音很輕地笑了，文素素抬頭，撞進側身望過來的漆黑眼眸。

「我喜歡她，為什麼不維護她？」

「……！」文素素臉上最後一絲血色被這句話震散。

商彥側回身，似乎不願意再多看她一眼，「文素素，我請妳──不要去打擾她。」男生的笑意隨著一字一句，一點點涼了下去，「有任何問題，妳來找我。」

文素素臉上火辣辣的，氣急敗壞的眼淚湧了出來，她頭也不回地跑上樓梯。

高姒雯的臉色一變，她氣悶地瞪了文程洲一眼，不滿這人訓斥女兒，卻更痛恨無論家世、樣貌，如今連男朋友都壓過自己女兒的蘇邈邈。

但當著這個來歷神祕的男生的面，高姒雯自然不會把那些情緒表露出來，她轉過身，臉上掛著溫和慈善的笑容：「商彥同學，你別介意，素素被我們寵壞了，如果有什麼她做得不好的地方——」

「叔叔阿姨也一樣。」

「……啊？什麼一樣？」

文素素跑開後，商彥就像什麼事都沒發生一樣坐到沙發上。對於高姒雯的發言，他似笑非笑地一掀眼簾，眸光清冷地打斷：「無論有什麼事情，比如今晚你們看到的，請你們一個字都不要在她面前提起。有什麼想問的，直接來找我。」

「……」在比自己小幾十歲的晚輩身上，碰了這麼一個不軟不硬的釘子，即便是高姒雯也有些笑不出來。她微微板起臉，笑容淡了一些，「這個……商彥同學，你可能不太了解，邈邈雖然是暫住在我們家，但我們視她如親生女兒，而且既然她父母把她託付給我們，那我們就有義務盡到父母的責任，像今晚——」

商彥輕嗤一聲，高姒雯話音戛然而止，臉色瞬間變得有些難看，轉頭看向旁邊沙發。

商彥不疾不徐地看過來，前一秒還勉強維持晚輩禮數的模樣已然消失不見，他慢慢向前傾身，雙手撐到膝蓋上，嘴角懶散地勾起，眸子漆黑，似笑非笑，又滿眼嘲弄：「我可能比妳以為的，更了解那麼一點。」

「什、什麼……？」

「譬如……」商彥撐在膝蓋上的雙手交扣，抵著額頭，壓出一聲低笑，接著他抬眼，嘴角勾出嘲弄的弧度，「蘇家是什麼位置，你們文家又是什麼位置；再比如……」商彥一側頭，看向旁邊沉默打量他的文程洲，笑容更深，「文叔叔公司最大股東，剛好就姓蘇。」

看著高姻雯那打翻調色盤一樣的神情，商彥低笑一聲，倚上沙發靠背：「所以，什麼『父母責任』、『視如親生女兒』之類的場面話，阿姨完全不需要說，說了也是白費口舌。」

「……」當面被揭穿底細，高姻雯不僅臉色難看，心裡更是六神無主，「你怎麼……你怎麼知道蘇家？」像是想到什麼，高姻雯臉色一冷，「是不是蘇邈邈告訴你的？」

「……」商彥嘴角的弧度驀地壓平，眼神冷冽，「文夫人，我再說最後一次。別把她扯進來，也別在她面前多問一個字。」

高姻雯被那眼神震懾，身體不自覺僵硬，好半天才鎮定下來，手心已是一片冷汗。她感到恥辱，竟被一個不過十七八歲的少年，用一個眼神就嚇住了。

她剛要開口，就聽那男生懶散一笑，「至於我為什麼會知道……」商彥偏頭，看向文程洲，「文先生應該……已經猜到了？」

「！」高姻雯猛地轉頭看向自己的丈夫，文程洲卻沒有看她，而是目光複雜地盯著自家沙發上的少年。

早從進門之前，他就在觀察對方。這個少年身上沒有一絲怯意或是不安，從頭到尾，就如同進自家後院一樣，談笑舉止隨心所欲。而且絲毫沒有刻意為之，完全是從骨子裡透出來的從容散漫。

高婌雯剛剛說錯了，文素素算什麼「被寵壞」，面前這個少年才是真正從小被金玉琉璃捧著長大，這種桀驁不馴的性格，根本不是他們這樣的家庭能教育出來的。

「程洲，怎麼回事……？」高婌雯壓低聲音問他，「你認識他？」

文程洲無聲一嘆，「不認識，不過……姓商，還能侃侃而談這些事情，我想……」文程洲抬頭，看向商彥，「我至少能猜到，你是從哪裡來的。」

商彥仍是那副似笑非笑的模樣，沒有因為他的話而有所變化。

文程洲輕輕皺眉：「看來，之前傳聞商家和蘇家祕密聯姻，並不是空穴來風。」

商彥難得語塞。商驍和蘇荷聯姻，因為兩家切身利益的緣故，至今尚未公布。文程洲看到他和蘇邈邈走得如此近，多半是誤會了，以為他們是傳聞中的主角，商彥自然不可能在這個節骨眼解釋。

他在心裡咬了咬牙，滿腹怨氣地替商驍背下這個黑鍋，臉上滴水不漏，連眼角眉梢都沒有一點變化。

文程洲以為他默認了，「既然這樣，那你和邈邈的事，我們自然無權插手。」文程洲心情複雜地掃了妻子一眼，才收回目光，「你放心，邈邈面前，我們一個字都不會說，就當這件事沒發生過。」

商彥得到滿意的答覆，便從沙發上起身，「既然這樣，我就不打擾……」話說到一半，商彥突然改變主意，他也不覺得不好意思，想了兩秒，就直接坦然開口，「我能到樓上看一看邈邈嗎？」

雖說是詢問，但商彥沒有給程家夫婦拒絕的餘地，文程洲只得點頭：「隨意。」

商彥微微躬身，轉頭上樓。

等男生修長的背影消失在樓梯間，壓抑許久的高娵雯終於忍不住了，懊惱地轉頭看向文程洲。不過她還算有理智，把聲音壓到最低：「這個小子到底是什麼來歷？小小年紀，怎麼敢這麼跟我們說話！」

「……」文程洲目光複雜地看向她，「妳沒有聽見我說的話嗎？商家的人。」

高娵雯不耐：「我在C城待了多少年，怎麼沒聽過有哪個高門大戶姓商？」

「……井底之蛙！」文程洲忍無可忍地低斥了句。

高娵雯一愣，隨即臉色大變：「好啊，文程洲，你是不是覺得攀上蘇家這條大腿，就可以把我踢開？你忘了當初我爸有多扶持你？」

「妳閉嘴！」文程洲終於發怒，但他旋即想起什麼，忌諱地看了一眼樓梯，壓抑著怒火，倏然起身，指著高娵雯低聲喝斥，「妳有沒有腦子，沒聽到我剛剛說的嗎？能和蘇家聯姻，商家在C城會是什麼小角色？」

「你是說……」高娵雯氣勢陡然降低，臉上情緒變了又變，最後才壓低聲音，不安地問，「那個商家，難不成和蘇家一樣……？」

文程洲深吸口氣，又慢慢吐出來。靠著這些年的涵養，他勉強將怒意壓下，緩聲道：「兩個圈子不同，但商家的勢力不亞於蘇家。而且在上流社會，商家是出了名的神祕，以我的身分只知道商家有兩個兒子，其餘一概不知。」

「……」高婌雯雖然衝動又小心眼，但不是完全沒腦子，聽文程洲這樣隱諱地一說，也大略猜到樓上那個少年絕不是他們文家招惹得起的。

高婌雯握了握指尖，撇開臉懊惱地自言自語：「我還以為蘇家早把這個病丫頭忘到九霄雲外去了……真沒想到，在這裡為她留了一道護身符！」

「是啊……」文程洲同樣意外，但更多的是不解，畢竟這麼多年來，他絲毫不覺得蘇家對蘇邈邈這個小孫女有多重視，可如果真的安排她跟商家少爺聯姻，應該不會隱瞞她的身分才對……

文程洲感慨：「看來，蘇邈邈終究還是要風風光光地回蘇家的。」

「……」高婌雯不想附和，卻也不得不承認。

夫妻兩人自然不知道，他們把商蘇聯姻的主角搞錯了。

二樓客房裡，聽見敲門聲而過來開門的蘇邈邈意外地看著門外的人。

「你怎麼……」

「噓。」商彥垂眼，低笑著看她，「我偷偷上來的，不能出聲。」

「……」蘇邈邈當然不相信，但她還是打開房門，讓男生進來。

房間裡沒開燈，只有拉開窗簾。今晚的月色很好，冷白的月華映在地板上，團簇著斑駁的陰影和落雪似的碎光。

商彥走進房間，問道：「怎麼不開燈，這麼早就要睡了？」

「……」蘇邈邈有些不好意思，「沒有，只是坐著發呆。」

商彥此時也看到了，月光斑駁的地板上擺著一個圓圓的軟墊。他能想像女孩坐在上面，抱著膝蓋，淡栗色的長髮從肩上垂下來，藏住豔麗嬌俏的小臉，拂過漂亮柔嫩的鎖骨，垂在睡衣前……

商彥的視線向下移，果然看見女孩赤著足。本就小巧白嫩的足尖，在月色下更瑩瑩得像羊脂玉一般，粉色的貝甲乖巧地覆在小小的腳趾上。似乎是感受到他的目光，女孩足尖不安地輕輕蜷起。

「商彥……？」昏暗的房間裡，蘇邈邈被商彥盯得莫名心慌，她下意識地往後退，「我還是把燈打開吧，你等……」

話未說完，她手腕一緊，被人拉了過去，臉頰緊貼在滾燙的胸膛上。

蘇邈邈呆住。

「……現在才想到要開燈？」胸膛傳來啞聲的笑，頭頂有人俯下身，一直貼到她耳邊，滾燙的氣息吹拂，「但是，狼已經被妳放進來了……怎麼辦？」

昏暗的房間裡只有月光，耳邊吹拂的熱度，為靜謐的氣息平添了幾分曖昧。

蘇邈邈忍不住很輕地顫抖了一下，換來耳邊一聲忍俊不禁的低啞笑聲：「小孩，師父在妳心裡，就這麼禽獸不如嗎？」

蘇邈邈細聲說：「……沒、沒有。」

「那妳抖什麼？」

「……」聽出這人語氣裡不加掩飾的戲謔，蘇邈邈閉上嘴，不再出聲。

時間、地點和昏暗的環境都有些危險，商彥對於自己的道德底線向來沒什麼自信，所以他自覺地退了半步，但沒有鬆開女孩的手腕。

蘇邈邈顯然也察覺到了，輕輕一扯，不解地仰頭看向他：「你還不走嗎？」

商彥把女孩拉到落地窗前的月華下：「我好不容易偷偷溜上來，妳卻要趕我走？」

「……」蘇邈邈不想跟他鬥嘴，抽回自己的手腕，轉身邁著白淨的小腳，跑到衣櫃旁，又拿出一個圓圓的軟墊。

跟地上這個似乎是一對。

看女孩紅著臉遞給自己，商彥難得對文家生出一點好感——因為這是文家的墊子。

商彥接過，兩人並肩，在落地窗前坐下，窗外的枝椏被夜色染上濃郁的黑，天空的圓月被薄薄的雲層遮住，房間裡僅存的那點光亮也暗了下去。

商彥側眸，望著身旁的女孩。

蘇邈邈從窗外收回目光，慢慢枕著自己放在膝蓋上的手臂，側埋下臉，低聲呢喃：「很神奇……」

「嗯？」商彥垂在身側的手指輕動了一下，最後還是忍不住，抬手揉了揉女孩的腦袋，莞爾一笑，「什麼神奇？」

蘇邈邈抬眸：「就是……我和師父兩個人，不說話，很安靜，但好像一點都不尷尬。」

商彥低聲笑起來：「這樣就很神奇？」

蘇邈邈看著他，小腦袋頓了頓，輕點了點頭。

商彥心裡一動，傾身斜靠過去，在女孩耳旁輕笑：「那以後，師父帶妳做更多很神奇的事情，好不好？」

「……」不知道為什麼，這時候的商彥，感覺像是童話故事裡，假扮成外婆的大野狼。

蘇邈邈沉默兩秒，「不好。」小紅帽警惕地逃之夭夭。

商彥啞然失笑，他退回身，不再逗弄女孩：「妳經常一個人這樣坐著？」

「嗯。」蘇邈邈輕聲回應。

商彥眼神微動：「不會無聊嗎？」

蘇邈邈想了想，搖頭：「習慣就好。」

「……」商彥眸光微沉。

習慣就好……她才十六歲，身患惡疾，這麼多年，是怎樣一個人習慣過來的？

蘇家……商彥垂在外側的手慢慢握緊，目光偏到一旁，不再與女孩對視，怕自己此時的情緒會嚇到她。

「我喜歡星星。」女孩突然輕聲說。

商彥側眸看向她，蘇邈邈微仰起臉，下巴尖尖的，看著窗外的夜空，還有那些零碎、斑駁，像是隨手撒下碎光的星星。

她的眼角微彎：「星星會聽我說話，一直陪著我，其中有很多我能叫出名字，是院長奶奶教我——」

女孩話音驀地一停，商彥敏銳地察覺出現在她話裡的那個人。

「院長奶奶？是誰？」

「……」蘇邈邈目光閃爍了一下，遲疑而不安地埋下臉。

商彥若有所察，他眼神微深，臉上卻露出薄淡的笑：「現在不想說，就以後再說。」

「……」女孩兀自趴在那裡，一個字都不肯再說。

等了許久，商彥心裡無聲嘆息，他站起身，摸了摸女孩的腦袋：「今晚好好休息，師父先走了。」

「……」回應他的只有沉默。

商彥沒有強求，轉身向房門走去，就在他握上門把的那一刻，身後突然響起一個很輕的聲音：「最多一年。」

商彥驀地轉身。

女孩背對著他，嬌小的身子在地板上縮成一團小小的影。空氣中最細微的顆粒都被她的聲音輕輕震動：「最多一年，我會全部告訴師父。」

「……」

「所以，師父能等等我嗎？」

「……」商彥這一次沉默很久，久到女孩似乎有些不安，他才開口，「為什麼是一年？」

不安的情緒順著四肢百骸爬上來，無聲撕咬著他的心。

蘇邈邈安靜地回答：「因為在十八歲之前，我需要做一個很重要的決定……在做決定之前，我想……我可能需要師父告訴我，該怎麼選。」

男生的身影在黑暗裡佇立良久，最後他垂下眼，低聲道：「好，我等妳。」

「……」

房門打開又關上。

掛在樹梢的圓月，悄悄藏到雲彩後面。

從文家別墅出來，四下更為安靜，商彥面無表情，清雋的側顏在月色下透出幾分凌厲的冷白。

他走回自家的轎車，跟司機借了手機，到一旁打電話。

電話那頭不多時便接起，薄屹的聲音響起：『大哥，我喊你大哥行不行？都快九點了，而我是個身心健康的成年人，我有我的夜生活——當然我知道你不懂，但你得體諒我啊。』

商彥皺了皺眉，沒心情跟他開玩笑：「蘇邈邈的來歷，我已經確定了。」

對方呼吸一頓，幾秒後，窸窣的聲音傳來，似乎換了個房間，薄屹重新開口，這一次，語氣帶著點嚴肅。

『我這邊也約略查到一點痕跡，但是不能確定，又事關……所以我還沒告訴你。』

「如果你查到的也是蘇家，那可以繼續往下查了。」

薄屹沉聲：『她真是蘇家的人……當年傳聞蘇毅清早夭的女兒？』

商彥垂眼，半晌後，他才「嗯」了一聲。

薄屹感慨：『真是沒想到啊……你們商家和蘇家，未免太有緣分，這樣戲劇化的事情都能發生在你們身上？』

商彥冷下眼，聲線薄涼：「是不是孽緣還很難說。」

薄屹自然知道他的意思，猶豫了一下才開口：『蘇毅清和他的夫人，在我印象裡都算是圈裡的良善之輩，反而是蘇家那個老太太……出了名的難對付，我看這件事多半有隱情。』

商彥聽出薄屹語帶保留，眉頭一皺：「你是不是還查到什麼？」

『……』薄屹沉默幾秒，咬了咬牙，直言，『這件事我沒有求證過，也無從求證，所以你就聽聽，別盡信。』

「你說。」

『蘇毅清這個小女兒有先天性心臟病，這你應該知道了吧？』

商彥微微沉眸：「……嗯。」

『我聽當初在蘇家幫傭的老人說，其實這個孩子生下來以前，就已經驗出有缺陷。』

商彥的呼吸驀地一滯，握著手機的指節下意識地收緊，電話那頭傳來的下文也一如他的猜測。

『蘇老太太當時要求墮胎，是蘇毅清的夫人江如詩，執意要把孩子生下來。蘇老太太非常生氣，聽說江如詩最後是以死相逼，才留下這個孩子……所以蘇老太太此後就很不喜歡她，直到孩子出生，都沒有去看過自己這個二兒媳和小孫女。多年以後，江如詩又生下蘇家唯一的孫子，蘇宴，這婆媳關係才勉強解凍。』

「……」商彥沉默，側顏線條清冷凌厲，薄唇緊抿，「你的意思是，蘇邈邈至今流落在外無法回蘇家，主要原因就是蘇家那個老太太。」

聽出商彥聲音裡的冷意，薄屹心裡一抖，鄭重否認：『我沒這麼說，我也只是聽說，而且這段聽聞未必是真的。』

「沒有八成以上的把握，你會開口？」商彥冷聲問。

『……不會。』

「我知道了。」商彥說著就要掛斷電話。

『臥槽，別別別——別掛電話！』薄屹急了，『你不會是要直接提刀北上，一刀砍了那老太太，替你家小孩出氣吧？』

商彥笑了一聲，語調短平，尾音冰冷。

『冷靜。』薄屹勸道。

商彥深吸一口氣，壓下心底暴戾的情緒，緩緩開口，聲線低沉微啞：「我不會，至少在你查明蘇家『驅逐』她的真相之前，我什麼都不會做。」

薄屹小心翼翼地試探：『那如果……我是說萬一，萬一真是我說的那樣，蘇老太太就是這麼死心眼，你打算……？』

商彥又笑，語氣更冷。

薄屹嚥了口口水：『我查，我一定查得清清楚楚、明明白白，但在那之前，答應我，你什麼什麼都不要做。』

「……」

『你要是真出了什麼事，你姐會活剝了我的皮，你信不信？』

商彥垂眸，遮住眼底陰翳：「放心，就算是為了蘇邈邈，我也什麼都不會做。」

得到這個保證，薄屹才終於鬆了一口氣。

三中的週年校慶活動，在十一月底正式結束。原本以為這件事如水中浮萍，很快便會隨著時間消失無痕，然而從校慶活動結束的第二天起，學校裡突然傳開一些奇奇怪怪的流言，而這些流言全部指向同一個人——高二一班，蘇邈邈。

週一上午最後一節課下課，蘇邈邈一如既往和齊文悅、廖蘭馨一起去三中的一餐廳。

一路上，蘇邈邈神色越來越古怪，不知道是不是她多心，總覺得周圍許多路過的陌生人都若有似無地將目光投到她身上，偶爾還夾雜幾聲竊竊私語。不過因為相貌和商彥，蘇邈邈已經習慣在三中受人矚目，思考了半天猜不到緣由，便沒再多想。

三人在一餐廳盛好飯菜，就近找了張有四個空位的長桌坐下。長桌另一頭還坐著幾個女生，其中兩個正在交頭接耳。

「她就是蘇邈邈吧？」

「是……長相太好認了。」

「傳聞是真的嗎？她真的有病？看起來不像——」

「誰知道，不過我們還是小心點，反正我不敢在這桌吃飯了……」

「我跟妳一起走。」

「……」

兩個女生帶頭端起吃到一半的餐盤，起身離開，而同一張長桌上的其他人互相看了看，也默不作聲地站起來，四散到其他角落去了。

剛坐下的蘇邈邈愣住，茫然地看了看周圍。餐廳裡學生密集，無數投過來的視線與她的相撞，又紛紛躲開。

雖然不過幾秒，但在那無數雙眼睛裡，蘇邈邈真切看見了許多複雜的情緒：害怕、探究、忌諱、好奇、躲避、同情、惡意……

蘇邈邈心裡一緊，她下意識地捏住餐盤，心裡掠過不祥的預感。

齊文悅和廖蘭馨同樣不解。

後來齊文悅忍無可忍，抓了個國中相識的學生，到一旁耳語很久，才臉色難看地走回來。

「怎麼回事？」廖蘭馨難得主動開口詢問。

齊文悅神色複雜地看了蘇邈邈一眼：「邈邈……我說了妳別生氣。」

「嗯。」蘇邈邈慢慢點頭。

「不知道哪個笨蛋造謠，說邈邈落選週年校慶主持人，是因為……」齊文悅支吾地看了蘇邈邈一眼，低聲道，「是因為身體……有病。」

……來了。

蘇邈邈拿著筷子的手輕抖了一下，紙包不住火，她早就知道會有這麼一天，只是沒想到來得這麼快。

齊文悅氣憤不已：「這群智障真的是……別人說什麼他們都信！還說邈邈的病會傳染，腦子是不是進水了？如果真是那樣，學校會讓邈邈入學嗎？」

齊文悅絲毫沒有壓低音量，反而還提高了不少，故意讓附近幾張桌子的學生聽見。那些竊竊私語和窺視的目光，都尷尬地停下來，紛紛低頭把臉埋到餐盤裡。

蘇邈邈輕輕搖了搖頭：「別生氣，沒關係的，齊齊。」

齊文悅震驚地看她：「妳不生氣嗎？他們這樣中傷妳！」

「……」蘇邈邈沉默很久，抬眸，驀地輕笑，「可是，我確實有病。」

女孩的聲音很輕，笑容宛如一朵在第一抹春光下伸展腰肢緩緩綻開的花朵，美得讓齊文悅恍惚失神。

廖蘭馨在旁邊皺眉：「但妳得的絕不是傳染病，他們這樣已經算是言語暴力了。」

蘇邈邈垂下眼，過了半晌，嘴角輕勾，笑意柔軟，不過眼底的情緒卻看不分明：「其實沒什麼差別……人忌諱疾病，是很正常的，沒有人願意接近醫院，或是病人。」

如果大家知道她究竟生什麼病，目光只會更激烈吧，無論是好奇或是探究，同情或是忌諱……那些情緒都會加倍。

這些目光彷彿日復一日、每時每刻地提醒她，她與正常人之間，相隔著多麼遙不可及的鴻溝。

齊文悅回過神，聽出女孩聲音裡深藏的苦楚，她皺起眉，胃口盡失地戳了戳餐盤裡的食物，低聲抱怨：「彥哥呢？這種時候他怎麼不在邈邈身邊？」

蘇邈邈回過神，連忙抬頭：「妳不要告訴他！」

「那怎麼行？」齊文悅反駁，「必須告訴他。他如果放話，我不信學校裡還有誰敢這樣當面議論妳。」

「拜託不要！」蘇邈邈難得聲音都有點急了。

齊文悅更不解地看她：「為什麼？呃……妳怕他追問妳的病嗎？」

蘇邈邈搖頭，「電腦培訓組在十二月有一個非常非常重要的競賽，他們從十月就開始準備了。」似乎仍不放心，蘇邈邈認真地看著齊文悅，幾乎一字一句地囑託，「妳千萬不要在這個時候讓他分心。」

「哦……」齊文悅不情願地答應了。

廖蘭馨難得插話：「我知道那個比賽，三年一度的國際競賽，十二月是亞洲賽區的預選賽，是吧？」說完，她看向蘇邈邈。

「嗯。」蘇邈邈應聲。

廖蘭馨補充：「而且我聽說，組裡兩個高三男生退組了。那個比賽，我記得應該是多人組隊的團體賽，人數驟減對他們非常不利。」

「是，」蘇邈邈面露擔憂，「他煩惱的事夠多了，我不想為了點小事打擾他。」

廖蘭馨點點頭，顯然贊同她的做法，然而她剛抬起視線，手裡的筷子驀地一頓，片刻後，廖蘭馨少見地笑了一聲，端起餐盤，站起身：「看來是我們瞎操心了……」

齊文悅見狀急了：「廖廖，妳不會這麼沒義氣吧？」

廖蘭馨翻了記白眼，下巴朝蘇邈邈身後的走道抬了抬：「妳自己看看，是誰來了。」

「啊？」齊文悅回頭一看，喜笑顏開，「彥哥？」

不等男生走近，齊文悅就拉著廖蘭馨坐到長桌另一頭，走之前還不忘笑嘻嘻地朝愣住的蘇邈邈說：「不打擾，獨自發光，是我們身為電燈泡的自覺。」

蘇邈邈還來不及開口抗議，兩人已經在長桌的最遠處坐定，與此同時，一道修長的身影停在她身旁，似乎還帶了點低氣壓。

「……」女孩慢吞吞地仰起臉，露出一點柔軟的笑，「師父好。」

那雙漆黑的眸子裡沉甸甸的，一張清雋俊美的面龐也微微緊繃，毫無表情。男生一轉身，在眾多偷偷投來的目光下，直接坐到女孩對面。

「不好。」他薄薄的唇角很輕地勾了一下，淡得幾乎稱不上笑的弧度掠過，「我家小孩都快被人欺負死了，還不肯告訴我，妳說，我哪裡好得起來？」

「……」蘇邈邈心虛地低下頭，「我是看組裡準備預選賽太忙……才沒有打擾你……」

「別找藉口。」商彥冷垂著眼，「我之前告訴過妳，我不怕麻煩，有麻煩找上門，我會站在妳前面。」

蘇邈邈默不作聲，商彥盯了她幾秒，輕瞇起眼：「妳現在是把師父的話當耳邊風了？」

蘇邈邈搖了搖頭，放下筷子，眼神乖巧地說：「我沒有，下次還有這樣的事情，我一定會提前告訴師父。」

商彥這才滿意。他側過視線，在女孩身旁一掃，清除無數偷望過來的目光，皺起眉頭問：「他們說妳什麼，傳染病？」

「……」蘇邈邈鼓了鼓臉頰，沒說話。

商彥輕嗤一聲，片刻後，他撐著桌子向前傾身，薄脣微啟：「餵我。」

「？」蘇邈邈以為自己聽錯。

商彥耐心地重複一遍：「用妳的筷子，餵我。」

蘇邈邈手一抖，差點把面前的餐盤翻到那張俊臉上。等她終於從羞憤到快要原地自燃的情緒裡鎮定下來，女孩懊惱地抬頭瞪向商彥：「你不、不要總是跟我開玩笑。」

商彥一本正經，十分嚴肅，「誰跟妳開玩笑了？」他目光輕移，掃了周圍一圈，薄脣一勾，笑意嘲弄，「他們不是覺得妳有傳染病嗎？那我就證明給他們看。」

說完，他張嘴：「啊——」

蘇邈邈張口結舌，這個人真是——不良人師！

女孩羞得面頰緋紅，站起身：「我去幫你……拿午餐。」

「我吃過了。」

剛離開座位的女孩又被拉回去，握著她手腕的那隻手順勢覆上她的手背，捏緊了她來不及放下的筷子。筷子向上一挑，男生俯身，薄唇微張，輕易地咬住木筷。

蘇邈邈愣在原地。

指尖離得太近，她能敏銳感覺到筷子上傳來的細微震動，就好像那木筷成為她身體的一部分。她無形延伸出去的神經網絡，清晰感覺到商彥咬著木筷，還似笑非笑地輕吮了一下。

女孩簡直不敢置信。

商彥退開，蘇邈邈手一抖，筷子摔到桌上。事實上，摔到桌上的筷子遠不止她這一副。而商彥絲毫不覺得自己做了什麼，他淡定地起身，從不遠處的筷筒重新拿了一副，遞給女孩，還不忘俯下身，笑著揉了揉女孩的長髮：「好好吃飯，別嗆到。」

女孩立竿見影地打了個嗝。

商彥莞爾，直起身：「晚上培訓組見。」說完便邁開長腿走了。

四周莫名死寂了幾十秒，廖蘭馨和齊文悅才搬著餐盤坐回來。看著恨不得把自己的腦袋埋進餐盤裡的蘇邈邈，齊文悅慢慢回過神，心情複雜地和廖蘭馨對視一眼，笑著搖搖頭：「彥哥撩妹的段數，已經超出人類的範疇了啊。」

廖蘭馨難得贊同這種玩笑話，深以為然地點了點頭。

蘇邈邈的頭埋得更低了，赧然的嫣色，順著白玉似的耳垂一直蔓延到細白的頸子。

因為商彥在餐廳的舉動，傳染病的謠言澈底銷聲匿跡。全校學生都看得出，這不僅是商彥在笑他們無稽之談，更是一種警告。畢竟商彥多麼寶貝這個小徒弟，已經是有目共睹。

然而蘇邈邈心裡還是有些不安，這次的事件不像是偶然，如果她的揣測是對的，那麼這件事絕對不會這麼簡單地結束。

彷彿為了驗證女孩的預感，關於她病情的傳言，終於在這天傍晚時分，陡然攀上新的高峰。而這個高峰的起因，來自論壇一則匿名的貼文。

貼文的標題只有兩個字：真相。而貼文內容不是文字，而是幾張圖片。

幾個好奇的學生點進去，看到最後大為震驚，紛紛相傳，很快這則貼文便在論壇置頂。

消息傳到蘇邈邈耳裡，是在下午最後一節自習課之前。蘇邈邈剛收拾好書包準備去培訓組，便聽後座的齊文悅驚叫一聲：「這是什麼東西！」

蘇邈邈好奇地轉頭，廖蘭馨的目光也落到齊文悅的手機上，起初只是不以為意地淡淡一掃，越看廖蘭馨的神色越是凝重。

等滑到最後一張圖片，看清那個紅圈圈住的內容，廖蘭馨表情一滯，她遲疑了一下，抬頭看向蘇邈邈，齊文悅也以同樣震驚的目光盯了蘇邈邈好幾秒。

蘇邈邈茫然：「怎麼了？」

「這個……這……」齊文悅支支吾吾了半天，一副瞠目結舌的模樣，什麼都說不出口。

感覺班上越來越多震驚的目光投過來，蘇邈邈再遲鈍也察覺不對。她微皺起眉，看向齊文悅的手機，輕聲問：「我能看一下嗎？」

廖蘭馨伸手遞給她，齊文悅來不及阻止，連忙拉了廖蘭馨一把：「廖廖妳瘋啦……幹麼要讓邈邈看……」

廖蘭馨瞥她一眼，目光在身後掃了一圈：「妳覺得我們瞞得住嗎？」

「……」齊文悅回頭，對上那些好奇到無法壓抑的目光，頹喪地低下頭，過了兩三秒，她又小心翼翼地看向前座的蘇邈邈。

蘇邈邈低頭看著齊文悅的手機，螢幕上的貼文照片有些模糊，似乎是在暗處拍的文件。她點開第一張，文件的標題十分顯眼地用紅色圈起。

《C城三中特異體質學生安全責任書》

蘇邈邈目光一顫，幾個月前她才簽下這份文件，所以對那些洋洋灑灑撇清責任的說明再熟悉不過，根本不需要細看。

她指尖微動，飛快地滑到最後一張圖片，同樣是兩個醒目得幾乎刺眼的紅圈。

病症：先天性心臟病

學生簽名：蘇邈邈

蘇邈邈的指尖驀地一抖，幾乎拿不住手機，險些摔到地上。

她瞳孔微縮，嘴裡一點點泛起苦澀，藏在幕後推波助瀾的人還是砍下最後一刀。

「邈……邈邈……」齊文悅不安地觀察女孩的表情，「這個真的是妳簽的嗎……」

「是。」蘇邈邈的聲音很輕，卻比想像中鎮靜很多。

可能是麻木了吧……畢竟從謠言傳開的那一刻，她就做好了承接最後一擊的準備。只是現實來臨，似乎還是有些難過。

蘇邈邈側過頭，望向窗外。隔著晴空與晚霞，她深深看了一眼學校西南角，掩映在竹林裡的那棟大樓。

既然是發在論壇上……那他應該很快就會知道了。

蘇邈邈的心底泛起一陣無力感，緊隨而來的，是情緒劇烈的波動。

她只想安安靜靜地在這所學校念書，不影響任何人，像個普通的正常高中生一樣度過這兩年……為什麼就是有人不肯，要把最大的惡意展露給她看呢！

最後一節自習課的鈴聲響起，班上的議論漸漸平息，然而就在同學們即將收回目光的時候，焦點中心的女孩突然起身。

迎著眾人的目光，女孩背起書包，精緻豔麗的小臉緊繃，那雙烏黑的瞳仁近乎冰冷而淡漠。她一直走到教室前方，卻沒有離開教室，而是轉進最後一條走道，停在文素素面前。

始終低著頭的文素素僵了幾秒，才在鄰座同學的催促下抬起頭：「有事？」

女孩低垂著眼，看她的目光是從未有過的冷：「出來。」

文素素臉色一變，隨即嘲笑：「我為什麼要聽妳的？……妳不會以為，就因為論壇裡的那則貼文，所有人就該同情妳、順著妳吧？」

文素素目光譏嘲地望著女孩，然而令她失望的是，女孩臉上沒有露出半點遭受打擊或是受到傷害的情緒。

文素素握緊了手。

蘇邈邈眼底最後一點溫度退去，她面無表情地低頭看著文素素，精緻的五官不再緊繃，慢慢柔緩下來，那豔麗更像是以細筆勾勒，又用最上好的胭脂一一點潤，膚色雪白，瞳仁烏黑，紅唇如嫣。

她就那樣一言不發地望著文素素，直到文素素所有的笑容與強裝的淡定再也撐不下去。

「妳有完沒完！」文素素莫名其妙地發火。

蘇邈邈嘴角輕勾，是文素素近日越發熟悉、女孩不曾向她展露的笑容，輕軟柔和，卻又有什麼不同。

她聽見那個低軟的聲音說：「那則貼文，是妳發的吧？」

「……！」文素素僵在原地。

她不是沒想過蘇邈邈會懷疑到自己身上，但她萬萬沒想到，這個看起來軟弱可欺的女孩，竟然敢在全班面前質問她——她怎麼敢！？

文素素猛地站起身：「妳不要血口噴人！這種安全責任書學校會留一份，任何人都有可能偷拍，妳憑什麼誣賴我？」

女孩輕眨了眨眼，彷彿聽到什麼笑話，嘴角柔軟的弧度又上揚兩分，眼底卻越發冰冷。

停頓兩秒，蘇邈邈慢慢向前傾身，用只有兩人能聽見的聲音，輕聲說：「妳拍的這張，根本不是學校留的那份，而是放在文叔叔那裡的那份吧？」

文素素的瞳孔猛地收縮，而她面前的女孩已經退回原位，眼神無害地望著她：「妳還要堅持不出去，在這裡說下去嗎？」

「……」文素素臉色煞白，嘴脣輕抖，卻說不出話。

蘇邈邈沒有多言，她轉身，不疾不徐地走出教室。

站在原地的文素素身體緊繃，過了好幾秒，才咬咬牙，抬腳追出去。

兩人停在空曠的長廊盡頭，面對面站著，這一次文素素搶先開口：「妳恐怕是記錯了，別誤會，我追出來是要告訴妳，那張照片不是我拍的，也不是留在我爸那裡的那份。」

蘇邈邈慢吞吞地搖頭：「我不會記錯。」

「妳一定是記錯了！」文素素不自覺提高音量，下一秒又壓抑下去，「妳有什麼證據，說那一份是我爸那裡的？」

蘇邈邈神情淡淡地看著她，文素素幾乎要發瘋，從剛剛開始，她就覺得自己面前這個蘇邈邈完全變了個人，她甚至有一種被對方耍弄、輕視的感覺！

文素素強迫自己發出一聲冷笑：「妳其實根本沒有證據──」

「文叔叔手上的那份，我在簽名後面多加了一個點。」蘇邈邈垂下眼，精緻豔麗的小臉上沒有情緒，如同覆了冰雪，「而學校的那份，沒有。」

「……」文素素瞳孔猛然收縮。

蘇邈邈抬眸，平靜地說：「既然妳不肯承認，那我們請文叔叔拿他那份責任書來學校，跟校方留存的比對……」

「夠了！」文素素忍無可忍，突然大聲打斷蘇邈邈的話，「沒錯！那份責任書是我拍照傳出去的，怎麼樣？大家本來就有權知道真相，我只是公布出來而已！」

蘇邈邈定定地看著她：「我的病是我的個人隱私，妳無權窺探。」

文素素握緊了手，半晌後，她從喉嚨擠出一聲滿是惡意的笑，「是……我承認，我就是要曝光妳的隱私，怎麼？妳能拿我怎麼樣？我就是看不慣妳騙得商彥團團轉，就是想讓他知道，妳不過是個不知道還能活幾年的藥罐子！」文素素咬牙切齒，「我倒要看看，知道妳的病以後，他還會不會像現在一樣，對妳這麼好、這麼關心！」

蘇邈邈瞳孔輕輕一縮，垂下了眼。

看出女孩的不安，文素素得意地笑起來：「其實妳自己清楚吧？誰會喜歡一個有先天性心臟病的人？妳連自己能活幾年都不確定，幹麼還要拖累別人的人生？」

「嗒」一聲輕響，打斷了文素素的話，她神色一驚，心底油然而生不好的預感，警覺地看向蘇邈邈：「什麼聲音？」

蘇邈邈緩緩抬眼，一直垂在身側的手抬起來，拿著手機晃了晃。

螢幕上顯示錄音介面。

蘇邈邈按下播放鍵，歇斯底里的女聲響起。

「沒錯！那份責任書是我拍照傳出去的，怎麼樣……是……我承認，我就是要曝光妳的隱私，怎麼？你能拿我怎麼樣……其實妳自己清楚吧？誰會喜歡一個有先天性心臟病的人……」

那些惡毒的話被播放出來，文素素聽得臉色青一陣紫一陣，聽完之後，她神色猙獰地看向那支手機。

蘇邈邈輕聲開口，「音檔我已經發到我的私人信箱了。」她抬眸，瞳仁烏黑清冷，「就算妳現在搶走手機，也來不及了。」

文素素氣極：「妳——」

蘇邈邈看著她，神情一如最初的無害和柔軟，看了兩秒，女孩輕歪了一下頭：「妳喜歡商彥？」

文素素面色難看，目光亂轉，根本無心回答，她咬牙切齒地看著蘇邈邈：「妳、想、怎、樣？」

蘇邈邈想了想：「妳，離他遠遠的。」

文素素神情一僵。

女孩聲音依舊輕軟，「不要再讓我看到妳在他身邊，和他說一個字，否則……」她放下手機，「這段錄音，我會讓所有人聽到。」

文素素臉上最後一點血色褪得乾乾淨淨，她看著面前從頭到尾沒有情緒變化的女孩，只覺得渾身發冷：「妳……」

蘇邈邈安靜地打斷她：「答應，不答應？」

「蘇邈邈妳——」

「答應、還是不答應？」女孩的手停在播放鍵上。

安靜半晌，文素素臉色慘白地點頭：「好、好……算我小看妳了，我答應、我答應可以了吧！」

蘇邈邈點頭，「好。」說完這個字，她轉身往樓梯間走，半途她又停下腳步，側回眸，看向文素素，「我還想告訴妳兩件事。」

「……」

「第一，握在手裡的把柄，不用比用了更有效。」

文素素一僵，蘇邈邈分明是指她對責任書的做法，和蘇邈邈自己對這份錄音的處置。兩相比較，高下立見。

文素素不甘心地咬了咬牙。

「第二件事，」女孩看了她一眼，便走下樓梯，輕柔的聲音遠遠傳來，「其實，那兩份責任書上，我的簽名沒有區別。」

「……！」話音遠去，站在原地的文素素面無血色。

陽光從窗外落下來，一片暖意裡，她卻不禁打了個冷顫。

蘇邈邈……她印象裡無害好欺負的女孩，竟然藏著這樣可怕的一面……

半晌後，文素素捏緊指節。

她沒有輸，商彥不可能不在意蘇邈邈的病！

第十二章　一直陪著妳

最後一節自習課的上課鈴聲響起，商彥抱臂倚在電腦組辦公室的門上，眺望樓梯口。

吳泓博湊到欒文澤桌前，小聲說道：「我總感覺，彥爹最近對小蘇動了歹念。」

欒文澤不以為然。

吳泓博堅持道：「真的！你看，小蘇才遲到多久？只有幾分鐘吧，他就已經坐不住，跑到門口等了，難道不像是動了獸心嗎？」

「……」欒文澤目光複雜地看了站在門口的男生一眼。

就在這時，商彥突然轉身走回來，準備跟欒文澤再八卦兩句的吳泓博一抖，嗖地一下起身，站得筆直：「彥爹，我剛剛什麼都沒說！」

「……」商彥瞥一眼不打自招的吳泓博，沒心情跟他鬧。

商彥徑直走到欒文澤桌旁，手臂搭上隔板，微微躬身，眼神稍沉：「文澤，你看一下學校的群組和論壇，有沒有什麼動靜。」

「好的。」欒文澤剛要開啟網頁，突然想起什麼，轉頭示意吳泓博。

吳泓博愣了一下，反應過來，俐落地跑去重置路由器。為了防止他們摸魚打混，之前商彥把培訓組的網路切斷了。

沒多久，重新連上網路，欒文澤按照商彥的要求，將學校的各個群組和論壇摸了一遍。不久，他表情嚴肅地說：「彥哥，出事了。」

「……」商彥目光微沉。

「臥槽，出什麼事？」吳泓博連忙湊過來，趴到欒文澤電腦前，把打開的論壇頁面從頭到尾看了一遍，然後原地石化。

「什、什麼意思……這貼文說我們小蘇有先天性心臟病？」吳泓博呆呆地說完，自己乾笑起來，「哈哈……這造謠也不打草稿，怎麼可能嘛……老欒，你拿我硬碟裡那個識別軟體掃掃，這圖是P的，肯定是P的！」

欒文澤沒有說話，也沒有動作，他神色深沉地看著那則貼文。

吳泓博推了他一把：「幹麼，你不會相信吧？怎麼可能，我們小蘇——那麼乖、那麼可愛、又那麼聽話，她怎麼可能會得這種病……胡扯！」

吳泓博也知道自己的理由毫無根據也毫無道理，只是事情太過突然，一時間他無法接受。他又喃喃了幾句，才突然想起什麼，轉頭看向商彥：「彥哥，這不是真的吧，對不對？」

商彥垂眼，面無表情地看著吳泓博：「如果是真的，你要怎麼做？」

「我……」吳泓博愣在原地。

「是真的。」商彥打破他最後一絲僥倖的心理，眼神雖冷，卻平靜，「但你們什麼都別做。」

「可是——」

「同情也不需要。」商彥也看向欒文澤，「她不想要這些，她只想像其他學生一樣，不必承受任何異樣的眼光，哪怕是同情——所以她才不說。」

「……」兩人沉默許久，欒文澤又看了貼文一眼，忍不住問，「彥哥，你早就知道了？」

「嗯。」

「這則貼文……你也早就料到了？」

「……」這一次，商彥沒有回答，他擰起眉，「查出發貼文的ＩＰ，封鎖裝置，剩下的等我回來處理。」說完他轉身向外走去。

「彥哥，你要去哪裡？」吳泓博擔心地追問。

「找人。」

「找小蘇？可是你要去哪裡找她？」

「三中翻一遍，總能找到。」

「……」

離開教學大樓，蘇邈邈背著書包，漫無目的地走在校園裡。

最後一節課已經開始，十二月的天色漸漸昏暗下來，路上不見什麼學生。

樹下安靜，風沙沙地從身邊吹過，有點冷。蘇邈邈縮緊薄肩，遲疑地慢下腳步。從教學大樓出來，她習慣性地往科技大樓走，可是她現在還不太想過去。

文素素有些笨，可是有一點沒說錯……她確實不安。

她不知道，發現自己的病之後，商彥會不會怪她隱瞞，會不會也用異樣的眼光看她，會不會……不想再站在她身前。

蘇邈邈心裡掠過千奇百怪的想法，每一個都讓她的不安加重一分……她不在乎文素素這樣的人如何看待自己，甚至可以試著不在乎其他人……但她不能不在乎商彥。

說不出理由，但她知道自己是這樣想的。

蘇邈邈停下腳步，她捏緊書包背帶，準備轉身往回走。然而剛抬起目光，就看到小路另一頭，氣息微微急促的男生站在那裡，胸膛起伏，劍眉緊蹙，漆黑的眼一瞬不瞬地望著她。

「商、商彥……」蘇邈邈驚訝又意外，接著是被抓包的赧然和不安。

男生眸色微沉，大步走來。

蘇邈邈心裡一懍，他是不是……生氣了。

不等蘇邈邈反應過來，男生拉出她藏在口袋裡的手，緊緊握住，有些涼的手掌包裹住她的，然後一言不發地拉著她往前走。

蘇邈邈懵了，她茫然地抬起頭，看向身前的男生：「師父？」

沉默良久，商彥垂下眼看她：「妳剛剛是不是又想躲我？」

「沒……」蘇邈邈的目光心虛地飄走。

兩人之間再次沉默。

眼看就要走到科技大樓，蘇邈邈終於忍不住輕聲問：「你看到論壇裡的貼文了嗎？」
「嗯，看到了。」商彥腳步未停，似乎對她問出這個問題毫不意外。
蘇邈邈心裡撲通一下，儘管早有預料，但聽到商彥親口確認，她心情還是有點沉重。
然而下一秒，低下頭的女孩突然聽見走在前面的男生淡淡說道：「妳的事情，我還不需要一個無關的外人告訴我。」
「……？」蘇邈邈茫然地抬起頭。
商彥拉著她進入科技大樓，轉回頭，垂眸看著女孩：「我早就知道了。」
「——！」蘇邈邈驚在原地，漂亮的眼睛大睜，「你什麼時候……」
「作為妳隱瞞我的懲罰，這是我的祕密，不告訴妳。」
蘇邈邈還處在震驚之中，像木偶一般，被商彥牽著上了三樓。
站到電腦組辦公室門前，商彥側眸看向還懵著的女孩。
「吳泓博和欒文澤也知道了。」
蘇邈邈來不及反應，便被商彥拉進門內。
四人面面相覷，一片死寂。幾秒後，商彥側倚著門開口：「都變啞巴了？」
蘇邈邈張了張嘴：「對不起……之前瞞著你們……」
「小蘇，妳太讓我傷心了！」吳泓博臉一垮，「雖然我早就知道，我在妳心目中的地位沒有辦法跟彥哥相比，但我沒想到，差距竟然這麼遙遠！」
蘇邈邈不解。

「這麼隱私的事，妳不告訴我們我完全理解，可妳為什麼告訴彥哥？他在妳心裡就比我們重要那麼多——」吳泓博入戲太深，幾乎要撲上來。

商彥上前，一把將人按回椅子上，拍了拍吳泓博的肩：「你想太多。」

「？」

「小孩心裡只有我，沒有你或者你們。不存在的東西，沒必要比較，懂嗎？」

「……」

這時辦公室的門再次打開，負責老師黃旗晟走了進來，「咦，大家都在？」他驚訝地掃了一眼房間裡的四人，「正好，省得我一個一個通知。」

吳泓博臉上不正經的表情一收，忙不迭地起身湊上前：「黃老師，難道是LanF大賽的賽程安排確定了？」

「嗯，定下來了。」

聞言蘇邈邈抬頭望去。LanF大賽即是蘇邈邈之前與廖蘭馨提起的那個三年一度的國際中學生電腦技術競賽，在同性質比賽中極具分量。最近電腦組忙得焦頭爛額，就是在準備這項比賽。

黃旗晟直捷了當，從公事包裡取出幾份文件，遞給吳泓博等人。

「這週三出發，你們四人記得提前跟班導請假。」

站在商彥身旁的蘇邈邈一懵，伸手指了指自己的鼻尖：「我也要去？」

「……」黃旗晟一愣，隨即皺眉問商彥，「你沒通知她？」

商彥嘴角輕勾：「嗯，擔心她緊張，所以沒有提前說，等一下我再跟她溝通。」

商彥說著把一份賽程表遞給蘇邈邈，然後在女孩茫然的注視下，毫不心虛地轉了回去。

黃旗晟一向對商彥這個組長很放心，一點都沒多想，他又額外交代了幾句，便急匆匆拎著公事包走了。

只剩下四個人的辦公室裡，蘇邈邈終於忍不住了。

「我為什麼會……」她遲疑地看了一眼手裡顯然已經確定參賽者名單的賽程表，「我為什麼會在名單裡？」

吳泓博摸了摸後腦杓，尷尬地說：「高三那兩個人不是退組了嗎？LanF 大賽是團體賽，雖說是三到五人都可組隊，但肯定人越少越吃虧，所以……」

商彥接話：「所以幫妳報名了，妳不想參加？」

蘇邈邈搖了搖頭，然後才沮喪地說：「我怕拖後腿。」

「不會，最壞的結果頂多是妳毫無幫助。」商彥開口，「更何況，我這一個月為妳做 Python 特訓，難道是做白工嗎？」

蘇邈邈一愣，隨即恍然：「原來你這個月要我把之前的全部擱置，只學 Python，是要為這個比賽做準備？」

商彥點頭，伸手指了指欒文澤和吳泓博兩人。

「C 和 C ++ 是基礎，除此之外，文澤最擅長 Java，而吳泓博專長 Kotlin，他們對 Python 基本上是一竅不通。原本擅長 Python 的是另外兩人，由於時間緊迫，欒文澤和吳泓博顧好自己的部分已經很難，所以只能由妳補位。」

「……」遲疑兩秒，蘇邈邈好奇地問，「他們各有專長？」

「嗯。」

「那你呢？」

「……」商彥輕瞇起眼，片刻後他低低一笑，「小孩，妳是在質疑師父的能力？」

不等蘇邈邈回答，辦公室後面傳來吳泓博充滿怨念的聲音：「妳師父是個變態，他全部擅長……就連我專攻那麼久的 Kotlin，他的水準都快超過我了。」

欒文澤淡定地舉手：「我是已經被超過了。」

蘇邈邈無言以對，那她這個 Python 才入門的，儘管勤學苦練一個多月，和商彥之間，大概還是有雲泥之別吧……

商彥聽完他們的話，懶洋洋地起身，順手拿起桌上的東西丟過去，砸得吳泓博哇哇大叫。

商彥散漫地笑了：「你如果把玩遊戲的時間拿來練程式設計，就不會有這些疑慮了。」

吳泓博被砸得滿心怨念：「誰跟彥哥你一樣，從小到大玩這幾個東西還不厭煩，清心寡欲……」

商彥嘴角輕扯了一下：「誰說我清心寡欲？」

「不是嗎？除了電腦以外，彥哥你還有什麼感興趣的東——」吳泓博話還沒說完，就見商彥俯下身，修長的手臂往身旁的女孩肩上一搭。

那張臉龐清俊，似笑非笑：「這不是嗎？」

蘇邈邈一臉茫然。她第一次參加正式ＩＴ比賽，剛剛還緊張地查看行程安排，全然不知兩人說了什麼。

吳泓博的臉憋成豬肝色。

商彥語氣淡定：「如果沒有什麼想說的，我就帶小孩進去處理私人問題。」

吳泓博聲音一抖：「什麼、什麼私人問題？」

「既然是私人問題，」商彥壞笑，拉著茫然的蘇邈邈進入小房間，餘音在後，「那怎麼會說給你聽？」

「……」吳泓博激動起來，「臥槽，老欒，你別拉我，我要去救小蘇，萬萬不能讓她落進禽獸手中，唔唔唔唔——」

「砰」一聲，小房間的房門關上，將一切噪音擋在外面。

一個多月前，商彥特意找人把辦公室小房間的門窗換成專業隔音材質，此時門一關，蘇邈邈耳邊瞬間清淨下來。

……清淨得讓她有點不安。

蘇邈邈慢吞吞地放下行程表，抬頭看向商彥：「師父？」

商彥倚坐到桌邊，冷白的側顏上笑色薄淡，眼簾懶洋洋地垂下，覆蓋漆黑的眼眸，沒有作聲。

不安在空氣裡發酵。

蘇邈邈的眼珠咕嚕嚕轉啊轉，拿起手裡的行程表，問道：「這裡寫的賽制我不太懂——」

文件被商彥拿過去，擺在桌上，眼眸漆黑地望下來：「次要問題之後再談，現在先解決主要問題。」

蘇邈邈：「什麼……主要問題？」

商彥不說話，望著她。

蘇邈邈自發反省，低下頭：「我不該躲著師父……」

「嗯。」

從這個字裡聽出「繼續」的意思，蘇邈邈憋了憋氣，悶悶地說：「我不該隱瞞師父……」

「還有呢？」

「……」蘇邈邈一噎，慢吞吞地抬頭，精緻的小臉愁雲慘澹，「還有嗎……」她小聲問。

商彥嘆氣：「今天這件事，那天跟著妳進文家我就預料到了。我原本可以阻止，但沒有，知道為什麼嗎？」

「……」蘇邈邈愣愣地望著他，搖了搖頭。

「因為他們總會知道。」商彥沉眸，緊緊望著女孩，「就算不是這一個『他們』，也會是另一個『他們』，而你遲早要面對這一天。」

「……」蘇邈邈身體微僵。

「妳害怕，是嗎？」商彥皺眉，「怕他們用異樣的眼光看妳，怕他們覺得妳不正常？」

蘇邈邈低頭沉默很久，慢慢點頭。

商彥一嘆，他彎下身，伸手托起女孩的下巴，「妳害怕，是因為妳從來不敢正視自己的病，妳自己都認為隱瞞才是正常的。」商彥頓了頓，語氣加重，「蘇邈邈，在渴望別人正視妳之前，妳必須學會正視自己——妳是正常的。這世上那麼多人，每個人都像是獨一無二的一幅畫。妳就是妳，如果連妳自己都輕視真正的妳，那妳渴望獲得誰的尊重？」

「……」女孩的瞳仁微顫，她茫然地望著面前的男生，眼神無助得像是在茫茫大雪裡迷失方向的孤身旅人。那漫天蓋地的翻飛大雪中，只有孤零零的一個女孩。

她遲疑很久，掙扎著邁出一步：「我是……正常的嗎？」

「當然。」商彥聲線沉穩，一絲不苟地回答她。

「妳跟我們一樣。每個人都會被喜歡，都會被討厭，每個人都一樣——妳也一樣。」

男生的嗓音低沉醇然，如同照破雲層的一束光，在女孩心裡孤零零吹了許多年的風雪，終於迎來第一個暖陽。

女孩的眼眶一點點紅起來，她低下頭，細軟的聲音微微哽咽。

「謝謝你，商彥……」

看著女孩紅了眼眶，商彥下意識地皺起眉，但他沒有勸，他知道此時的女孩只能哭，她已經壓抑太久太久……在他還沒有出現之前。

商彥無聲一嘆，有些心痛地順著她，伸手輕輕撫過女孩耳邊垂下的長髮。

「謝我什麼？」

「謝謝你……願意陪著我……」

女孩眼淚順著臉頰往下流淌，抽噎的聲音細細軟軟，像隻縮起來的小刺蝟，卻連那身刺捏起來都是軟軟的，可憐兮兮的模樣。

商彥忍不住，伸手把這隻小刺蝟抱進懷裡，收緊手臂。他寧可她刺痛他，也不想她縮起來刺痛自己。

商彥抱緊蘇邈邈，勾住女孩的手，強迫她把緊握的手指張開，托起那強忍淚水而掐出痕跡的細白手掌。他低下頭去，輕輕地吻。

「我會一直在。」

懷裡的女孩悶著，眼淚濡溼他的襯衫。

「……你真的不介意我的病嗎？」

「我不介意。」商彥輕嘆，坦言，「我只是怕。」

不等懷裡女孩抬起頭，商彥更緊地抱住她，輕抵著女孩的額頭，他垂下眼，苦笑：「遇見妳以前……我還以為自己天不怕地不怕呢。」

週二第一節課開始之前，教室裡莫名地比往常安靜。就連平時最會吵鬧的後排男生，也自動把說話的分貝降低三十。如果哪個人不小心大聲一點，還會被其他男生一致以目光撻伐。

在這樣詭異的氣氛下，乘著文家私家車一同抵達學校的蘇邈邈和文素素幾乎是前後腳進入教室。

走在前面的蘇邈邈懵了一下，甚至還遲疑地回頭看了看教室外面掛著的班級牌——確實是高二一班無疑。

這個經常在升旗典禮上被主任點名教訓紀律差的班級，還是第一次讓蘇邈邈覺得如此安靜。女孩心裡疑惑，但還是繼續往前，走到自己的座位上。

商彥還沒有進教室，蘇邈邈轉頭看了一眼黑板角落寫的課程表，今天第一節課是化學。

他很可能又去培訓組忙 LanF 大賽的事了吧？

蘇邈邈心想。

後座的齊文悅和廖蘭馨對視了一眼，如同往常，笑瞇瞇地跟蘇邈邈打招呼。既沒有刻意關心和慰問，也沒有小心翼翼的同情。

蘇邈邈鬆了口氣，她笑著點頭，「早安。」說完之後女孩本想坐下，卻又想到什麼，低下身問齊文悅，「今天有什麼大事發生嗎？怎麼班上這麼安靜？」

齊文悅聞言，尷尬地張了張嘴，半天說不出話，最後還是廖蘭馨接口，神色淡定地邊翻書邊說，「班上那幫毛毛躁躁的男生聽說了妳的病，早上湊在一起上網搜尋資料，查到妳的病忌諱吵鬧的環境……」說著眼皮一抬，臉上閃過一絲很淡的笑容，「所以就變成這樣了。」

聽廖蘭馨再自然不過地提起她的病，蘇邈邈從中體會到她的呵護，十分感動，再聽到最後，不由得愣在原地。

她下意識地抬頭，正好對上後排男生的目光。幾個小心觀察她的男生嗖地一下把頭低下去，其中一個動作太大，狠狠地撞了一下腦袋，發出「砰」的悶響，其他幾個男生幸災樂禍地笑了起來。

蘇邈邈也情不自禁跟著嘴角微彎，原本還籠罩著些陰霾的心情，突然雲開霧散。原來……擺脫了商彥說的、自以為不正常的心態，再被不太熟悉的同學小心呵護，竟是這樣溫柔的觸感。

齊文悅在旁邊察言觀色後，放心了，對蘇邈邈說：「邈邈，妳別介意，昨天大家就是太驚訝了。」

「我知道。」女孩輕點頭，兩人相視一笑。

而此時教室的另一邊，從隔壁同學那裡聽說了前因後果，文素素懊惱地捏緊手裡的筆。她有些憤憤地望向第一排的桌椅，看到蘇邈邈身旁的位子是空的，她眼底掠過一絲快意。

就算班上那些男生想護著她又如何，商彥還不是心生芥蒂！以往每天早上，即便是要去培訓組辦公室，商彥也一定會為他的小徒弟送熱牛奶，但今天……

看著空蕩蕩的桌面，文素素心裡生出報復的快感。長久以來啃噬內心的忌妒終於緩解，她笑著低下頭。

顯然，班上不只文素素注意到了，教室角落隱隱有議論聲。連後座的齊文悅也擔心地低聲問廖蘭馨：「廖廖……彥哥該不會……」說著，看了一眼空蕩蕩的座位。

如果只是師徒，那商彥知道這件事後，應該會對女孩更加關心呵護。可她們很清楚，商彥對蘇邈邈的感情遠不止師徒那麼簡單。

齊文悅想著，要是換成自己被另一半隱瞞這樣的大事：「他不會……不能接受吧……」

她不由得輕顫了一下。

「別亂說。」廖蘭馨開口。

齊文悅皺著眉：「那他怎麼還不來……牛奶也不送……他要真是因為這件事跟邈邈疏遠，那他、他……那我就再也不叫他彥哥了。」

腦補之後過於憤慨，齊文悅說話的音量漸漸不受控制，最終被前面的女孩聽見。蘇邈邈被齊文悅的語氣逗笑，她小心轉回身，朝齊文悅眨了眨眼：「沒事的。」

「啊，妳聽見了啊……」齊文悅不好意思地看她。

蘇邈邈點頭，烏黑的瞳子裡微光一閃：「而且……他早就知道了。」

齊文悅一愣。

就在這時，第一節課的上課鈴聲響了。班上學生這才注意到一件更古怪的事情——這節是化學課，而他們的班導兼化學老師李師傑，竟然還沒有到教室。

班上響起一陣低低的議論聲。

化學小老師不安地站起來，準備去辦公室一探究竟，突然，教室前門打開，來人隨意抱在身前的書本與試卷映入眼簾。

班長立刻帶頭喊：「起立！」

全班齊聲說：「老——師——好……？」

赫然扭曲的尾音裡，商彥淡定地關上身後的門，似乎心情不錯，懶洋洋地擺了擺手：

「都坐下，不用客氣。」

全班錯愕不已。

齊文悅愣了愣，看清楚商彥手裡拿著化學老師的教材和試卷，再次嚇傻，抬頭問蘇邈邈：「這是怎麼回事？邈邈，妳師父最終還是忍不住謀權篡位了嗎？」

蘇邈邈哭笑不得，她自己也是一頭霧水。

一陣騷亂後，高二一班的學生們不明所以地坐到位子上。

商彥站定，目光掃了一圈，議論聲也跟著停歇。

化學小老師鼓起勇氣，站起來，小心地問：「彥哥，這是……怎麼回事？」

商彥重新邁開長腿往前走，他把手裡的書本和試卷放到講桌上，手裡只剩下一個淺灰色的保溫杯。

修長的指節握著那個保溫杯，商彥走向第一排座位，一邊走，一邊聲線放鬆地開口：「學校臨時召開班導會議，找不到合適的代課老師，所以在李老師回來以前，我先為大家講解上週的化學試卷。」

說完，他正好停在第一張桌椅旁，他把手裡的保溫杯擺在女孩面前，看女孩仰起小臉，眼神懵懂地看著自己，商彥心裡一癢，忍不住伸出手揉了揉女孩的腦袋。

「下課前喝完，」他壓低聲音，嗓音低沉而戲謔，「聽到沒。」

當著全班的面，被按了腦袋的蘇邈邈氣鼓鼓的，卻只能點頭。

商彥滿意地轉身。

班上學生雖然意外，卻也不怎麼排斥，畢竟以商彥幾乎次次滿分的化學成績，為他們授課或許有難度，但講解一張化學考卷是綽綽有餘。

於是第一節課順利開始。大約過了半節課，試卷上的難點、易錯點講解得差不多了，商彥目光一掃試卷，落到其中一道題目上。

他嘴角一勾：「我為大家出一道延伸題吧，就以第七大題為基礎，大家把這道流程圖裡，所有發生過的化學反應式寫一遍。」

班上一默，同學們紛紛抽出紙本。蘇邈邈也跟著動作，同時她皺起眉頭看著那道題目——涵蓋的反應式好像有點多，其中幾個可能還涉及陌生反應式的平衡……

蘇邈邈正在思考，講臺上的人突然低笑一聲：「找兩個人上講臺寫吧。」

蘇邈邈心裡撲通一下，她下意識地抬頭，正好對上講臺上笑著看過來的漆黑眼眸。

蘇邈邈有不祥的預感。

商彥果然說道：「看來蘇邈邈同學自願上來解題，那就來吧。」

蘇邈邈無語。

教室裡安靜幾秒，學生們哄然笑開，齊文悅最樂，嘴巴都快咧到耳朵了。

見蘇邈邈認命又頹喪地站起身，她笑嘻嘻地握拳：「加油！邈邈！期待妳的表現！」

「……」蘇邈邈滿懷怨念地看了她一眼。

幾乎是同時，講臺上那個懶洋洋的聲音再次響起：「另一個……齊文悅同學。」

「哈哈哈哈哈哈——嘎？」齊文悅的笑聲戛然而止。

旁邊的廖蘭馨忍不住了，低頭一邊寫反應式，一邊嘲笑齊文悅：「知道彥哥占有慾都表現在哪些方面嗎？」

「……」齊文悅哭喪著臉。

廖蘭馨笑道：「最明顯的一點，就是他的人，他可以欺負，你們不行。」

「……」真是血與淚的教訓啊！

兩人一起垂頭喪氣、難姐難妹地站上講臺。黑板是推拉式的，蘇邈邈站在左側黑板，齊文悅站在右側黑板。兩人拿起粉筆，愁眉苦臉地開始寫這道「延伸題」。

起初，商彥還撐著手臂站在講臺中央，等兩人大約寫了三行，男生突然有了動作。他放下手裡的試卷，轉向左側黑板，看了兩三秒，然後似笑非笑地一挑眉，邁開長腿走過去。

蘇邈邈正卡在第四個化學反應式，眼角餘光瞥見商彥走來，陰影籠罩下，腦袋更是一片空白，細白手指捏著粉筆，一動不動。

商彥莞爾，走到離女孩大約半公尺的位置站定，手上拿著三角板，側身倚到黑板上。黑板輕震一下，女孩細白的指尖跟著一抖。商彥忍俊不禁，撇開眼無聲笑了起來。

「……」蘇邈邈氣得想踹他。

商彥笑了兩秒，轉回身，目光把女孩已經寫完的三行掃過一遍，然後落向那艱難爬出的第四行。

盯了一陣子，他望著女孩窘迫得泛起嫣紅的臉頰，咬著唇內側低笑一聲：「我看，班上幾個同學的基礎不錯，就是心理素質有待加強……被老師一盯就寫不出答案的話，上了考場怎麼辦？蘇邈邈同學？」

班上同學一愣，繼而紛紛笑了起來。

「……」蘇邈邈聽那人以無比戲謔又親暱的語氣喊出「蘇邈邈同學」，覺得自己臉上的熱度可以煎荷包蛋了。

女孩低頭悶了許久，白玉似的頸子憋得泛起嫣粉，第四行化學反應式就是停滯不前。

商彥收斂笑色，不再逗她。他長腿一邁，走到女孩身後，當著全班的面，伸手握住女孩的手，捏住粉筆。

「這樣平衡。」

耳後的男聲低沉微啞，蘇邈邈的理智被這手握手寫出來的化學反應式炸飛。

教室裡異常安靜，講臺下，文素素手裡的筆尖「啪嚓」一聲，折斷在筆記本上。

第一節下課鈴聲響起，宣告著這堂蘇邈邈畢生難忘的化學課終於結束。

她氣悶地看向身旁的男生。

臨近下課前，班導李師傑結束會議，趕回教室，商彥這個臨時代課則回到座位上。可惜不等蘇邈邈為剛才的事嚴正抗議，李師傑喊完「下課」，便直接走下講臺，來到商彥和蘇邈邈的課桌前。

「商彥，試卷的題目都帶同學檢討完了吧？」

「嗯。」

商彥起身，把自己做了講解標註的空白試卷遞給李師傑。師生兩人就試卷討論起來，旁邊的蘇邈邈見一時半刻不會結束，便自己悶悶地趴在桌上。

等大致說完，李師傑把書裡夾著的兩張批好的請假單遞給商彥。

「喏，你和蘇邈邈的。」

突然被點名，蘇邈邈一懵，好奇地仰起頭。

商彥伸手接過，卻沒把蘇邈邈的請假單給她。

李師傑不放心地交代：「蘇邈邈身體情況特殊，我是因為信任你才批准她請假。」

商彥笑著回應：「我明白。」

「而且她的程度不像你那麼好，出去比賽耽誤的這幾天課程，你得幫她補回來。」

「嗯，各科基本上已經預習過了。」商彥側身，似笑非笑地垂下眼，「是吧，小孩。」

當著李師傑的面，蘇邈邈自然不會故意不給商彥面子，她只得委屈地點頭：「嗯。」

李師傑這才放心。

臨走前，他一邊看著手裡的化學試卷，一邊對商彥無心地說了句：「看來還是蘇邈邈的面子大啊。」

蘇邈邈不明所以，她茫然地看向李師傑，然而對方已經轉身離開，於是只剩下一個人能解答她的疑惑。

蘇邈邈轉向商彥：「李老師的話……是什麼意思？」

商彥把手裡兩張請假單放在桌上：「妳以為我上節課為什麼不去電腦組，卻跑來班上代講試卷？」

蘇邈邈看了看請假單，遲疑了一下，不確定地問：「老師不批准你的請假單？」

商彥氣笑，伸手輕推了一下女孩的額頭：「是不批准妳的請假單。」

蘇邈邈一懵。

商彥把她那份請假單推過去：「收起來吧。」

蘇邈邈接過請假單，看了一眼請假的時間，不由得愣了一下：「我們不是明天出發嗎？」

「改時間了。我們提前一天過去，帶妳熟悉一下環境和比賽場地。」

「可是我之前跟文叔叔說的是明天，而且也還沒有收拾行李……」

「放心，」商彥說，「文家那邊我今早已經通知，要他們送來一些妳的換洗衣物，其他東西我會準備。」

蘇邈邈看著請假單上「LanF 大賽」的字樣，緊張地輕吸一口氣，再慢慢吐出來。

商彥被她的模樣逗笑，他朝女孩微微俯身，垂下眼，嘴角一勾，似笑非笑：「有我在，怕什麼。」

「……」蘇邈邈微繃著漂亮的小臉，裝作沒聽見，轉過頭去。

上午的課堂結束，齊文悅和廖蘭馨起身，轉頭喊蘇邈邈：「邈邈，走，去吃午餐。」

蘇邈邈從桌子上抬起頭，轉身正準備說話，卻被身旁的商彥搶先：「今天開始，我家小孩不外借。」

「啊？什麼意思？」齊文悅看了一眼商彥攔人的架勢，後知後覺地反應過來，「……彥哥你要搶人？」

「嗯，」商彥毫不心虛，「人我拐走了，接下來一週應該見不到面，有什麼想說的，妳們快說。」

商彥起身，順手拎起蘇邈邈的背包，望向女孩：「我在教室外等妳。」

「……哦。」蘇邈邈應了一聲。

商彥一轉身離開，齊文悅立刻撲上來：「邈邈寶貝，妳怎麼突然要跟彥哥出走一週啊？」

「是為了 LanF 大賽吧？」廖蘭馨淡定地問。

「嗯，」蘇邈邈無奈地皺了皺鼻尖，「組裡兩個高三男生突然退組，招新人來不及，只能讓我充數。」

「哎？邈邈妳要去參加競賽？」齊文悅驚訝不已，「真厲害，之前聽你們說起 LanF 大賽，我就去查了，含金量超高，聽說如果拿到 LanF 的金獎，基本上就能直接保送國內最頂尖的大學了。」

廖蘭馨在旁邊點頭：「拿到總決賽冠軍的話，申請出國也不難。」

「哇……真羨慕你們！」齊文悅激動得原地轉圈，「保送哎！那就是提前解脫啊！」

「沒有那麼容易。」蘇邈邈皺了皺眉心，小聲碎念，「如果是個人賽，商彥不會有什麼問題，可是團體賽……」

「嘖嘖，蘇邈邈同學，妳偏心得有點過於明顯啊。」齊文悅取笑她，「再說了，妳操心彥哥？有必要嗎？他就算不保送，參加大學考試，一樣穩操勝券。他連期中考那麼那麼那麼變態的題目都能考滿分，語文差一分及格還能擠進年級前五，根本是學神！妳擔心他……不如擔心妳自己。」

蘇邈邈故作生氣：「齊齊——」

「哎我錯了……別別別搔我癢啊哈哈哈——」

教室裡嬉笑的聲音穿過牆壁，傳到門外的長廊上。商彥拎著兩個背包，站在窗邊，聽那笑聲飄過耳邊，嘴角掛起懶洋洋的笑。

突然一個人影映上窗戶，商彥臉上笑意一薄：「文素素。」

那道人影停住，商彥側過身，目光落過去。

文素素顯然十分意外商彥會叫住她，但此時她只覺心虛，不由得緊張起來：「你、你找我有什麼事？」

男生冷白的面龐上情緒漸淡，薄唇微微抿起凌厲的弧線：「那則貼文，是妳發的吧？」

文素素瞳孔一縮，直覺地否認：「什麼貼文，我不知——」

「我耐性很差。」商彥打斷，「不必要的事情，不要讓我重複第二遍。」

「……」文素素臉色刷白。

商彥眉眼淩厲地掃過她，邁開長腿，不疾不徐地走過去，說道：「如果這件事在學校裡傳開，妳覺得大家會怎麼看妳？如果這件事被妳父母知道，甚至是蘇家知道……妳覺得，會怎樣？」

「……！」文素素不由得往後退了半步，神色驚慌地看向商彥，「我……我只是一時衝動……」

商彥輕嗤一聲，眼神嘲弄：「我不在乎。」

「蘇邈邈已經警告過我了……她還錄下我說的話威脅我，商彥……」文素素低聲，語帶哽咽，「我再也不敢了，你們就放過我吧……」

商彥輕瞇起眼：「她威脅妳？」

「……」捕捉到一點希望，文素素急忙應聲，連連點頭，「你別被她騙了，她沒有看起來那麼單純，她……」

話音未落，商彥伸出插在褲子口袋的左手，倏地扣上文素素的脖子，摜到身後的牆上。

「砰」的一聲悶響，走廊上原本偷偷議論的學生也嚇傻了。

正值下課時間，吵鬧的走廊上卻鴉雀無聲。文素素嚇呆了，背撞上牆壁的疼痛讓她的眼淚嘩一下湧出眼眶。

商彥視若無睹，他垂下眼，低聲笑，漆黑的眸子裡一片冰涼：「這種時候，妳還敢在我面前說她壞話，妳是活得多安逸，才這麼不知死活？」

文素素從小到大被捧在手掌心，不曾被男生冷眼冷語地諷刺過，更何況掐在她脖子上的手毫不留情，讓她覺得呼吸都有點困難。

文素素驚恐地掙扎起來，身體發顫：「我、我錯了……我再也不敢了，真的……」

「我不會給妳『再』的機會。」商彥冷下目光，「接下來一週，蘇邈邈不在學校，我要妳轉出高二一班，永遠別讓我在這個班裡看到妳。」

他手驀地一緊，掐得文素素又抖了一下，才慢慢勾起嘴角，無聲地笑：「懂了嗎？」

那個眼神是文素素這輩子從沒經歷過的恐怖，她嚇得閉上眼，拚命點頭：「我一定、一定……」末了泣不成聲。

商彥鬆開手，冷斥：「滾。」

「唔——咳咳……」文素素摀著脖子，嚇得頭也不回，滿臉眼淚地衝出人群。

走廊上石化的學生們被商彥餘光一掃，登時驚恐地作鳥獸散。等蘇邈邈聽到消息跑出來，學生們早已走得乾乾淨淨。

倚在窗臺上的男生有所察覺，側身望過來：「告別完了？」臉上笑意鬆散而漫不經心，看不出半點發過火的模樣。

如果不是聽好幾個班上的同學說商彥在教訓文素素，蘇邈邈可能會以為是自己搞錯了。

她遲疑地走上前：「你剛剛……」

商彥半垂下眼：「怎麼了？」

蘇邈邈跟在他身旁，慢吞吞地順著已經沒什麼學生的樓梯往下走。一邊走，女孩一邊小聲說：「我剛剛聽他們說……說你對文素素動手了。」

商彥懶洋洋地「嗯」一聲，「算是吧。」他側身，「之前在圖書館，妳不是看過一次。」

蘇邈邈遲疑地皺起眉，聲音猶豫：「下次……不要這樣了。」

「妳怕我？」

「……不是。」蘇邈邈低聲說，「你又不會打我。」

商彥一愣，隨即莞爾，故作危險地壓低聲音，低下頭：「妳怎麼知道不會？妳忘了以前我說過，背叛師父要打斷腿嗎？」

蘇邈邈沉默兩秒，仰起臉，烏黑的眼瞳一眨不眨地看著男生：「你捨得嗎？」

「……」商彥噎住，史無前例。

許久之後，他驀地低聲笑起來，側過臉，不服氣地伸手揉了揉女孩的長髮：「好啊妳……妳現在是不是覺得吃我吃得死死的？」

蘇邈邈被揉得微惱，躲開他。

商彥的心卻被女孩的神態模樣化成泥濘，低下眼含笑問她：「既然不怕，為什麼叫我『不要這樣了』？」

蘇邈邈無聲地嘆氣：「因為他們會說你欺負女生。」

「？」

「傳多了，他們還會說你打女生。」蘇邈邈語氣很認真，「男生打女生，不管是誰的錯，不知情的人一定會責怪男生。」

「無所謂，」商彥笑意放鬆，「我沒有不打女人的原則。」

「……」蘇邈邈不贊同地看他。

商彥輕瞇起眼：「怎麼，難道以後有女人欺負妳，我還要因為這種狗屁原則袖手旁觀？」

蘇邈邈一懵，回過神又一本正經地說，「商彥，你不能罵人。」女孩皺眉，「抽菸、喝酒、還罵人的師父，不是好師父。」

商彥啞然失笑。趁著時間已晚，他目光四下一掃——空無一人。男生停下腳步，單手撐在女孩面前。

「啪」一聲，去路被攔住的蘇邈邈停下來，無辜地仰起臉：「……？」

商彥輕俯下身，眸裡黑漆漆的，嘴角微挑，似笑非笑：「那樣就不是好師父了？」

蘇邈邈遲疑兩秒，誠實小心又倔強地點了點頭：「嗯。」

商彥再俯身，目光落到女孩淡櫻色的唇上，灼熱的呼吸一點點壓下去，他聲音低啞：「……那這樣算嗎？」

隨著話音，那張清雋好看的臉龐在蘇邈邈眼前一點點放大、拉近。近到那秀挺的鼻梁上，冷白的膚色被細密的眼睫拓下的陰翳都清晰可見，眼簾邊緣微微捲起的睫毛，彷彿可以一根一根數清楚。

鼻息灼熱近乎滾燙，繾綣出曖昧的呼與吸。

突然頭頂掠過一陣急促的追逐腳步聲，蘇邈邈驀地回神，反射性地身體向下一蹲，商彥面前一空，再垂下眼，女孩已經從他手臂下方鑽了出去。

「出、出發……時間要來不及了。」

帶著點顫抖的軟聲未盡，女孩的身影已經消失在樓梯間。

商彥一言不發地垂下眼，他確定自己原本只是想要逗一逗他家小孩，然而到了中途，他似乎不自覺沉迷其中，忘乎所以……

鬼迷心竅。

商彥輕嗤一聲，抬手揉了揉眉眼，轉身下樓。

他現在真的不知道，自己還能忍多久……

第十三章　套房

電腦組四人在三中東門外集合，比負責老師黃旗晟先行一步，坐上兩輛商彥提前安排的私家車，前往C城的火車站。

一路上，坐在後面那輛車的吳泓博不斷抱怨：「學校這次沒誠意啊，以前那些小比賽還能坐飛機，怎麼這次這麼重要的大賽，竟然用火車敷衍我們？」

「……」欒文澤若有所思地不發一語。

「在想什麼，老欒？」

欒文澤回過神，笑笑：「沒什麼。不過這次我們提前一天半出發，也不需要著急，高鐵雖然慢一點，但比較安全。」

「也是。」

到了車站，取了車票，吳泓博看了一眼自己的車票，愣住，又湊過去確認欒文澤的車票，震驚地轉向商彥：「彥哥，你們車票拿了嗎？」

商彥剛帶著蘇邈邈取完票，聞言懶洋洋地掃了他一眼：「嗯。」

吳泓博眼底的驚訝終於化為興奮：「商務車廂啊！學校這次怎麼這麼大方？從C城到A

城，高鐵商務車廂的票價將近兩千一張！這這這這是哪個財務老師批准的，我要抱他大腿喊爸爸，嗚嗚嗚……」

商彥一抬眼，神態放鬆地瞥他：「喊吧。」

吳泓博不解。

「我批准的。」商彥語氣涼涼。

吳泓博一臉震驚。

商彥沒再理他，拎著自己和蘇邈邈的背包，轉身拉著女孩走向ＶＩＰ通道。

後面吳泓博回過神，「嗷」的一聲撲上去：「彥爹啊啊啊彥爹我愛你！！」

火車站來往人潮一驚，紛紛回頭行注目禮。

走在前面的商彥動作一僵，把身旁的女孩牽得更緊，加快步伐。

蘇邈邈站在他身旁，不由輕笑，想回頭去看吳泓博，卻被商彥扯回來：「裝不認識。」

蘇邈邈不明所以。

商彥皺眉：「經驗談。」

蘇邈邈更加一頭霧水。

結果證明，商彥的經驗是對的。從ＶＩＰ通道進入ＶＩＰ候車室後，吳泓博放下背包的第一件事，就是撲向候車室角落的免費飲食吧檯。

他用最大的杯子倒了一整杯可樂，又抱著一堆牛肉乾回來，吳泓博興奮得像個一百公斤的胖子——事實上他也差不多了。

「小蘇，妳要吃什麼，我幫妳拿！」

不等蘇邈邈婉拒，商彥面無表情地把女孩圈住，「我家小孩不吃零食。」他側身看蘇邈邈，「不健康，說不定還影響發育。」

吳泓博只好遺憾退場。

四人並未提前太久到車站，所以在ＶＩＰ候車室待了大約二十分鐘，便收到漂亮的服務小姐通知，提著行李去專用的ＶＩＰ檢票閘門。

幾分鐘後，四人順利上車。他們的座位在一號車廂，因與駕駛室相鄰，車廂長度只有其他車廂的一半。

車廂內只有兩排，共五人座。第一排是一左一右兩個單獨蛋形椅，第二排則是一個單獨蛋形椅，外加一個雙人座。

按照網路訂票隨機分配，蘇邈邈和商彥不巧被分在第一排的兩個單獨蛋形椅，而欒文澤和吳泓博……

商彥微微皺眉，目光向後一掃。

吳泓博一邊興奮又新奇地觀察車廂內裝，一邊和欒文澤說著什麼，兩人正要並肩坐進那雙人蛋形椅，商彥嘴角一勾，走了過去。

「單人座給你們，去前面吧。」

吳泓博一愣，激動地抬頭：「彥爹，你今天怎麼這麼貼心？貼心得讓我有點不安了！」

商彥輕瞇起眼，威脅道：「去不去？」

「去去去去——」吳泓博迭聲答應，提起行李迫不及待地往第一排衝。

欒文澤慢一步，站起身，表情有點複雜地看了商彥一眼，但他最終還是沒說什麼，讓出了位置。

商彥心滿意足，回身看向門邊，蘇邈邈站在那裡，望著車窗外發呆，不知道在想些什麼。

「小孩，」他低聲喚起女孩的注意，朝她抬手，「過來。」

蘇邈邈出校門後就顯得格外安靜，此時也不說話，慢吞吞走過來。

「怎麼了，」商彥低眼看她，眉心微蹙，「不舒服？」

蘇邈邈搖搖頭，輕聲開口，「……沒有。」她想了想，為免商彥擔心，又慢慢解釋，「我不常、不常遠行，有點不習慣，感覺很……陌生。」

商彥了然。

「伸手。」他垂下眼，淡淡地說。

「……」蘇邈邈微愣，不解地看向商彥，但還是聽話地把手伸出來。

商彥輕輕拉起她的手，按在自己鎖骨上方。女孩的指尖冰涼，而觸手的皮膚溫熱，兩相反差下，甚至覺得有一點燙手。

微燙的溫度一直蔓延到蘇邈邈的面頰上，她赧然且更加不解地看向商彥。

商彥嘴角輕勾：「閉上眼。」

蘇邈邈依言照做。

「感覺到什麼？」

視覺被剝奪，聽覺和觸覺好似呈倍數放大。指尖之下，剛才燥熱裡被她忽略的跳動一點點放大、清晰，最後彷彿與她的心臟一起跳動。

蘇邈邈驀地睜開眼，抽回細白的手指，烏黑的瞳仁裡掠過赧然而慌亂的情緒。

商彥垂下眼，端詳她：「現在還覺得陌生嗎？」

蘇邈邈抿了抿脣，臉頰微紅。

商彥低聲笑：「以後無論妳走到哪裡，這個跳動都會一直陪著妳。有我在，任何時間地點，妳永遠不會覺得陌生或者不安。」

「……」女孩慢慢低下頭，輕聲問，「什麼時候都會一直陪著我？」

「嗯。」

「那我什麼時候都能來摸嗎？」

「……」商彥挑眉。

「……！」女孩驀地意識到自己話裡的暗示，一張白皙的小臉憋得嫣紅，「我我我不是不是那個意思只是我怕比賽的時候緊張——」

商彥啞然失笑，他手一抬，輕捏住女孩的下巴，截斷她急促而慌亂的話音。他另一手撐著蛋形椅，俯下身，湊到女孩面前，薄薄的脣角微翹：「嗯，無論什麼時候，都會陪著妳。」

「……」

「無論什麼時候，都隨妳摸。」商彥低語，戲謔地笑，「這可是師父給妳一個人的特權，好好珍惜，多加利用。」

「……！」

從C城到舉行LanF大賽選拔賽的A城，路途遙遠，即便乘坐高鐵也將近七個小時。

高鐵行駛平穩，商務車廂內又安靜，陽光透過遮擋的扇葉車窗落進來，醺得人身上一層暖意。椅背向後傾斜的座椅上，女孩昏昏欲睡，一顆小腦袋倚在軟枕上，還時不時往旁邊點一下。

商彥在旁邊看了一陣子，終於忍不住輕笑一聲，伸手擋住女孩的腦袋，以免她撞到蛋形椅的邊緣。

然而這一下晃動，把半睡半醒的女孩從夢裡驚醒。她滿眼迷茫，轉了轉腦袋，才順著商彥剛剛護著她的手望到他的臉上。

「我……睡著了？」

商彥俯身過去，替女孩按下旁邊的按鈕。

「把椅背調成平躺，妳睡吧。」

「可是……」

「晚餐之前，我會叫醒妳。」

「……」

實在是累了，完全放平、猶如單人床的座椅和車廂裡的暖意，催得她昏昏欲睡。蘇邈邈縮緊薄薄的肩，眼睫掙扎地眨了眨，便重新闔上，沉沉睡去。

商彥起身，到車廂的隔音自動門外，與商務車廂專屬的服務員要了兩條乾淨的毯子，又返回車廂。

「彥哥，小蘇睡了？」吳泓博低聲問。

「嗯。」商彥極輕地回應一聲，便走回蘇邈邈座椅旁。

他將手裡的一條毯子對折蓋住女孩的腿，順便幫她脫下之前換上的軟墊拖鞋，接著將另一條對折蓋到女孩的上身，最後彎身為女孩掖好脖頸處的毯子，驀地他的動作一頓，黑眸裡情緒加深。

女孩的睡顏很安穩，膚色是吹彈可破的白，離得這麼近，連膚下顏色淡淡的血管都隱約可見。烏黑的瞳仁被遮住，濃密的眼睫如小扇子似的疊在眼瞼下，勾出漂亮的圓弧形。鼻子秀氣挺立，鼻尖微微一點圓潤的線條，白皙襯著微微抿著的淡色的唇，讓人忍不住想……

大腦還來不及思考，商彥的指腹已輕輕撫上女孩細嫩的唇。不知是不是睡得太沉，女孩非但未醒，反而無意識地在他指腹上輕輕摩挲了一下。

無形的火苗嗖地竄進那雙漆黑的眸子，墨色的火頓時燒得鋪天蓋地。商彥的眼神深沉得幾乎要把人吸進去，彷彿受到蠱惑似的，他情不自禁地慢慢向前俯身。

耳後「砰」一聲悶響，是什麼東西落到地上的聲音。但鬼使神差地，商彥沒有回頭。他頓了一頓後，再一次壓下身，卻在唇瓣相觸的前一秒，改變了主意——薄唇微微上移，輕吻女孩的鼻尖。

一停，即離。

商彥沉著黝黑的眸色，直起身，轉頭看去。

座椅上的吳泓博一臉被雷劈到的神情，目瞪口呆地看著商彥：「彥……彥爹……你剛剛、你剛剛在……幹什麼……」尾音顫抖，如同說話之人的神情——驚恐得近乎扭曲。

然而不等商彥回答，吳泓博已經進入自我催眠狀態：「一定是我看錯了……對，一定是我看錯了，我這個人思想怎麼這麼不純潔，我需要反省……彥哥怎麼可能是那種人，是吧？對，他們還是師徒，不可能的、不可能的……」

眼見自己再不開口，組裡的吳泓博選手可能會就此崩潰，繼而影響比賽表現，甚至人格分裂，再難復原，商彥決定大發慈悲。

他淡定地隨手抓起一個輕枕，不疾不徐地走過去：「你剛剛看見什麼了？」

「……」另一邊的蛋形椅上，欒文澤原本一直戴著耳機聽程式設計教學，見商彥出現在眼角餘光裡，才好奇地摘了耳機。

看著走近的商彥，吳泓博表情扭曲了一下，乾笑：「我……我看錯了……」

商彥一挑眉，似笑非笑：「看錯什麼？」

吳泓博遲疑地看向欒文澤，欒文澤一臉茫然。吳泓博求救無門，乾脆豁出去了：「我看見彥哥你低下頭去像是要、要……要親小蘇……」

欒文澤聞言目瞪口呆，停頓了兩秒，默默地又把手裡的耳機戴上，轉回頭，聚精會神地盯著自己的螢幕，假裝剛剛他只是不小心夢遊。

「……」吳泓博不敢置信，「同生共死的兄弟情分呢！」

欒文澤充耳不聞。

吳泓博表情扭曲地轉頭，看著快要走到自己面前的商彥，吞了口口水，繼續乾笑：「彥、彥爹，我知道是我看錯了，小蘇是你徒弟……我這玩笑開得太過分了，我下次絕對絕對絕對不會了，真的，我發誓！」說著高高豎起三根手指。

商彥停在他身前，低下頭，眉眼間笑色極薄，眉尾下壓，他輕嗤一聲：「你沒看錯。」

「……」

「我剛剛是想要親她。」

「？」

「而且我早就想這麼做了，你剛才看見的不過是其中一次罷了。」

「？！」吳泓博的臉色越漲越紅，幾乎快要青紫，他忍不住張口，「彥爹你怎麼能這樣對我們小——唔唔唔……」

剩下的話音，被商彥早有準備的輕枕搗了回去，直接壓進吳泓博的單人蛋形椅裡。

「別吵。」商彥輕聲道，「她還在睡。」

「唔唔唔……」吳泓博掙扎著。

商彥鬆開手，輕枕滾到一旁。

吳泓博長長吸了一口氣，臉都快發紫了，說道：「彥爹你這是……要殺人滅口……」

商彥輕嗤，撇開眼懶得搭理他。

吳泓博揉著喉嚨：「小蘇可是你徒弟，你怎麼能對自己徒弟下手！」

在吳泓博控訴的目光裡，商彥撐著蛋形椅，彎下身，輕瞇起眼：「我養的小徒弟，怎麼變成你們的小蘇？」

「……」吳泓博委屈地說，「那、就算是……是彥爹你的小徒弟，你們是師徒，做師父的，怎麼能對徒弟有非分之想！」

商彥嘴角一勾，笑得懶散，漫不經心：「你不覺得，師徒禁忌戀……聽起來更刺激嗎？」

吳泓博震驚得說不出話。

商彥不再理會吳泓博那被雷劈到似的模樣，優哉游哉地站直身。

吳泓博哀嚎：「彥哥你不是人——」

「你發現得太晚了。」商彥頭也不回，走了。

三人到達A城已是晚上七點多。從A城最大的火車站出來，夜幕漆黑廣闊，飛機拉著紅色的閃燈尾翼從天邊劃過。弧線之下，黑暗裡鋼鐵高樓林立，燈火成城，圓月與碎星都顯得暗淡。整座城市猶如一隻蟄伏的巨獸嶙峋的背脊，起伏寥廓。

踏出火車站出口，四個人不約而同地停下步伐。

吳泓博感慨：「這裡是我最想來的城市，沒想到竟然能這麼快實現。哎，老欒，我記得你最想考的學校也在這裡吧！」

「嗯。」欒文澤重重應了一聲，顯然也有些激動。

吳泓博轉頭看向商彥和蘇邈邈：「彥爹，之後怎麼安排？」

「……大賽主辦方提前為我們預定了飯店，叫計程車過去吧。」商彥淡淡地道。

看出商彥興致不高，吳泓博原本想說的提議還是作罷。

四人坐上計程車，開往飯店。吳泓博這個噸位最重的塞在副駕駛座，商彥和欒文澤在後座靠窗，蘇邈邈則坐在最寬敞的中間。

看著左手邊男生那雙委屈的大長腿，蘇邈邈猶豫了一下，開口：「師父，你往中間坐一點，沒關係的。」

「有關係！」副駕駛座的吳泓博一吼，把計程車司機嚇了一跳。

司機沒好氣地說：「我說你這小子，怎麼大呼小叫的？知道叔叔手裡握著方向盤嗎？關係到多少條人命？萬一把我嚇出事了怎麼辦，你說？」

吳泓博被訓得抬不起頭，還得承受來自後座、夾帶陰沉笑意的目光。

好不容易司機罵完，吳泓博才轉過頭，苦口婆心地勸，「小蘇，出門在外不能這麼沒有警覺心，所謂知人知面不知心……」他低聲說，「妳怎麼知道妳旁邊的是人還是禽……」

最後一句話沒能說完，在旁邊那人凌厲目光的威壓下，中途夭折。

吳泓博脖子發涼，僵著身體轉回頭。

蘇邈邈一臉茫然，等了一下才不解地轉向商彥：「……師父？」

商彥垂下眼：「不用理他。」

「……哦。」

吳泓博在前座痛心疾首。

A城的夜景漂亮且繁華，像一座用燈火織起的城市，靚麗絢爛，也光怪陸離。看著車窗外那些水火交融似的光亮掠過，蘇邈邈的瞳孔裡也點映上斑駁的光色。

但如果一直停滯不前，再美的夜景也無用了。蘇邈邈看著對面那個過了好幾分鐘，才從自己的視線左邊移到正中的大看板，有些悶悶地說：「還要多久才會到啊……」

商彥單手倚著車窗，半垂著頭休息，聞言他眼皮一抬，瞥過車外光景。

「五六分鐘的路程，現在可能要堵二十分鐘以上。」

男生聲線懶散而寡淡，在密閉的車廂裡又多了一分磁性，聽來別有韻味。

蘇邈邈愣了一下，前座司機驚奇地說道：「小子不錯啊，對這裡很熟嘛，我還以為你們是從外地來的。」

旁邊吳泓博終於找到機會，偷偷瞟一眼後座的商彥，見他眼睛半闔，便朝司機笑道：「我們幾個都是外地來的，但後座這位，確實是A城人。」

聞言，蘇邈邈驚訝地看向商彥：「你也是A城人嗎？」

「……」商彥一抬眼皮，漆黑的眸子看著她，卻不說話。

吳泓博在前座眉飛色舞地解釋：「小蘇，妳竟然不知道啊？妳師父可是正統A城出身的少爺，還出國待過幾年，回國後也不知道怎麼想的，跑到我們那個小城市去念高……」

吳泓博的話音戛然一停，片刻後，他慢半拍地回過頭，滿臉問號：「小蘇，妳剛剛說……『也是A城』，這個『也』是指誰啊？」

蘇邈邈不說話，她剛剛是過於驚訝，才會一不小心把從出站以來一直小心藏著的複雜心思洩露出來。

蘇邈邈還在苦惱該怎麼回應，身邊那個懶洋洋的嗓音替她解了圍：「別吵了，頭痛。」

「……」吳泓博委屈地閉上嘴。

計程車果真在將近二十分鐘後抵達飯店。

這是一家中等規模的私人飯店，主辦方的金主十分闊綽，在A城市中心地段，直接包場一週。

一進飯店，蘇邈邈四人首先看到大型條幅和 LanF 大賽的宣傳立牌。

飯店的櫃檯人員顯然訓練有素，一看蘇邈邈四人的模樣，其中一個便露出明亮的笑容。

「幾位是 LanF 大賽的參賽學生吧？」

「嗯。」商彥從蘇邈邈那裡拿回女孩執意要自己背的背包，漫不經心地應了一聲。

兩個櫃檯小姐大大驚豔了一下，男生從幾公尺外走到櫃檯的那幾秒，大廳裡的空氣都安靜下來，還冒著一些粉紅泡泡。

看著兩個櫃檯小姐陡然明豔許多的笑臉，吳泓博不由得與欒文澤對視一眼，在彼此的目光中看到了相同的意料之中的無奈。

「請在這邊登記一下學校、姓名與聯繫方式。」櫃檯小姐突然變得細聲細氣的。蘇邈邈皺著眉想，可能是喉嚨不太好吧。

核對過資料後，櫃檯小姐戀戀不捨地將兩張房卡遞給商彥。

「每個參賽隊伍只有兩間房？」商彥將房卡拈了拈，挑眉問。

負責接待的櫃檯小姐臉都紅了，點點頭：「確實是，這是主辦方的安排，按照人數分配房間床位……不過您幾位之中有女性，所以我將其中一間換成套房了。」櫃檯小姐說完，還有點不好意思地看了商彥一眼。

「還有空房嗎？」

「抱歉，已經客滿了。」

「……」商彥微皺起眉，隨即轉身道，「先把行李放進房間吧。」

四人往電梯走去，櫃檯小姐溫柔的聲音從身後傳來：「請慢走。」

一進到電梯間，吳泓博噗嗤一聲笑了出來，旁邊的欒文澤也有點忍俊不禁。蘇邈邈全然不解，好奇地看向商彥：「他們為什麼笑？」

「……」商彥冷淡地刮了兩人一眼。

吳泓博笑得太開心，完全沒注意到危險鋒利的刀刃抵在他脖子上，他邊捧腹邊笑說：「小蘇，妳師父真不容易啊，別人刷卡，他刷臉。妳聽出那個櫃檯小姐的意思了嗎？一般只會給我們兩張標準雙人房的房卡，是看在妳師父這張臉的分上，才把其中一間換成套房！」

說完吳泓博還不知死活且嬉皮笑臉地湊上去：「哎，彥哥，快看看，這次這位看起來比較含蓄一點的櫃檯小姐，有沒有在你的房卡上留下她的號碼和幾點下班的小紙條？」

「號碼……小紙條？」蘇邈邈更懵了。

吳泓博露出頗有深意的笑容：「對，我們上次比賽，哎老欒，是在省內那次吧？也是彥哥去拿房卡，櫃檯小姐居然塞給他寫著號碼和時間的小紙條。」

蘇邈邈疑惑：「什麼號碼？」

「房間號碼、手機號碼，都有可能吧。最搞笑的是，彥哥轉頭就把那張紙條扔了，結果那天晚上，那位櫃檯小姐硬是摸到彥哥房間去，啊哈哈哈哈……」

吳泓博樂不可支，眼淚都快笑出來了：「所以啊，小蘇，世界很大，尤其像彥哥這樣的成年人，他們的生活圈是非常黑暗又骯髒的，像妳這樣純潔的女孩不應該沾染。聽我一句勸，遠離彥哥，潔身自愛，出淤泥而不……」

「叮」一聲，電梯門打開，吳泓博來不及說完，就被商彥一腳踹進電梯。

「閉嘴。」

收到「死亡」威脅的吳泓博一抖，突然發現自己今晚興奮得有點過頭，連小命岌岌可危都沒注意到。

之後在安靜的電梯裡，吳泓博顫抖著看了看商彥的側顏，仍是冷白凌厲的線條，跟覆了一層冰似的，顯然是想起那晚不太美妙的雞飛狗跳的記憶。

吳泓博求生欲很強，在電梯再次打開之前，他很鄭重地對蘇邈邈解釋：「不過小蘇，彥爹的意志堅定，非常值得敬佩，真的，他冰清玉潔，那天晚上除了被鬧得一夜沒睡好，頂著兩個黑眼圈比賽以外，什麼都沒發生，真的，我替他作證！」

蘇邈邈有一大半都聽不太懂，此時更是一頭霧水，兩隻眼睛都快變成漩渦狀了。

不等她回應吳泓博，商彥就把她拉到身後，將雙人房的房卡，遞給欒文澤：「你們在七樓。行李箱等一下送到，我讓人直接送去你們房裡。」

欒文澤接過房卡，遲疑地看了看蘇邈邈，但沒說什麼，低下了頭。

吳泓博更糾結了。等電梯停在七樓，臨出電梯前，吳泓博湊到蘇邈邈身旁，快速的低聲說了一句：「小蘇，晚上記得鎖好妳的房門，千萬記得……」

蘇邈邈不明所以。

商彥耳尖，聽得一清二楚，單眉一挑，似笑非笑地瞥過去：「套房還不放心？」

「……」想起今天在高鐵上撞見的那一幕，吳泓博表情扭曲，痛苦地踏出了電梯。

目送電梯門慢慢關上，吳泓博依依不捨地看著懵懂的女孩。

門完全閉合之前，商彥輕舔了一下牙齒，啞笑道：「不然，換一下，我們去雙人房？」

「……」吳泓博忍不住叮嚀，「彥爹你今晚一定要把持住唔唔唔——」

餘音被關上的梯門夾斷，蘇邈邈茫然回頭：「他在說什麼？」

商彥垂眸，笑了笑：「不知道。」

飯店的套房在高樓層，電梯來到十一樓，商彥和蘇邈邈順著走廊上鋪設的長地毯來到兩人的套房。商彥刷卡開門，讓蘇邈邈先進到房間。

房門還未關上，蘇邈邈的手機突然響起。蘇邈邈一愣，回頭看向幫自己背著背包的商彥。

商彥垂眼，從包裡拿出女孩的手機，看清來電顯示，他一挑眉：「是吳泓博。」

蘇邈邈點頭，很放心的樣子：「那師父你接吧，應該是找你的。」

商彥嘴角一勾，未必。

但他並未說出口，而是依言接起電話。

電話另一頭顯然學乖了，試探地開口：『喂，小蘇嗎？』

商彥嗤笑了一聲：「不是，是她師父。」

吳泓博噤聲不語。

「有事嗎？沒事的話，」商彥抬頭，看了一眼毫無防備走進小客廳的女孩，從喉嚨壓出一聲放鬆的笑，「我們要睡了。」

『……』吳泓博沉默幾秒，『彥爹，現在才七點半，不符合你網路成癮的作息。』

不知道是不是被這密閉、獨處的空間揭掉心底最後一點掩飾，又或者被吳泓博那防小人的行為激起叛逆心理，商彥今晚格外地懶得偽裝。

聽了吳泓博的話後，他啞著嗓音低低地笑：「網路成癮……就不能有睡前運動了嗎？」

『……』吳泓博抹了抹臉，苦口婆心勸道，『彥爹，明天中午就是選拔賽了，大後天還有預賽……你不想我和老欒去警察局保你，是吧？』

商彥啞然失笑。玩笑開夠了，他走向小客廳：「說吧，到底什麼事？」

『哦，其實也沒什麼，就是我和老欒剛剛搜了一下，發現這間飯店竟然在科技園一條街附近，那可是A城最有名的小矽谷了，趁著今晚有空，想問彥爹你要不要一起去看看？』

商彥捏了捏眉心：「不練題庫了？」

吳泓博苦笑：『我想大概也不差這一個晚上，而且明天是小選拔賽，連預賽都不是，還不如出去放鬆放鬆。』

「……」商彥沉吟片刻，「我問問小孩，稍等。」

『嗯嗯，好。』

商彥垂手，眼一抬，望向客廳，看見女孩在自己打電話的時候，就那樣安安靜靜地坐在單人沙發上。沙發是硬皮質地，設計大氣美觀，蘇邈邈坐在上面，一雙纖細的小短腿看起來都快要離地了。

商彥不由失笑，眼底情緒不自覺變得柔和。

「吳泓博他們想去附近的小矽谷轉轉，妳想去嗎？」

蘇邈邈眼睛一亮，A城對她來說是最好奇也最陌生的地方了，她當然想。

見女孩按捺不住地開心點頭，商彥也勾起嘴角，重新把手機湊到耳邊：「兩分鐘後，樓下大廳見。」

『好嘞！』

晚上八點，A城的「小矽谷」街區，一個時而亢奮、時而忸怩的胖子拉著另一個和他身形對比鮮明的瘦子，興高采烈地走在前面，兩人身後不遠不近地跟著一對少年少女。

男生身材挺拔修長，五官清雋俊美，在明亮的路燈下，被光與影描刻出立體的輪廓。他身穿黑色高領毛衣和卡其色長褲，外加一件敞釦的長款外套，神態懶散地走在女孩身旁。看起來漫不經心，目光卻始終不離女孩左右。

女孩則包得密不透風，雖然還不到A城最冷的時節，她卻已裹上粉白色的羽絨衣，戴著帽子，一張巴掌大的小臉托在絨毛間，皮膚白皙，吹彈可破，烏瞳紅唇，鼻尖微翹，一副嬌俏豔麗的模樣。

「哎哎，這間賣場我知道！非常有名！全國電腦配件最尖端的產品在這裡都找得到，而且基本上都是公司貨，肯定品質優良！」

吳泓博興奮地勾著欒文澤的肩，朝稍微落後幾步的商彥和蘇邈邈招手：「彥爹！小蘇！走走走，我們進去看看！」

商彥卻沒搭話，從一兩分鐘前，他就皺眉看著女孩的手。這羽絨衣的設計似乎絲毫沒有考慮過穿衣的人可能處於室外寒風之中，所以美感與造型兼具，卻唯獨缺兩個口袋。

女孩一直努力往袖口裡縮起手指，商彥腳下一停，轉過身，抓起女孩的手腕，將柔軟的袖口往上拉，白皙卻也凍得有點發紅的手露了出來，還緊握成小小的拳頭。

「冷怎麼不說？」商彥皺眉，抬眸掃了女孩一眼。

「沒有很冷……」蘇邈邈低聲回道。

吳泓博和欒文澤也快步跑了回來，吳泓博擔心地問：「怎麼了，小蘇不舒服？」

「沒有，」蘇邈邈連忙搖頭，同時想扯回自己的手，「我們進這家賣場看……」

話還沒說完，她便被男生拉了過去。商彥也不言語，皺著眉將女孩兩隻手抓到身前，輕輕為她呵氣取暖。

兩人本就長得引人注目，這番動作更讓路人頻頻回頭，有些好奇是不是在拍電視劇。蘇邈邈被盯得臉頰微燙，一直試圖抽手：「我真的沒事……」

女孩的手回溫很慢，商彥那張俊臉上，眉眼間都快結一層薄冰了。他為女孩放下袖子，說道：「你們先和她進賣場，我去剛才那家超市幫她買一副手套，等一下在內門等你們。」

「哎？師父，不用……」蘇邈邈還想抗議，可惜商彥已經轉身走了。

「小蘇，那我們先進去吧？」吳泓博催促道。

「……嗯。」蘇邈邈遺憾地收回目光，跟吳泓博和欒文澤前往電子賣場。

剛走出去幾步，她似乎察覺到什麼，轉頭看向旁邊，正對上吳泓博有點古怪的眼神。

「怎麼了？」蘇邈邈有點懵。

被抓包的吳泓博尷尬地摸了摸後腦杓，乾笑：「沒什麼……」

等蘇邈邈繼續往前走，吳泓博才壓低聲音，跟旁邊的欒文澤感慨：「我今天才發現彥爹對小蘇的感情真的不一般，他對小蘇和對別人的態度，簡直判若兩人。」

欒文澤不語，轉頭看他。

吳泓博笑道：「你跟個木頭一樣，肯定也沒發現吧？」

欒文澤依然沉默。

吳泓博認真道：「你別不相信，真的，就像剛才。以前都是那些女生追著討好彥爹，彥爹愛理不理，什麼時候見過彥爹對女生那樣的態度，恨不得把小蘇放在手心上捧著。」

「……」

「你說句話啊！發現這麼稀奇的事，你都不驚訝嗎？」

忍無可忍，再不愛說話，欒文澤也憋不住了，踏進賣場的那一瞬間，欒文澤有點嫌棄地瞥了吳泓博一眼：「電腦組裡，也只有你是『才』發現。」

吳泓博張口結舌，一臉不敢置信。

這裡雖說是電子賣場，但稱之為電腦配件的專櫃百貨也不為過。

賣場天花板挑高，造型絢麗的水晶燈從天頂垂下，燈光明亮，瓷磚雪白得刺眼。專櫃裡的每一個電腦配件都像是珠寶首飾一樣，放在擦得一塵不染的玻璃展示櫃裡。

轉了小半圈，吳泓博和欒文澤眼睛都看花了，不過囿於這種排場，作為普通學生的兩人實在沒有勇氣進去詢價。

直到轉至二樓一間店鋪前，眼尖的吳泓博突然腳下一頓：「那個，老欒，你看左邊第一排那款鍵盤！是不是彥爹之前想要入手的那款？」

欒文澤看了看旁邊的備註型號，點頭：「真的是。」

「之前國內沒上市，沒想到在這裡看見了，不愧是小矽谷啊。」吳泓博感慨，隨即念頭一轉，「今年彥爹生日，正好遇到比賽，連個禮物都沒有準備，不如我們合資……補送彥爹這款鍵盤作為禮物？」

欒文澤點頭：「可以。」

「彥爹有沒有提過價格？」

「那時候只是官網預告，沒有價格。」

「那去問問。」

「嗯。」

旁邊蘇邈邈安靜地聽著，目光也落了過去。她記得商彥的別墅書房裡，有一個單獨的展示櫃，似乎是專門用來收藏鍵盤的。

原來……他喜歡這個啊。

蘇邈邈想著，與另外兩人走進了店內。

店裡的櫃姐起初眼睛一亮，快速起身，但看清三人只是中學生後，表情立刻冷淡許多。她眉頭一擰，有點不太情願地上前：「需要什麼嗎？」

吳泓博和欒文澤的目光都在那款鍵盤上，沒注意到櫃姐的表情，跟在後面的蘇邈邈卻看見了，不由得微蹙起眉頭。

吳泓博最後確定一遍型號，有些按捺不住興奮地抬頭問：「這款鍵盤的售價多少？」

櫃姐順著吳泓博的手看去，愣了一下，隨即有點嘲弄地笑起來：「你這個學生還滿有眼光的，這款在我們店裡只有一件，整個小矽谷恐怕找不到幾家有貨，不過價格……」

兩個男生再遲鈍，此時也聽出櫃姐的怪腔怪調。吳泓博皺起眉，正準備嗆一句，就見櫃姐慢悠悠地拿出標價牌，擺在透明玻璃櫃上。

看著那一排數字，吳泓博下意識地去數了數總共幾位數，數完，兩人傻眼。

吳泓博低聲道：「這個價格，是不是可以買一臺頂配筆電？」

欒文澤也有點愣住：「不知道。」

吳泓博靈光一閃：「這次比賽獎金多少？」

欒文澤想了想：「預賽，不多，主辦方好像只給三個隊伍名額，最多兩三萬吧？」

吳泓博苦惱：「那我們還得再湊一湊……」

欒文澤也皺起眉頭。

吳泓博痛心疾首：「比賽加油，賺獎金啊！」

說完，兩人遺憾地看了一眼那款鍵盤，轉身往外走。

早看出他們買不起，櫃姐見兩人說了半天還是沒買，臉上的嘲弄更不加遮掩：「既然不是你們買得起的價格，就別問啊。」

吳泓博腳步戛然而止，轉頭就要去跟那櫃姐理論。欒文澤臉色也有點難看，但還是伸手拉住吳泓博，低聲道：「算了，走吧。」

看著那櫃姐嘲諷的眼神，吳泓博氣得牙癢癢，突然眼前閃出一道嬌小的身影。

吳泓博一愣，欒文澤也呆住了。

櫃姐同樣笑容一頓，之前這個女孩低著頭，又安安靜靜地站在一旁，她根本沒注意到，此時對方站到面前，她才感到驚豔。

隨即她心裡有點後悔，面前這女孩跟後面那兩個男生不一樣，無論模樣、衣著、氣質、眼神，一看就不是普通人家的孩子。

像是為了印證她的想法，女孩白得幾乎透明的指尖將一張磨砂卡片壓在透明玻璃上。

「刷卡。」女孩的聲音清靈如冰雪，豔麗嬌俏的小臉也覆了一層冰雪似的涼意。

櫃姐低下頭，看清楚那張刻著「限量版尊享」字樣的黑卡後，她的嘴唇抖了一下，勉強笑道：「好的，我……」

卡片被那白皙的指尖按在櫃檯上，一動不動。櫃姐臉色微變，剛想說什麼，就聽女孩安靜柔軟的聲音說道：「請您跟他們道歉。」

櫃姐一愣，女孩那句「請您」讓她的臉頰火辣辣地發熱。

直到返回賣場一樓，吳泓博和欒文澤仍有點反應不過來，他們身旁的女孩卻早已恢復平常眼神柔軟懵懂的模樣。

女孩將那個包裝精美的袋子遞給他們：「是想給師父驚喜嗎？那就先說是你們買的，好不好？」

「哦……哦好。」吳泓博慢半拍地接過。

欒文澤也終於回過神，臉色微微發紅：「這個鍵盤算是我們電腦組合資，之後我和吳泓博再把錢還妳。」
蘇遈遈想了想，點頭，眉眼微彎，笑意柔軟：「嗯，不急。」
很少見女孩這樣的神情和笑意，兩人都愣了一下。
吳泓博嘆了口氣：「我們組裡原來還真是臥虎藏龍啊，是我眼拙。」
蘇遈遈遲疑一下，看向神色同樣有些感嘆的欒文澤，小聲說：「我不是故意要瞞你們。」
欒文澤：「啊？」
「在舒薇的生日 party 上，我跟你說過的。」蘇遈遈認真地解釋。
欒文澤一愣，隨即回想起當時的情景。
「不過，舒薇家裡確實有些厲害，妳要小心。」
「嗯……我家裡也很有錢。」
當時自己是怎麼想的？大概就是「小孩都會爭強好勝」之類的吧。
他怎麼沒當一回事呢？欒文澤忍不住懷疑人生。

半個小時後，A城市中心，一棟高樓公寓內。書房的辦公桌上，手機震動起來。幾秒後，女人接起電話，聲線清冽：「喂？」
『夫人，』電話另一頭傳來，『我收到小小姐的副卡使用紀錄……她好像，來A城了。』
「喀」一聲，筆記本上的鋼筆一頓，筆尖被按得叉開，滴下一滴濃重的墨水，慢慢在紙上暈開。

又過了很久，空蕩的房間裡一聲低嘆：「知道了。」

電話掛斷。

和商彥會合後，四人沒有再逛多久，便直接回飯店了。

幾人在電梯裡道別，吳泓博和欒文澤先行離開。或許是今晚受到蘇邈邈的刺激，吳泓博連「睡前鎖門」都忘了囑託，魂不守舍地走出電梯。

商彥和蘇邈邈則直接上了十一樓，回到套房裡。

之前進來還來不及確認臥房便出門了，於是商彥經過小客廳，拿起兩人的背包，轉頭先走去察看臥房。

他推開房間的門，隨即一愣，然後又皺起眉頭。房間完全按照家庭套房的格局，一張 King Size 加一張單人床。

可惜，兩床之間沒有任何屏障。

「有什麼問題……嗎？」注意到商彥停在房門口，蘇邈邈遲疑地開口問，同時走了過去。

「……沒有。」商彥進門，將手裡女孩的背包擺到單人床上。

跟著進來的蘇邈邈愣在原地，過了幾秒才反應過來，茫然地看向商彥：「不是說……套房嗎？」

商彥頓了一下，背對女孩，嘴角微勾，將自己的背包也扔上單人床。

他脫下外套，聲音聽起來隨意又鬆散：「唔，家庭套房，一般都只有一個臥室。」

「……」那這個套房有什麼存在價值？

蘇邈邈有些困窘，正在思考今晚要如何休息，目光恰好落在單人床上——兩個背包，加上商彥的外套，幾乎就沒什麼空間了。

蘇邈邈噎了一下，心裡一緊，慢吞吞地挪到小單人床邊：「我睡這裡吧……」說著她俯身去拿兩人的衣服和背包，然而剛拿起一半，男生黑色的外套便被一隻骨節修長且膚色白皙的手穩穩按住。

蘇邈邈一呆，下意識地抬眸，跌進一雙黑漆漆的眸子裡。

眸子的主人見她仰頭，不由得嘴角輕勾：「這張床太窄，容易掉下來。」

蘇邈邈略有警覺：「呃，可是只有兩張床……」

商彥眼神慢慢變深，笑容似乎也變得意味深長。他側頭，線條凌厲的下巴微微一抬，示意旁邊那張非常寬大柔軟的 King Size：「睡兩個人綽綽有餘。」

「……？」蘇邈邈錯愕了兩秒，漂亮得近乎豔麗的小臉瞬間繃起來，嗖地一下收回白嫩的小手，表情機警地退了兩步，「我覺得不行。」

商彥莞爾，他懶洋洋地直起身，邁著那雙長腿不疾不徐地走到門邊。

蘇邈邈保持正面對峙，警惕地看著他，接著竟親眼目睹商彥走到房門口，轉過身，關上門，手在身後一轉，「喀」一聲，把房門鎖上了。

蘇邈邈因驚愕而圓睜的瞳孔裡，映著男生修長的身影，他懶散地往門上一靠，嘴角牽起一個撩人戲謔的笑。

「妳說，我聽……哪裡不行。」

「……」

安靜的臥房裡，蘇邈邈站在單人床邊，瞳仁烏黑地看著門口，眼睛一眨不眨。而她視線裡的男生也紋絲不動，抱臂倚在門上，懶洋洋地垂眼看她。

空氣又沉默幾秒。

蘇邈邈眨了眨眼，低下頭，聲音聽起來有些憋悶，還帶點委屈：「那我睡這邊……」她伸手指了指那張 King Size 大床的一側。

商彥意外地笑道：「不再掙扎一下？」

女孩垂頭喪氣：「我聽師父的話。」話雖如此，但低垂的眼簾下，女孩漂亮的眼瞳裡卻偷偷藏起微微的光熠。

「……」商彥輕瞇起眼，半晌後驀地低聲笑起來。他長腿一邁，走到女孩跟前，俯下身，手撐著膝蓋，聲線放鬆帶笑，「跟我玩以退為進啊，小孩？」

「……」蘇邈邈的動作停頓了一秒，然後她滿眼茫然地抬起頭，無辜又無害的眼眸仍舊乾淨澄澈，一眼似乎能望到底。

嘶……商彥深吸口氣，覺得有點頭痛，他無奈地笑：「妳是原本個性如此，還是被他們帶壞了？」

蘇邈邈眼神晃了晃，但隨即恢復不動，漂亮的小臉上寫著「我聽不懂你在說什麼」。

商彥垂下眼，使出殺手鐧：「文素素告訴我，妳偷偷錄下她的話，拿來威脅她。」

蘇邈邈一愣，眼底掠過一點微芒，彷彿可愛動物的小肉球裡，突然刺出尖銳的寒光。

只不過那情緒顯然不是衝著商彥來的，而且那小爪子也迅速收回，可惜露出的這點馬腳，還是被人逮到了。

商彥輕托住女孩的下巴：「別藏。」

蘇邈邈一滯，過了片刻，她垂下眼，慢吞吞地開口：「是我做的。」

商彥挑眉：「妳做什麼了？」

蘇邈邈低聲道：「我告訴她，不能再單獨和你說話、不能再靠近你……不然我就把錄音公開。」

女孩精緻的小臉繃得面無表情，直到說完，她眼睫一抬，烏黑的瞳仁一眨不眨地望著商彥：「你會討厭我嗎？」

「……」商彥一愣，半晌後，他垂眼失笑，「妳怕我討厭妳？」

「……嗯。」蘇邈邈點頭，「院長奶奶說，大家都喜歡和傻瓜做朋友，不喜歡和心思深沉的人做朋友。」

久而久之，遲鈍、懵懂……慢慢變成她的習慣和保護色，這好像還是她第一次被人看穿。

「說得確實有道理。」商彥點頭。

「……」女孩眼底情緒暗了暗。

商彥不忍心再逗她，抬手輕捏了一下女孩的臉頰，低聲笑著問：「可是誰說我要跟妳做朋友了？」

蘇邈邈一呆，抬眸看他。

商彥懶懶地笑：「小孩，妳不用怕我討厭妳，妳應該怕點別的。」

蘇邈邈不解：「怕什麼……？」

「……」商彥的視線跳過女孩單薄的肩，落到後面柔軟的大床上。他似笑似嘆息，收回目光，意味深長地說，「怕我太喜歡妳。」

蘇邈邈愣在原地。

不等她回神，面前的男生已經抱起單人床上的被子，去開房門。

見商彥要出去，蘇邈邈才反應過來，遲疑地喊住他：「師父。」

商彥步伐一停。

蘇邈邈無辜地問：「你今晚不睡臥室嗎？」

商彥莞爾，側了一下臉：「嗯，妳繼續問。再問兩句，說不定我會改變主意，把妳帶進被窩。」

「……！」從這句話感受到迫近的危險，蘇邈邈慌忙閉上嘴巴。

商彥笑了一聲，關門離開。

第二天一早，六點過半。商彥和蘇邈邈的套房房門傳來輕輕叩響。

房內安靜半晌，沒有任何回應。

房門外，吳泓博擔心地看向旁邊的欒文澤：「老欒，你怎麼一點都不緊張啊？」

「……」欒文澤沒什麼表情地看向他，「緊張什麼？」

吳泓博激動地說：「昨晚小蘇可是在狼窩裡待了一晚！就像是擺在狼嘴邊的肉，舌頭一捲就能吃得毛都不剩！你說我緊張什麼？我們小蘇那麼單純可愛……」

不等吳泓博嘮叨完，他們面前的房門霍然打開。

門內，只穿著長褲，裸著上半身，露出漂亮腹肌線條的男生面無表情地看著兩人。

他低垂著眼，眸子漆黑，散漫無焦，顯然是還沒睡醒，看起來格外凶悍。

吳泓博和他來不及說出口的話一起被那眼神釘在原地，背後汗毛集體立正敬禮，吳泓博求救地把眼睛往旁邊瞟。

欒文澤收到求救信號，無奈，只能側轉過身，語帶歉意地跟商彥打了個招呼：「彥哥，我們來找你和小蘇下樓吃早餐。」

商彥面無表情地掃了兩人一眼，任由大門敞開，轉身回到房裡。

吳泓博和欒文澤對視一眼，無聲地用口形詢問：「這是怎麼回事？」

欒文澤推開門：「進去再說吧。」

兩人走過玄關，進到客廳，第一眼看見的便是長沙發上被蹂躪過的被子，尾端還因為沙發實在太小，委委屈屈地窩成一團，塞在沙發一頭。

欒文澤並不意外，倒是吳泓博張大嘴巴，驚訝地問：「彥哥，你昨晚睡在沙發上？光看就覺得腰痛。」

洗手間裡的水聲很快停下來，潑了幾把冷水，稍稍清醒的商彥臉也沒擦，轉身走出來。冷白的額前幾縷黑髮打溼垂下，毫無造型可言，卻襯出那張沒表情的俊臉更為隨性的美感。而鎖骨左上方，一個紅色刺青在瓷白的膚色上格外醒目。

商彥冷淡地瞥了吳泓博一眼：「不然呢？」

吳泓博縮了縮脖子，不好意思地說：「我還以為你跟小蘇一起睡。」

商彥輕瞇起眼：「這就是你一大早跑來吵醒我的理由？」

吳泓博心裡一抖，臉上露出諂媚的笑：「彥爹你昨天很晚才睡啊？」

不用商彥回答，他們也知道答案。長沙發旁邊的茶几上，商彥隨身的筆記型電腦還沒闔上，大剌剌地敞開，几上其餘位置，更是凌亂地堆滿程式設計資料。

看樣子，即便不是熬一整晚，也熬了三、四個小時。

商彥懶得回答這種顯而易見的問題，他睏倦地走到沙發旁，膝蓋一彎坐了下去，倚上沙發靠背，腦袋後仰，閉著眼揉捏眉心。

「坐一下吧，小孩還沒起床。」

大約是熬夜的緣故，男生的嗓音裡透著放鬆的嘶啞。欒文澤和吳泓博依言，一左一右坐到兩張單人沙發上。

欒文澤舉起手裡的資料夾：「彥哥，昨晚臨睡前，我和老吳看了你發給我們的資料，這幾個演算法，我們討論了一下，感覺實現度有點疑慮，你看看……」

六點過一刻，從房間裡出來的蘇邈邈一推開門，便睡眼惺忪地看見客廳的三個人正低聲討論著什麼，吳泓博和欒文澤表情嚴肅，居中那個倒是與平常無異，神態疏懶，眼眸漆黑，唯獨……

「啪」一聲，女孩的臉驀地一紅，抬手捂住眼睛。

客廳裡的三人一頓，吳泓博和欒文澤一左一右，一起轉向中間。

剛才商彥雖套上了襯衫，釦子卻沒扣，吳泓博和欒文澤也毫無所覺。於是蘇邈邈一邁出房門，便發現某人襯衫大敞，大大方方露出冷白的膚色和漂亮的腹肌。

吳泓博轉回頭，一陣狂咳。商彥輕一揚眉，淡定地起身，一邊扣著釦子一邊繞過茶几走過去：「妳也太貪睡了吧，小孩。」

男生的聲音帶著熬夜後的嘶啞，還浸著點縱容，聽起來格外溺人。

蘇邈邈此時滿腦子只有之前看到的腹肌，臉紅得頭頂都快冒煙，捂著眼睛慌不擇路地往旁邊跑，下一秒就要撞上衣櫃。

商彥瞳孔微縮，一步上前，直接把人拉回來。女孩白嫩的額頭，便快狠準地撞上某人還來不及扣上最後幾顆釦子的胸膛。

毫無遮擋，皮膚與皮膚之間的熱度相互傳導……蘇邈邈羞惱得想找一個地洞鑽進去，頭頂聲音卻不快地說：「走路還摀著臉，妳找死嗎？」

女孩低聲碎念了一句，商彥沒聽清楚：「什麼？」

蘇邈邈心裡微惱，手一放，豁出去地睜開眼：「你無賴。」

女孩臉頰羞成嫣紅的顏色，鮮嫩欲滴，出口的聲音輕軟，自然沒有什麼威脅性。

商彥垂眼盯了她兩秒，嘴角一勾，上身往下一壓，手順勢撐到蘇邈邈身後的牆上。他眼角微微挑起，眸裡漆黑，似笑非笑：「這也算無賴？」

蘇邈邈突然伸手用力摀住嘴巴。

「？」商彥一皺眉，「幹麼？」

女孩從指縫間悶聲道：「我還沒刷牙。」

商彥一愣，旋即垂下眼睫，壓抑不住地低聲笑起來：「我不嫌棄。」

「……？」蘇邈邈氣結，「這跟你沒——」

話剛出口，她摀著嘴巴的手背上，驀地被人湊近啄了一下。

女孩愣在原地。商彥愉悅地笑起來，一早被吵醒的鬱悶一掃而空。他收回手臂，直起身，轉頭往回走：「刷牙洗臉，十分鐘後下樓吃早餐。」

蘇邈邈頭也不回地衝進洗手間，「砰」一聲關上門。

商彥坐回沙發上，笑得更加低沉快意。

吳泓博和欒文澤作為從頭到尾被忽略的電燈泡，心情複雜地對視一眼——這大概就是禽獸的樂趣吧，禽獸啊……

十五分鐘後，四人一起來到樓下的自助餐廳吃早餐。

等麵包機的空檔，吳泓博閒著無聊，看商彥心情也好了許多，便鼓起勇氣，好奇地開口問道：「彥爹，我剛剛看你脖子下面好像有個刺青哎，還是紅色的，但沒看出是什麼圖案，或是文字，是什麼啊？」

吳泓博話一出口，商彥慢條斯理地撕麵包的動作一頓，他側回眸，看了身旁的蘇邈邈一眼，女孩也正懵然地抬頭。

商彥垂眼，笑起來，他懶洋洋地拿起牛奶，抿了一口，漫不經心地問：「你看像什麼？」

「……啊？」吳泓博一愣。

他轉頭和欒文澤對視一眼，欒文澤顯然也是一頭霧水。

吳泓博回想了一下，不確定地笑起來：「看不太出來，感覺刺青師的水準不太好，刺出來的圖案像是被人咬了一口似的。」

商彥笑了一下：「嗯。」

「我知道一家還不錯的刺青館，下次可以推薦給——」吳泓博聲音一頓，錯愕地轉頭，「彥爹，你剛剛是不是……『嗯』了一聲？」

商彥輕嗤，抬眼：「嗯，那刺青，是按照被咬出來的傷痕刺的。」

「……？」吳泓博張口結舌，早餐都沒心情吃了，他筷子一扔，滿臉激動，語氣控訴而譴責，「誰咬的！彥爹你怎麼能這麼墮落！而且我們小蘇還在，多不……」

吳泓博尾音消失，沉默幾秒，他轉頭看向旁邊的蘇邈邈，嘴角抽搐一下：「小蘇，妳為什麼……頭那麼低？」

蘇邈邈頭更低了。

欒文澤在旁邊早已猜出前因後果，伸手推了一下吳泓博的腦袋，笑道：「老吳，吃你的早餐。」

「……」吳泓博一臉哀怨，「不，我沒辦法吃，眼睛閃瞎了看不到。」

幾人又開了幾句玩笑，把這個話題帶過。蘇邈邈終於不必一直低著頭，幾乎要把自己埋進餐盤裡去了。

大約七點，侍者拉開餐廳的門，又一批飯店住客結伴走進來。顯然這個時節來住宿的都是參賽的學生，吳泓博目光掃過去，正準備收回來，忽然停住。

他表情微妙地動了動嘴：「冤家路窄啊。」

「……」欒文澤拿著筷子的手一頓，跟著抬頭看過去。

蘇邈邈也好奇地轉頭。

走進來的是一行五人，為首一男一女，男生長相也算是帥氣，但不知道是眼神還是表情作祟，隱約透著股邪氣。

與他並肩而行的，是個衣著打扮和妝容都完全不像學生的女生。大波浪鬈的棕色長髮，豔抹的紅唇，根根分明的黑色眼睫，還有一點大地色的眼影。一身緊身皮衣皮褲，上衣敞著，露出底下一件薄薄的低胸緊身T恤，勾勒出令不少男性移不開目光的曲線。

她一進來，餐廳裡原本隱約落在蘇邈邈身上的目光，有一大半被吸引過去，就連蘇邈邈都看呆了。

商彥原本聽見吳泓博與欒文澤的話，只淡淡掃了一眼，神色未動，直到許久沒聽見旁邊的動靜，他側過視線，順著女孩呆呆的目光，看見門口進來的女人胸口。

商彥臉色一黑，轉回頭，伸手捏著女孩的下巴把人勾回神：「吃飯。」

蘇邈邈「哦」了一聲，低下頭，喝了一口牛奶，偷偷瞥向對坐——吳泓博和欒文澤安安靜靜的，似乎無意繼續之前的話題。

蘇邈邈心裡癢癢，忍不住好奇地問：「那一隊，你們認識嗎？」

「豈止認識，簡直就是死對頭。」吳泓博表情誇張，「那男的叫顧翎，別看名字不錯，長得也人模人樣，實際上心眼狹小，說有針眼大都是誇他了！他比我們高一個年級，是隔壁S城一中的，我聽說彥爹參加電腦比賽之前，國內的中學生比賽都是他們學校拔得頭籌。」

蘇邈邈不禁好奇：「然後呢？」

「然後？」吳泓博幸災樂禍地咧嘴笑，「彥爹這個變態降臨了。凡是彥爹參加的比賽，尤其是個人賽，顧翎再也沒拿過第一。」

欒文澤接話，語氣有點認真：「但S城一中向來是電腦最強的學校，他的團隊很厲害，尤其是顧翎的副隊長，就是那個女生，葉淑晨。」

吳泓博用力點頭：「她也是個小變態，妹子裡我還是第一次見到這麼神的，尤其是資訊攻防，她很厲害。」

欒文澤附和地點頭。

吳泓博正經不到三秒，又擠眉弄眼地笑起來：「其實，要贏他們非常簡單。」

「？」蘇邈邈正有些擔心，聞言好奇地抬眸。

吳泓博朝面前低垂著眼、面無表情吃早餐的商彥一抬下巴。

「我們有妳師父啊，」他促狹地笑，「葉淑晨在所有中學生比賽裡，資訊攻防只被一個人弄死過，而且是毫無還手之力地輾壓。」

蘇邈邈驚訝地看向商彥，商彥也正巧緩緩抬起目光，帶著點警告意味地瞥向吳泓博。可惜吳泓博太過眉飛色舞，根本沒有注意到，順口就把剩下的話倒了出來。

「葉淑晨多大膽啊，那場比賽一結束，就殺到我們面前放話。說攻防廝殺裡，實力最性感，人她看上了，總有一天要睡了妳師父。」

話音一落，溫度陡降，吳泓博這才反應過來自己禍從口出，連忙低頭裝死。

蘇邈邈的腦袋還當機在最後一句話，突然耳邊響起一個嫵媚的笑聲：「商彥，」走近的女人完全不像學生，垂手往桌面一撐，胸前一蕩，紅脣勾起的笑容豔麗，「好久不見。」

第十四章　彥神

葉淑晨雙手撐到桌面，四人桌上一瞬間陷入死寂。連吳泓博喝粥的聲音都壓到最低。趁著端起飯碗的空隙，他偷偷瞟向對坐，商彥眼皮都沒抬，像是完全沒有聽見，倒是商彥身旁的蘇邈邈好奇地看向葉淑晨。

走近以後，看得更清楚了，葉淑晨並非五官美豔的類型，只能算是清秀，但顯然化妝技術頗佳，眉眼都勾勒得恰到好處，雖然妝色濃烈，卻將清純與性感的味道糅合得非常好，再加上那毫不遮掩的傲人身材……難怪餐廳裡過半男生的目光，都忍不住跟著她的身影。

看過之後，蘇邈邈慢吞吞地低下頭，捧起自己面前的牛奶，抿一小口。

被無視的葉淑晨毫不氣餒，反而笑得更加明豔。她手臂微彎，上身壓得更低：「你這個人還真是一點情分都不講……上次見面，我們不是你來我往熱情似火地度過半個晚上嗎？」

「咳咳……」剛喝了兩口牛奶的女孩狠狠嗆了一下，連忙放下牛奶轉到一旁，竭力壓抑著咳嗽聲。

「……」商彥眉眼一冷，面無表情地起身，剮了葉淑晨一眼，直接繞過椅背，走到女孩跟前。

他蹲下身，把紙巾遞給蘇邈邈，皺起眉伸手輕拍女孩的背：「急什麼。」

「我沒咳咳——我沒有……」完全是池魚之殃的蘇邈邈一邊咳一邊抬頭，目光無辜又委屈。櫻花瓣似的嘴唇咳得殷紅，唇間沾一點乳白色的牛奶，瞳仁裡也泛起薄薄的水光。

商彥眼神一深，片刻後，他垂下眼，低聲無奈道：「別人說什麼，妳都相信？」

想起剛才葉淑晨的話，蘇邈邈臉色微紅，支吾了兩秒，才慢慢搖頭：「沒、沒有……」

旁邊的吳泓博和樂文澤反應過來，吳泓博適時開口：「咳，那什麼，不就是上次資訊攻防比賽是在晚上舉行的嗎？幹麼說得這麼曖昧？」

「……」葉淑晨一挑眉，她走過來之前，就注意到桌上多了這個女孩，不過她真沒想到，商彥才是和蘇邈邈有關係的那一個，畢竟一起參加過這麼多次電腦大賽，參賽隊伍之間彼此都很熟悉，誰不知道C城三中的商彥對女生從來不假辭色。

此刻看商彥那樣自然地蹲到女孩身前，眼神無奈又縱容，葉淑晨心裡有點恍然。她輕睇起眼，看著兩人，玩味地笑了：「這是你們隊的新人啊，吳胖子。」

「……」吳泓博不爽，「去妳的，喊誰吳胖子？」

葉淑晨用眼角瞥他，「我的錯，吳帥哥——」她朝旁邊的女孩一揚下巴，「這到底是不是你們隊的新人啊？」

「不是我們隊的，難道是你們隊的？」吳泓博沒好氣地回答。

「呵，」葉淑晨輕笑了一聲，「這麼漂亮的女孩，我還以為是你們隊裡誰的家屬呢。不過，第一次看你們隊長這麼關心一個女孩，不會是你們隊長的家屬吧？」

吳泓博看向商彥。

商彥直起身，冷白又無表情的一張俊臉上，眼皮懶懨地一掀，露出漆黑的眸子。他不耐地瞥了葉淑晨一眼：「跟妳無關。」

「怎麼會無關？」葉淑晨嫵媚地笑起來，「我不是正在追你嗎？」

桌旁有人動作一頓。

「……」商彥和她對視兩秒，側開臉，嗤笑一聲，「我不罵女人。」

說完，他沒有再看葉淑晨，垂手拿起蘇邈邈的牛奶杯：「幫妳重新換一杯。」

蘇邈邈一聽，慌了，連忙坐直身，握住自己的杯子：「半、半杯。」

商彥半低下頭，輕瞇起眼：「不行，一杯。」

「……」蘇邈邈苦著小臉，「我剛剛已經喝半杯了。」確切地說，是很痛苦地喝下半杯。

商彥不容拒絕：「這個杯子太小。」

蘇邈邈埋怨：「明明是師父你家的保溫杯太大……」

「是嗎？」商彥難得反省，不知道想起什麼，驀地失笑，「原來是因為這樣，所以在學校妳有時候會喝到打嗝？」

蘇邈邈呆住：「你怎麼知道……」

商彥越發莞爾，忍不住伸手揉了揉女孩的長髮：「那杯子才多大？小孩，妳真是沒用。」嘴上這樣說，那人望下來的眸子裡卻滿是縱容的笑意。

蘇邈邈氣成河豚。

商彥妥協：「回去以後，每天保溫杯只裝三分之二。」

蘇邈邈眼睛重新亮起來，手裡握著的牛奶杯慢慢鬆開：「半杯。」

商彥低笑：「好，半杯。」

商彥拿起杯子準備轉身，眼角餘光瞥見葉淑晨還沒離開，他又皺了眉：「妳還不走？」

把一切看在眼裡的葉淑晨聞言笑笑：「這餐廳應該不是你們C城三中的地盤吧？」

商彥不耐地瞥她：「那離我家小孩遠點。」

葉淑晨笑，「幹麼，怕我帶壞她？」說著她一彎腰，坐到吳泓博身旁的空位，俯身向前，托著下巴嬌笑，胸口若隱若現，「天啊，商彥，才多久沒見，你怎麼變成這樣？一點都不sexy，我還是喜歡你冷眉冷眼、對哪個女人都愛理不理的模樣。」她一頓，笑，語出驚人，「讓人特別想睡。」

「噗——咳咳咳……」這次嗆到的是旁邊安安靜靜的欒文澤，咳得驚天動地，一張清秀的臉漲得通紅，吸引了大半個餐廳客人的目光。

蘇邈邈也同情地看他，這感覺她懂，氣管咳得發痛，實在不好受。

商彥卻是漠然。他移開眼，放下手裡的杯子，抬手去解襯衫的領釦，一顆，兩顆……

桌上的人懵了。連葉淑晨的笑容都僵住，不自覺往後縮了縮，但很快便掩飾過去，故作輕鬆：「嘖，彥神這是出哪招啊？」

吳泓博和欒文澤也一臉震驚又複雜。

唯獨旁邊蘇邈邈懵了一下之後，反應過來，低下頭。恰在此時襯衫的釦子解到第三顆，商彥垂手，把左側的衣襟隨意一拉，膚色冷白的鎖骨上方，醒目的紅色刺青露了出來。

男生的表情漠然又輕蔑，低著眼笑：「不好意思，有主了。」

「……」滿桌的人，包括蘇邈邈，都驚得說不出話。

算你厲害。

葉淑晨最快反應過來，她輕瞇起眼，看了那刺青三秒，突然笑起來，「咬痕？」她轉頭看向旁邊幾乎要把臉埋進盤子裡的女孩，「人不可貌相啊，小妹妹，妳這招還真是厲害。」她一拍桌面，「好吧，既然有主了，我也不糾纏。」她漫不經心地往桌旁掃了一眼，起身走了。

吳泓博懵了兩秒：「她……她就為了過來調戲我們彥爹，順便擾亂軍心？」

欒文澤不說話。

蘇邈邈還沉浸在剛才震驚又害羞的情緒裡。

倒是商彥停了兩秒，開口：「文澤，你跟我過來一下。」沒給欒文澤拒絕的機會，商彥拿起蘇邈邈的杯子，轉身就走。

欒文澤臉色微變，最後還是沒說什麼，起身跟上。

吳泓博懵然：「彥爹叫老欒幹麼？」

蘇邈邈歪了歪腦袋，不確定地說：「我覺得，她好像不是來找商彥的。」

「……？」吳泓博笑了，「她可是從上次比賽就對妳師父放話了。」

蘇邈邈想了想：「上次，欒文澤也在嗎？」

吳泓博想都沒想：「當然啊！」

蘇邈邈點頭：「那就對了。」

吳泓博不解：「什麼對了？」

證實了心裡的猜測，同時也鬆了一口氣，蘇邈邈表情輕鬆許多。

「她剛剛過來，好幾次都看著欒文澤，走的時候一點都不難過，那不是裝出來的，好像是真的無所謂。而且……」蘇邈邈皺起鼻尖，回想幾秒，「她過來以後，欒文澤也怪怪的。」

吳泓博聽得一愣一愣，想了想剛才欒文澤的反應，恍然大悟：「不、不是吧……」

另一邊，在自助區。商彥倒了半杯牛奶，沒抬頭，隨意地問：「你們認識？」

欒文澤頓了頓：「以前認識，後來……她搬家，就疏遠了。」

「……」商彥沒接話，抬眸掃了欒文澤一眼，語氣淡淡的，「疏遠了？」

欒文澤表情閃過點不自在，沒說話。

商彥回身往四人桌走去：「你這個青梅竹馬滿有個性，要不是今天她有點著急，我真以為她是衝著我來的。」說著嗤笑一聲。

欒文澤默不作聲。

「以後她在，你別坐我家小孩對面。」想起剛才女孩嗆得眼淚都飆出來了，鼻尖也紅彤彤的可憐模樣，商彥不禁皺眉，嚴肅地說。

「……嗯。」欒文澤答應道。

商彥目光掃過他：「之前不知道你們的關係，說話不分輕重，抱歉。」

欒文澤意外地看向商彥，在他印象裡，商彥絕不會跟人道歉。

「……怎麼了？」被盯得不舒服，商彥皺起眉。

欒文澤難得露出笑容：「沒什麼……總覺得小蘇來組裡以後，彥哥你變化越來越大了。」

商彥莞爾，目光隨意向旁邊一掃，恰巧觸及斜對角一雙有點陰鷙邪氣的眼。對方與商彥目光相撞，嘴角一咧，抬起手朝商彥打了個招呼。

顧翎。

商彥目光淡淡地掠過去，就像沒看見這人一樣，半點反應也沒有。

顧翎氣得臉色一獰，捏緊手裡的刀叉，惡狠狠地轉頭，「葉淑晨，」他冷聲，「妳打聽出來沒有，他們組裡那個新面孔是什麼來頭？」

其他隊員嚇得噤聲，葉淑晨卻不給顧翎什麼面子，懶洋洋地勾著紅唇笑：「我是去找男人，又不是去幫你打探消息。」

顧翎臉色鐵青，過了兩秒才緩和，露出個讓人不舒服的笑容：「妳是有多缺男人，非得去貼商彥的冷屁股？」

「你懂個屁。」葉淑晨冷笑一聲，睨他一眼，「像你這樣的貨色，送到我眼前兩年，你看我什麼時候看過你。」

顧翎氣得摔下刀叉，轉頭離開。

這番動靜不小，引得不少人回頭看，商彥自然也注意到了，本打算略過不理，突然又想起什麼，微皺眉道：「顧翎可能對葉淑晨有些想法，上次比賽結束後，他為了葉淑晨來找過我。」

欒文澤一愣，看向商彥。對此他和吳泓博一無所知，顯然如果不是因為商彥知道了自己和葉淑晨的關係，這種事情根本不會告訴他們。

這麼一想，欒文澤有些感慨，商彥卻已經往前走：「你自己注意。」

「……謝謝彥哥。」

商彥沒回身，隨意問了句：「不會影響比賽？」

欒文澤低聲道：「我心裡有數。」

「嗯。」得到肯定的答案，商彥也不再質疑，徑直回到桌旁。

下午一點就是LanF大賽的國內選拔賽，通過國內選拔賽後，才能進入大後天的亞洲區預賽。預賽將在每個賽區選出三支優勝隊伍，參加明年的世界級決賽。值得一提的是，預賽選出的三支隊伍，每個隊員都將獲得直接保送大學的資格。

故而那些較有信心的強隊，對於預賽都是勢在必得，而預賽之前的選拔賽，則基本上多是敷衍了事。

C城三中有商彥坐陣，無論隊員平均水準如何，都被其他隊伍視為「強隊」與「勁敵」，尤其個人賽，商彥是無庸置疑的最大boss；而團體賽的大boss，也不過是多並列了一個S城一中而已。

身處在最強隊伍之中，經歷過大大小小許多比賽的欒文澤和吳泓博很有強者的自覺，午餐的氣氛就跟在學校餐廳沒什麼兩樣。

商彥自不必提。

剩下的那個，看起來最沒有「強隊自覺」。

吳泓博吃兩口，抬起頭看看對面，再吃兩口，又看一眼。這樣反反覆覆了十幾次，每次都看到蘇邈邈聚精會神地皺著細細的眉，翻看程式設計資料，他終於忍不住了，轉向斜對面：「彥爹，小蘇這樣，你也不勸兩句？」

「……」商彥看向身旁，盯了兩秒，嘴角輕勾，「讓她看吧。」語氣溺人。

吳泓博噎了一下：「健康是人生最重要的資本，我看早餐她也沒怎麼吃。」

「第一次參賽都會緊張。」商彥語氣淡淡。

「我高一第一次參賽也是這樣，勸也沒用。」坐在商彥對面的欒文澤開口道。

吳泓博抓了抓頭，一臉尷尬，「是哦，我好像也是……確實勸也沒用。」他一轉頭，看向商彥，想起慘痛的回憶，「不過，『第一次參賽都會緊張』這種話，彥爹你說起來毫無說服力好嗎？」

商彥拿起桌上的礦泉水，為女孩倒了一杯，然後才漫不經心地問了句。

「我怎麼了？」

「你不記得了？第一次參賽那天，我和老欒緊張得整晚沒睡，只有彥爹你睡得超級熟，還差點錯過比賽！」

「……」從記憶裡翻出這麼一段，商彥勾了一下嘴角，散漫地笑，「哦。」

吳泓博扼腕：「你這個人，從能力到心理素質都很變態。我記得那天剛上場，我的手邊打鍵盤邊抖，你就坐我旁邊，一邊敲程式碼還一邊打呵欠……怎麼你那麼淡定，我們就那麼緊張？」

商彥想了想：「因為你菜？」

吳泓博一時語塞，這次不等吳泓博控訴，旁邊一直豎著耳朵的蘇邈邈抬起頭，烏黑的瞳仁十分不贊同地望著商彥，還有點委屈地控訴。

商彥被盯了兩秒，投降，莞爾地笑：「好，是我菜。」

蘇邈邈瞪了他一眼，轉過頭不再理他。

商彥幾人不勸，卻有路過的其他隊伍停下來，為首的正是顧翎。S城一中一行五人正向餐廳外走去，顯然是用完午餐，準備到大廳等候。

一看見擺在桌上的資料，終於找到機會借題發揮的顧翎停下腳步，笑了起來：「怎麼，這次這麼沒信心啊，商彥？還臨時抱佛腳，恐怕沒什麼用吧？」

商彥眼皮也不抬，倒是旁邊的蘇邈邈準備抬頭，卻被商彥伸手壓下去：「吃飯，不然看資料。」

「……哦。」女孩悶悶地軟著聲音應道。

一天之內被無視兩次，顧翎氣急敗壞，就差沒原地跳腳：「我跟你說話，你裝什麼聾？」

商彥輕嗤一聲，懶洋洋地抱臂往後一倚，他眼角微挑，似笑非笑：「個人習慣——不跟手下敗將說話。」

顧翎臉都綠了，他怒極反笑：「那這餐廳裡，你是不是一個人都看不見？」

商彥不答。

斜對面的吳泓博促狹地笑了一聲：「是又怎麼樣？」

顧翎冷笑：「你當這麼多人都是死人嗎？拿幾次金獎冠軍就這麼目中無人？」

吳泓博也不跟他辯駁，伸手招來一個路過的熟面孔。他朝那人咧嘴，抬手一指商彥：「同學，問你個問題，你知道這是誰嗎？」

那人隱晦地看了一眼，苦笑：「彥神嘛，誰不知道？」

「謝嘞。」吳泓博笑嘻嘻地轉回來，看向臉色不好看的顧翎。

「聽見了嗎，小顧？這不叫目中無人，這叫實力。不然，我叫你一聲翎神，看你敢不敢認？」

「……」顧翎幾乎氣歪鼻子。

他確實不敢。「彥神」這個名號是商彥自參賽以來，個人賽從無敗績，踩著各校的天之驕子，一步一步贏來的。是公認，也是眾封。

他顧翎如果自己稱神，只會被當作笑話。越是認清這個事實，顧翎越是不甘心，他恨恨地看向商彥，咬著牙笑。

「不過我聽說，你們隊裡這次人根本不夠吧？高三的退出兩個，團體賽差點達不到參賽人數。」顧翎手撐著桌面低下頭，惡狠狠地瞪著商彥，獰笑，「而且，這次比賽和以往不同，LanF 大賽可沒有什麼個人排名，只看團隊最終成績。」

經顧翎提醒，吳泓博和欒文澤似乎是想到什麼，臉色微變。而顧翎眼角餘光瞥見，快意地笑了起來。

「彥神，參賽以來未嘗敗績。」他一字字強調，笑容嘲諷，「……我很好奇，這次不計個人排名的 LanF 大賽，你就沒想過，萬一輸了，可就終結紀錄、跌落神壇了啊！」

彷彿那一幕已在眼前，顧翎哈哈大笑：「要是沒拿到預賽第一，就算是替你的隊員們拿到幾個保送資格，跟你的名聲相比，還是得不償失啊！」

「……」吳泓博和欒文澤臉色有些難看，他們同時擔心地望向商彥，顯然之前沒有想到這一點。

這更助長了顧翎的囂張氣焰，他咧嘴笑道：「哎喲，開始擔心了？乾脆直接退出比賽，還能保全名聲，拿個「神位」不容易，換幾個保送資格多不值得？」

他俯下身，目光從四人身上掃過，最後定在商彥身上，眼底閃著惡意：「我如果是你，就不會參加這次比賽。趕快找個地方躲起來吧，彥神。」

桌上一片死寂，吳泓博和欒文澤氣極，商彥本人卻很淡定，神情放鬆。

吳泓博和欒文澤習慣了，一點不意外，商彥對於自己的事情向來散漫，他不屑辯駁，更鮮少動怒，唯一的例外……好像就是蘇邈邈。

吳泓博剛看過去，就見蘇邈邈放下筷子和手裡的資料。注意力始終在女孩身上的商彥自然也注意到了：「吃完了？那……」

「啊。」女孩很輕地叫了一聲，打斷商彥的話。

商彥原本沒什麼情緒的一張俊臉上，表情一滯，隨即皺眉，傾身向前：「怎麼了？」

蘇邈邈抬眸，臉上帶笑，眼角微彎，本就豔麗的五官被那點笑意襯得更為驚豔。

「我明白了！」說完，她放下手裡演算法實例的資料。

旁邊的顧翎是第一次近距離見到蘇邈邈的長相，呼吸不由得一滯，好幾秒後才反應過來，嫉恨地看了商彥一眼，又將目光落回女孩身上。

他瞥一眼資料，冷笑：「戴克斯特拉演算法？你們隊長不稱職啊，快比賽了，還有隊員才搞懂這個？」

蘇邈邈轉向他：「你誤會了，我不是說這個。」

顧翎一愣：「那你是說什麼？」

蘇邈邈眼角勾起，薄淡的笑意從女孩精緻豔麗的五官慢慢褪去。

「我剛剛突然明白了，為什麼他是『彥神』，而你只是『小顧』。」

顧翎眼角一抽，笑容猙獰：「……什麼？」

「你不是說，如果你是他，你早就躲起來，以免跌落神壇嗎？」

女孩聲音依舊，輕軟平靜，她抬眼望著顧翎，烏黑的眼瞳裡澄澈乾淨，將他的醜態與嫉妒的嘴臉一點不少地映照出來。

「你見過神畏手畏腳嗎？」

「……」顧翎僵住。

蘇邈邈嘴角微彎，眼神泛著冰，語氣更冷：「瞻前顧後，畏縮不前的，從來都——只、有、螻、蟻。」

顧翎臉色頓時鐵青，他目光深藏憤恨與貪婪地從女孩那張嬌俏而豔麗的臉龐上爬過，最後落向商彥，轉為更多的不甘和嫉妒。

「妳就那麼相信他還能贏？」

女孩莞爾，淡淡一笑，語氣輕飄：「不相信神，難道相信螻蟻嗎？」

顧翎緊緊咬牙，額頭青筋暴起：「……好！那我們就走著瞧，看這次到底是你商彥保住神位，還是我逆天『殺』神！」

他轉身就要走，身後卻傳來一聲女孩的輕笑。

「啊……還有更好笑的，你們知道是什麼嗎？」女孩拿起杯子，輕抿了口商彥為她倒的溫水，聲音輕軟如故，「螻蟻不過躲在一片枯葉下，還以為自己頭頂蒼穹呢。」

看著氣得快要冒煙的顧翎轉頭離開，吳泓博震驚地盯著蘇邈邈幾秒，忍不住啪啪啪地鼓掌：「厲害啊，小蘇，深藏不露。」

蘇邈邈見S城一中的人離開，豔麗臉蛋上繃著的表情頓時垮掉。她長長鬆了一口氣：「我還以為他會過來打我。」

旁邊商彥眼神深邃地看著她，聞言莞爾，笑意取代了複雜的情緒：「怕挨打，還那麼囂張地嗆人？」

「……」蘇邈邈氣鼓鼓的，小聲說，「還不是為了師父。」

「別人怎麼評價，我不介意。」

「我介意！」女孩聲音提高，把吳泓博和欒文澤嚇一跳，她又連忙不好意思地降低音量，但語氣仍有不甘，「別人怎麼說師父……我很介意。他們都不如你，憑什麼說你壞話。」

尾音柔軟帶著點賭氣，但也很認真地表達自己的想法。

商彥難得愣住，片刻後，他驀然失笑，傾身過去：「小孩，在妳眼裡師父有多好？」

蘇邈邈眨了眨眼：「師父是最好的。」

「嗯，比如，」商彥笑意玩味，「哪些方面？」

「很多方面……」

商彥抱臂靠上椅背：「妳一個一個說，我不急。」

欒文澤和吳泓博聽了，神情複雜地對視一眼。吳泓博壓低聲音：「不行，這公然討拍我看不下去，閃光刺眼，我先走了。」

欒文澤沒說話，但顯然也同意，起身跟了上去。

蘇邈邈此時才反應過來，自己又被這不良人師調戲。她臉頰微紅，起身收拾桌面的資料：「我吃完了……我們也走吧。」

無緣聽自家小孩當面把自己誇一遍，商彥十分遺憾，不過看了一眼腕錶，選拔賽快開始了，他沒再拖延，陪蘇邈邈收拾好東西，便一起離開餐廳。

午餐結束後，所有參加選拔賽的學生到大廳集合。

來自全國各地的中學生隊伍，按照提前分發的順序，沿樓梯上到三樓，進入布置好的賽場大廳。

LanF 大賽的選拔賽規則是由各賽區自行決定的，國內賽區制定的規則十分簡單。以團隊為單位參賽，每組一臺電腦、一道程式題，在規定時間內完成程式設計並成功運算出準確結果，便算通過，獲得進入兩天後亞洲區預賽的資格。

題目是隨機從 LanF 大賽專用題庫中抽選出來的中等難度試題，對於摩拳擦掌準備在預賽嶄露頭角的強隊來說，比程式入門的那句「Hello World」難不到哪裡去。

第一批進場的是主辦方挑選的種子隊，場內氣氛顯得格外輕鬆——除了第一桌以外。

商彥的話說出口，第一桌電腦前安靜了足足有十幾秒。等蘇邈邈反應過來，不可置信地看向商彥：「什麼意思……為什麼你們不參加？」

「這只是選拔賽，也只有一道中等難度的程式設計題。」面對蘇邈邈，商彥的耐心一向出奇地好，他聲線淡定地解釋，「雖然限時，但如果妳無法通過這一關，那我們確實沒有走下去的必要。」

蘇邈邈委屈得快哭了：「之前你明明說，我是重在參與，最壞的結果也只是當作我不在……」

商彥莞爾：「我反悔了。」

蘇邈邈愕然：「可是萬一隨機選出的程式題很難，或者不能用 Python，那我……」

商彥口氣隨意：「那就放棄，一起回家。」

「……」蘇邈邈好氣，氣到想咬人。

裁判站在前面宣讀規則，吳泓博非常體貼且安靜地上前「幫」蘇邈邈的電腦開機。

按下電源鍵，他挪回原位，神色十分無辜：「小蘇，按照彥爹的安排，我只能幫妳到這裡了。」

蘇邈邈欲哭無淚，她眼神委屈地掃過吳泓博和欒文澤，看得兩人心裡一慌，連忙轉開臉才堅守住陣線。

蘇邈邈只得把目光和最後的希望放到商彥身上。

對上女孩那雙烏黑溼漉且泫然欲泣的眼瞳，商彥喉結輕滾一下，片刻後，他撇開臉，低下頭看向腕錶，「比賽再三分鐘開始。」他鎮定下來，重新抬眸，語氣放鬆淡定，「妳可以選擇繼續這樣盯著我，或者再去熟悉一下Python的題庫。」

從那雙漆黑的眸子裡，看出再無轉圜的餘地，蘇邈邈慢慢垂下眼，輕吸口氣，繃著小臉轉回去。

LanF大賽不禁止參賽學生攜帶紙本資料，於是趁著這短暫的賽前空檔，蘇邈邈將手裡的資料翻得嘩嘩作響，旁若無人。

賽場內其他隊伍也是第一梯次。種子隊的參賽者原本三五成群地玩笑說鬧，十分輕鬆，直到越來越多人注意到商彥這一隊。

「臥槽，第一桌不是彥神那一隊嗎？」

「是啊。」

「他們隊裡來了個新人吧，怎麼這麼積極，這只是選拔賽……搞得這麼嚴陣以待，有點嚇人啊。」

「難不成……這次選拔賽藏了什麼玄機，他們提前得知？」

「不會吧，你看彥神和另外兩個，看起來很平常。」

「真奇怪。」

「是不是？搞得我都有點心虛了。」

「我也是……不然一起看看題目？」

「好。」

受到蘇邈邈影響，幾分鐘前還輕鬆愉悅、不像是比賽反而像春遊聚餐的比賽場地裡，突然刮起一陣緊張的旋風。

學生們都低下頭，安安靜靜地翻看資料，或者低聲討論演算法。

裁判大感意外。主辦方顯然也注意到了，大廳一側，類似監督的席位上，幾個人的目光紛紛落向第一組的商彥等人。

三分鐘稍縱即逝，比賽正式開始。

打開 LanF 大賽專用系統，抽出自己組內分配到的隨機命題後，有那麼一兩分鐘，蘇邈邈大腦一片空白，題目讀了幾遍也讀不進去。

LanF 大賽是國際級賽事，題目也以英文說明，專業詞彙冷僻，在這種讓人緊張到大腦空白的時刻，更是難以理解。

吳泓博看出蘇邈邈的緊張，有些不安地看了商彥一眼。卻見那人淡定地靠在與第二桌之間的塑膠隔板上，手臂懶洋洋地搭著，眼睫也放鬆地半開半闔，看來頗有倦意，似乎隨時會睡著。

吳泓博忍不住暗暗咧嘴。

時間滴滴答答地過了兩分鐘，其餘幾組敲鍵盤的聲音此起彼伏，而蘇邈邈面前用來記演算法的紙張還是一片空白。

女孩低下頭，輕輕深呼吸，她握緊指尖，掌心微微出汗。這時，她身旁始終沉默的男生終於向前傾身，手肘撐到桌面上，幾乎把女孩從後面擁進懷裡。

只可惜太過緊張，蘇邈邈絲毫未覺。她快速提筆，在白紙上記下自己腦海裡的演算法流程圖。

「……對題目有什麼判斷？」

平靜下來後，蘇邈邈專心投入試題，聞言頭不抬筆不停：「難度中下。題目表層是從網頁端搜索所需的學習資料，並自動整合成 txt 列入文件；本質上是構建網頁抓取功能的網路爬蟲，調用 Python 模組，實現難度不大。」

「嗯。」商彥輕應一聲，「用以實現的主要模組是什麼？」

蘇邈邈筆尖一頓，快速思考後，得出答案，並寫在白紙上：「首先是 urllib2 模組，用以獲取學習資料的 URLs。其次是 re 模組，實現內容抓取。」

商彥又問：「re 模組部分，所需調用的重要函數？」

蘇邈邈稍作思考，眉心皺起，終於在幾十秒後將梳理完的演算法熟稔於心，同時開口：「參數為 pattern 和 flags 的 re.compile 函數，用以創建模式對象；以及 re.findall 函數，以清單的形式返回能匹配的子串。」

男生清雋冷白的面龐上，終於露出一點輕淡的笑色：「可以了，演算法思路很明晰，寫程式碼吧。」

獲得肯定的蘇邈邈顧不得開心，先連忙看了一眼系統剩餘的時間，確定時間足夠，才稍鬆了口氣，快速程式設計，把自己寫在紙上的演算法流程用程式碼實現出來。

七八分鐘後，蘇邈邈雙手離開鍵盤，慢慢吐出一口氣。她揉了揉眼睛，看向商彥：「師父。」

女孩柔軟的眼神裡帶了一點求助的情緒。LanF 大賽的專用系統裡，沒有任何調試或者範例運行的機會，所以參賽學生只能憑肉眼和邏輯去判斷是否存在 bug。

對於程式設計經驗很少的蘇邈邈來說，就是她最大的弱點。

而商彥要求蘇邈邈獨立完成程式，只是為了鍛鍊她參賽心態和應試能力，既然女孩已努力完成，他自然不會再苛求。

拉動旋轉椅上前，商彥沒有急著去看程式碼，而是伸手輕揉了一下女孩的髮頂：「會怪我嗎？」

蘇邈邈愣了一下，思緒從題目和比賽的緊張中稍稍脫離，她點了點頭，又輕輕地搖頭。

商彥莞爾：「選拔賽結束，讓妳咬一口出氣，好不好？」

「……」不知道想起什麼，蘇邈邈臉頰微紅，低聲催促，「你快看程式碼……」

商彥這才將視線落到電腦螢幕上。他目光快速地掃過程式碼，從上到下又從下回上，最後點點頭：「基本上沒問題了。」

蘇邈邈遲疑：「……基本上？」

商彥抬手，滑鼠一晃，落到他要指的區域：「這裡，缺點東西。」

蘇邈邈思索幾秒，目光茫然。

商彥直接點明：「在這部分貪婪匹配模式之後，class 標籤裡的全部內容已經提出，但是會得到 img 以及 http 的小標籤，所以這裡，你還缺一個 sub 函數……」

蘇邈邈恍然，接口道：「把它們轉換為空字串！」

商彥嘴角微勾：「嗯。」

女孩臉上漾起柔軟的笑：「謝謝師父！」

那笑容，幾乎讓窗外最明媚的冬日暗淡。

旁邊猶如空氣的吳泓博心情複雜地轉向欒文澤：「以前從沒有這樣強烈的感覺……」

欒文澤不解：「嗯？什麼感覺？」

吳泓博扼腕：「老子這麼多年的程式設計，真是白學了。」

欒文澤更是一頭霧水。

與此同時，距離第一張桌不遠處，S城一中的顧翎望著第一桌那兩人姿勢親密的身影，慢慢瞇起眼睛，片刻後，他低低地獰笑一聲。

等全部梯次的隊伍結束選拔賽考核，一整個下午已經過去，飯店外天色全黑。除了通過考核的隊伍外，其餘淘汰隊伍原地解散遣返，主辦方非常現實地僅向通關隊伍提出晚餐邀約。不同於早餐直接在飯店餐廳解決的敷衍，晚餐打著「慶賀入選」的名義，在飯店外包了餐館。

收到通知後，各校參賽隊伍紛紛下樓集合，其中自然也包含商彥和蘇邈邈等四人。集合完畢後，學生們在主辦方工作人員的帶領下，隊形鬆散地走出飯店。

剛進到門廊，還未走下飯店前的臺階，一輛豔紅色的跑車突然出現在眾人眼前。那一抹醒目的紅劃亮了暗黑的夜色，也吸引了所有學生的目光。

疾速駛入，近身，急煞，華麗甩尾。

在刺耳的輪胎與地面摩擦聲後，豔紅色的跑車停在呆若木雞的學生們近前。

四下無聲，和頭頂濃得化不開的夜色，以及耳邊掠過的風聲一樣安靜。

幾秒後，跑車駕駛座的門打開，下車的女人穿著一身亮藍色的晚禮服，像是從某場宴會臨時跑出來的大小姐，囂張又明豔。

她往跑車門上一倚，一隻手拿著手機放在耳邊，另一隻戴著黑色亮絲禮服手套的纖細手臂抬起，朝呆住的學生們一揮。

商彥沉下臉，蘇邈邈的手機在此時響起。

商彥瞥一眼來電號碼，接起來：「商嫻，妳——」

『妳什麼妳。過家門而不入，你學大禹治水嗎？』

「……」商彥實在不想理她。

學生們都被震住了，他們之中不少人自以為算是見過世面，和藍眼睛金睫毛的外國人在國際比賽裡友好交流過，也曾和ＩＴ業界的菁英們隔著比賽場地和裁判席遙遙相望，甚至在幾百上千人的比賽裡「廝殺」而拔得頭籌，也不乏被真正的狠角色殺得片甲不留。

唯獨今晚，此刻。

涼風蕭索，破開濃墨夜色而來的豔紅跑車，藍得深邃華麗的晚禮服散襬長裙，絢爛奪目的珠寶項鍊與更加絢爛奪目的香車美人……

夢一般的場景。

這個陣仗，他們真的沒見過，更何況那聲勢奪人的華裙美人還跟他們打招呼？

學生們低聲議論起來，猜測誰是今晚要與香車美人共赴盛宴的幸運兒。尤其男生們各個興奮得幾乎按捺不住，都希望那個幸運兒是自己，相較之下，商彥那一臉陰沉格外顯眼。

「不去。」他拿著電話，聲音冷冰冰的。

商嫻笑聲輕泠：『你以為是我要帶你回去？我像是有那閒情逸致？發話的人可不是我。』

「那妳來做什麼？」

『關愛弟弟，通風報信。』

「？」

『抬頭。』

「……」

商彥心裡隱隱有不好的預感，未等他動作，四周學生突然躁動起來：「臥槽，這是什麼陣仗？」

「……」

商彥視線一抬，距離商嫻華麗甩尾的跑車十公尺外，六輛無聲駛入的黑色轎車停下。車身反射著墨色的流光，一塵不染的漆黑車身上，背光的邊緣淹沒在濃重的夜色裡。

大燈齊開，瞬間亮起來的十二道光束，幾乎要刺瞎人的眼睛。

商彥本能地抬手一遮，上前把女孩護到身後。與此同時，他耳邊手機裡商嫻繼續說道：『不算司機，一車有三到四個人。』

商彥眸色一沉：「他的意思？」

商嫻嘆了一口氣，笑容收斂：『你太任性了，商彥……之前又是暫停出國準備、又是打架，現在你跑回A城，卻連家門都不進？就算是和父親嘔氣，難道你不回來看一下母親嗎？今晚父親知道你的行蹤後，大為動怒……趁他們還沒有接到下車的命令，你跟我回去吧。』

商彥沉默許久，輕嗤一聲：「人數加一倍，就能制得住我？」

商嫻聳聳肩：『誰知道呢？畢竟你從小就是我們三個之中，反擒拿學得最好的。」

聽了這番意有所指的肯定，商彥心裡不鬆反沉，臉上薄淡的笑色也褪了，眼底凝重。

『商彥，我勸你……至少現在，別跟父親嘔氣。』

教訓完，商嫻放鬆神情，毫無形象地伸了個懶腰，一翻身，趴到跑車上，懶洋洋地拆下頭髮上的簪子，讓壓得脖子發疼的髮髻鬆散下來。

她晃了晃頭，長髮跟著飄舞在夜色裡，她嘴裡咬著簪子，隨手從跑車裡取出一個髮圈，一邊束髮，一邊含糊出聲：『畢竟，邈邈還在，不是嗎？真的動起手來，輸贏暫且不論，場面應該滿嚇人的，你不想她擔心吧？』

「……」

商彥眸子一動，片刻後，他微微垂眼，看向身後。女孩認真地仰著臉，漂亮的細眉輕輕蹙著，烏黑的瞳仁裡含著掩飾不住的憂色，擔心地望著他。

商彥心裡一嘆。

「師父……？」女孩輕聲問，語氣裡藏著些不安。

商彥掛斷電話：「我需要回家一趟。」

蘇邈邈鬆了口氣，剛才看商彥的神情，她還以為出了什麼事。

「那……師父路上小心。」女孩眉眼輕彎，眼角勾出一點柔軟的笑意。

旁邊吳泓博和欒文澤也聽到了，欒文澤瞥了不遠處一眼，問道：「今晚還會回飯店嗎？」

商彥點頭：「嗯，我盡快回來。」

他垂手，將蘇邈邈的手機遞過去，卻又被女孩推回來。在背後飯店玻璃門透出的柔軟光線下，女孩眉眼平靜：「我和他們在一起，用不到，師父帶著我的手機吧。」

商彥思考兩秒，點頭：「好。」

「師父再見。」

「……晚點見。」

商彥嘴角輕勾，揉了揉女孩的長髮，轉身離開。

儘管早就從四人的對話裡判斷出來，但親眼看見商彥走向那輛豔紅色的超跑，各校參賽學生們還是忍不住咂了咂嘴。

「人生啊……就是我們生得泯然眾人，埋頭苦讀十年試圖改變人生，然後毫無還手之力地被人輾壓，又發現輾壓你的那個人從最開始就是人生贏家。」

眾人紛紛附和。

人群裡，顧翎看著紅色跑車和六輛堵住門的黑色轎車離開，他抹去眼底的嫉恨，轉為譏誚：「可不是人生贏家嗎？我們拚死拚活參加比賽搶第一，人家只是香車美人看累了，跑來中場休息。」

聽著眾人議論，蘇邈邈不禁皺起眉頭。

欒文澤低聲安撫道：「小蘇，不需要和他們一般見識。」

「是啊，」吳泓博附和，開玩笑說，「怪就怪彥爹太優秀，一出生的起點就是別人的人生巔峰，怎麼不讓人羨慕嫉妒恨呢？」

蘇邈邈想了想，也釋然了。她跟在吳泓博和欒文澤身後，隨著學生隊伍重新出發，三人都沒有看到，不遠處的顧翎望著女孩嬌小的身影，眼底掠過陰晦而貪婪的情緒。

豔紅超跑風馳電掣地回到商家。

按照一路上商嫻的講述，商家此時剛結束晚宴，而商盛輝就是在宴會上，從旁人嘴裡得知自己的小兒子已經來到A城，卻連家門都一步未進。

將車鑰匙遞給一旁泊車的司機，商嫻拉著長到快要拖地的裙襬，露出那雙亮銀色的高跟鞋，喀啦喀啦地走在商彥前面。

「等一下進去，不管父親說什麼，你都先聽著，知道了嗎？」

「……」

聽不到身後的回應，商嫻鞋跟一停，挑眉轉頭，卻見商彥低著眼，手裡捏著手機。

……粉色的手機殼。

商嫻望著那手機殼的顏色，沉默了足足十秒，目光十分複雜地抬頭，又過兩三秒，她吐氣，開口，語重心長：「弟弟，是姐姐太不關心你了，都不知道你們學校什麼時候被你摧殘成這樣……你心裡有什麼煩惱，你跟我說，別這麼極端——」

「……」商彥懶懨地撩起眼簾，冷淡地瞥她一眼，「小孩的。」

商嫻「呿」了一聲，臉上的表情頓時消散，嫌棄地看了他一眼，才轉頭繼續往前走：「就知道你不可能這麼少女心。」

「……」

「我剛剛交代的，你聽見沒？」

「沒。」

「……」

「……」

「……」商嫺做了個深呼吸，「好吧，誰叫你是我弟弟呢，那我再說一遍，等一下進去以後，不管——」

「不想聽。」乾淨俐落地扔下三個字，商彥繞過商嫺，往前走去。

擦肩而過的瞬間，他似乎還輕蔑地看了一眼踩著高跟鞋卻依舊比自己矮半個頭的商嫺，發出一聲極輕的嗤笑，然後邁著那雙長腿，俐落走人。

站在原地的商嫺差點咬碎牙齒。

她十分不解，自己怎麼沒趁這個弟弟還是顆豆芽菜的時候，直接把他丟馬桶裡沖走？

商彥踏上臺階，傭人拉開玄關的門。

「小少爺，您回來了。先生和夫人都在二樓茶室等您。」

「嗯。」商彥淡定地換鞋，經過側廳時，聽見打開一條縫的門內傳來聲音，不由得輕皺了眉。

他步伐一停，瞥向旁邊路過問好的傭人：「……晚宴不是結束了？」

「是，已經結束了。」傭人連忙佇足回應。

商彥一挑眉：「那裡面是誰？」

「回小少爺，是家裡幾位遠房的表少爺和表小姐，還有先生和夫人的幾位朋友家裡的孩子……說是許久沒看見您，要留下來等您回來敘舊。」

「敘舊？」商彥像是聽到笑話般輕聲嗤笑，「我怎麼不知道，我和他們有什麼舊可敘？」

家裡的傭人們都清楚這位小少爺的不馴脾性，聞言大氣不敢喘，更不敢辯駁，只能順著他的意思沉默以對。

所幸商彥從不會無故為難別人，雖然眉宇間抹上點凌厲的冷意，最終卻沒說什麼，徑直上樓去了。

二樓茶室內，商盛輝和駱曉君夫妻兩人，正隔著一方圍棋棋盤對弈。

桌上茶香裊裊，窗外不遠處是單獨開闢的二樓庭院，溫度適宜的花室坐落其間，在這數九寒冬裡，獨自呈現一片姹紫嫣紅的美景。

母親駱曉君最愛栽種花卉，商彥卻覺得煩，紅的粉的，三四五六瓣，看起來沒什麼區別，卻有不一樣的名屬，花期、禁忌也各不相同，商彥從沒分清楚過，小時候更是破壞了不少。

反觀父親商盛輝，雖然總是很忙，但院裡這些花花草草，每逢駱曉君無暇照料，都是他親手料理，不假他人之手。

或許就是因為這樣，所以院裡那些花花草草常年旺盛又茁壯，看不出半點嬌貴之氣。

夫妻兩人非常齊心，不僅表現在花草上，也表現在對待商彥的態度上。自他進門以來，除了棋盤旁邊負責斟茶伺候的傭人低聲喚了一句「小少爺」外，從頭到尾，棋桌前後的兩人沒有半點眼色。

商彥不以為意，進來後懶洋洋地喊了「爸」、「媽」。他不愛像商驍、商嫻那樣叫「父親」、「母親」，總覺得會起雞皮疙瘩。以前商嫻拿這件事笑他，他反諷說是大十二歲和大八歲的兄姊，和他之間有代溝。

商彥才想起這件事，身後木門再度打開，聲音傳來：「父親，母親。」

……說曹操曹操到。

商彥嘴角微勾，笑意輕諷。

商嫻關上身後的門，偷偷凶狠地瞪了自己這脾性乖戾的弟弟一眼。

此時她已換上居家服，卸了那些濃妝豔抹。刻意銳化的妝容褪下後，淩厲而富有攻擊性的美感不再，商嫻天生的柔美便顯露出來。

「嗯，坐吧。」

棋桌後，商盛輝聞聲抬頭，滿意地看了看自己的女兒。接著視線轉向右邊，眉毛不由自主地皺了起來。

「什麼時候來到A城的？」

即便不指名道姓，姐弟倆也知道他是問誰。

商彥神色寡淡，聲線放鬆：「昨天。」

「為什麼不回來？」

「忙比賽。」

商盛輝眉頭一聳，聲音下沉：「忙得連通電話也沒時間打？」

商彥一頓，嘴角似笑非笑地勾起，笑意卻未達眼底：「我沒手機，您不是知道嗎？」

旁邊的商嫻臉色微變，卻來不及阻攔。她隱晦地稍稍抬頭，看向商盛輝。

商盛輝將手裡拈著的黑子擲回棋盒裡，冷著臉：「你眼裡還有沒有這個家，有沒有我和你母親？」

聲音不高，卻頗具威嚴。

商彥難得沉默下來。

茶室裡安靜了半分鐘，駱曉君終於開口：「過來坐吧。」

姐弟倆這才結束「罰站」，從木門前走進房間。

商彥與商嫻不約而同地坐到母親身旁，一左一右。商盛輝瞥見，無聲地哼了口氣。

駱曉君年過五十，穿著一身素色衣衫，長髮盤成簡單的髻。就如同那句「歲月寬美人」，她不施粉黛的容貌依舊出眾明豔，氣質亭亭如玉。

見商彥坐到自己右手邊，駱曉君轉過頭，不慌不忙地細細打量小兒子，然後她輕嘆一聲：「瘦了。」

知道這時候否認無用，商彥只是聽著。

「我聽你姐姐說，你不想出國了？」

「嗯。」商彥回道。

「為什麼？」

「……」商彥半垂著眼，眸光微動，神情卻放鬆如常，「不想去了，沒什麼原因。」

「胡鬧！」商彥那副不正經的模樣，終於惹惱了商盛輝。

商盛輝出身軍旅，脾氣絕對算不上好，只不過中年以後，慢慢修身養性，再加上出身書香門第的駱曉君管教有方，才收斂許多。

可是一旦脾氣被點燃，發起火來還是不遑多讓。

「當初是你自己選擇電腦，都已經一步一步走過來了，現在卻說不幹就不幹了？商彥，你以為自己還是五六歲的孩子啊！」

商彥眉眼浸著涼意，嘴角輕勾，漆黑的眸子抬起。

「我五六歲的時候，難道不是因為商驍做了選擇，我就毫無選擇地被送出國了嗎？」

「……」商盛輝啞然。

商嫻目光微動，心裡嘆了口氣。她就知道，商彥對家裡的心結，歸根究柢還是在這裡。

商家有條家規，凡是商家的兒子，事業自由和婚姻自由，只能二選一。

到這一代，商家只有商驍、商彥這兩個男丁。在商驍十七歲那年，他選擇了前者，因此只有五六歲的商彥便提前被決定了大半的人生。

當年商盛輝安排他出國，接受一流的菁英啟蒙教育，直到跳級讀完國中，才又在商盛輝的安排下，回國熟悉國情，並繼續高中學業。

其他孩子最無憂無慮的時光，商彥卻是毫無童趣可言，只能不斷重複比成年人還繁忙的行程，因而日益養成桀驁不馴的脾氣。

商嫻有時候會想，生做人人豔羡的商家兒子，到底是幸還是不幸？

在這一點上，商盛輝確實偶爾會感到愧疚，因此當初商彥執意要去A城以外的中學就讀，他勉強默許了。但這點愧疚，顯然不足以讓他放任小兒子「胡作非為」。

「三年前是你告訴我，你要走ＩＴ這條路，」商盛輝沉聲道，「只要不影響正途，我可以允許你任性，但我絕不允許你拿自己的前途開玩笑！」

商彥眼底情緒一厲：「我沒有拿自己的前途開玩笑，我只是決定不走出國這條路而已。該拿到的榮譽、該得到的東西，我一樣都不會少。」

「可你明知道按照我們為你規劃的道路走，能替你節省不少精力和時間——時間才是世上最重要的東西，尤其對我們而言。」

「當然是。」不知被觸動了哪一根神經，商彥突然繃緊肩背，近乎一字一頓地說，他握緊拳頭，垂下眼，「所以我更不會讓時間虛度。」

男生的聲音低沉微啞，像是自言自語，又像是對什麼人鄭重允諾。可惜正在氣頭上的商盛輝沒聽出來，他被商彥絕不配合的態度激怒：「你是鐵了心要放棄這三年的規劃，絕不出國？」

商彥抬頭，側顏清雋，下巴繃出凌厲的弧度：「沒有商量的餘地。」

「——！」商盛輝大動肝火，手一下拍在桌面上，棋盒裡的棋子都被震得跳了起來，「好好好！你給我滾！現在就滾出商家，永遠別再回來！」

商彥眼神一凜，片刻後，他直起身，輕笑一聲：「求之不得。」說完毫不猶豫地轉身往外走。

「站住。」平靜淡定的話音響起，瞬間拉住商彥的腳步。

駱曉君開口了。

剛才父子倆就在她面前吵得天翻地覆，她幾乎眉都沒皺，還淡定地喝完兩杯茶。直到此刻，她才目光一抬，不贊同地掃向商盛輝。

商盛輝被盯得心虛，火氣也消了大半，他下意識地開口，「妳、妳也看到了，是妳這個兒子要氣死我——」他往小兒子毅然決然的背影看了一眼，消下去的火氣又上來了，「我寧可不要這個對自己人生都不負責的兒子！」

商彥不甘示弱地嗆回去：「我也不需要搶著對我人生負責的父親。」

「你——」

「夠了。」駱曉君平靜的聲音插進父子倆的對話，她放下手裡的茶杯，「商彥，樓下不是有你幾位朋友在等你嗎？你先下去吧。」

「……嗯。」

對駱曉君的話，商彥鮮少違逆，此時也不想久留，便順勢往外走。才到門外，就聽見駱曉君又說道：「我有話對你說，不准提前離開。不然這個家，你就真的不要回來了。」

「……」

商彥垂眼，關門，轉身下樓。如果沒有駱曉君的最後一句囑託，商彥大概會直接走人，可母親發了話，他不敢開溜，只能按下衝動，來到一樓，進入側廳。一進門，就有話音傳來。

「喲，這不是我們商家的小少爺嘛，稀客啊稀客。」

「就是說啊，一年到頭不見你回來，好不容易回來了，也見不到人，幹麼那麼神祕！」

「……」

盡是八竿子打不著的遠房表親，還有些世交家裡的同齡人，最多在A城讀書時接觸過，如今一眼掃下來，商彥能叫出名字的不超過五個。

他冷笑，也不回應，隨手拉開一張椅子，隨性散漫地一坐，粉色的手機被修長的手掌按在桌面上，「啪」一聲，整個房間都靜默下來。

相熟的幾人面面相覷，有些摸不透這位從外地回來的少爺，只看得出他還是一如既往地不宜招惹。

魚龍混雜，總是有幾個不長眼的，在場所有人各自揣度著，偏偏有人不知輕重地笑著湊過來，還伸手去摸那粉色手機：「這是哪個知名品牌的客製版吧？不愧是商二少爺啊，眼光獨到。」

「……放手。」男生懶洋洋的聲線裡，隱含著一絲煙硝味，彷彿隨時會引爆。

再不識趣也不是傻子，當面被那話音和語氣一凍，那人慌忙收回手，僵著臉賠笑：「對不起啊，二少爺，不知道您這麼寶貝這支手機。」

旁邊有人見情況不妙，笑著出來打圓場：「我看這支手機不像二少爺的，更像是女孩用的吧。」

眾人頓時充滿好奇，求證的目光紛紛落向商彥。

商彥視線一瞥，嘴角冷勾：「我女朋友給我的定情信物，不可以嗎？」

「女朋友」幾個字一出，側廳裡的溫度瞬間又降低十度。

能讓商彥看上眼的女人……夠他們猜三年了。

「哎……可以，為什麼不可以？」

「不知對方是什麼仙女下凡，才能套住我們二少爺的心啊？」

「……」

商彥沒耐心和他們虛與委蛇，之前與父母一番對話搞得他心煩意亂，再加上昨晚沒睡飽，太陽穴此時突突直跳。

停了幾秒，商彥微皺起眉，單手撐著冷白的額頭，一邊捏著眉心一邊慵懶出聲：「你們玩你們的，不用在意我。」

眾人沉默，互相對視，一個個神色尷尬。

不用在意商家這位小少爺？

他們暗忖，雖然自己的人生沒什麼價值和意義，但還不至於活得不耐煩。不過商彥既然說了，他們自然不好再冷場，只得三三兩兩低聲聊起來，沒人敢再去找明顯不想被打擾的商彥「敘舊」。

大約又過了一刻鐘，側廳裡突然響起一陣震動聲。眾人話音一停，連有些快睡著的商彥也驀地驚醒，他皺起眉，伸手拿起桌上螢幕亮起的手機。

來電顯示是「吳泓博」。

視線往右上角一挑，看了看時間，商彥心裡沒來由地漏了一拍。時間還早，照理說吳泓博不會這時候催他……

商彥眉心蹙得更緊，毫不猶豫地接起電話。

甫一接通，電話那頭便傳來嘈雜的背景音。

吳泓博聲音嘶啞：『彥哥，小蘇出事了！』

「——！！」商彥瞳孔猛地一縮。

聽電話那頭的人報出地址，他直接推開椅子，轉身快步往外走。

站在門旁的人下意識地笑臉相迎：「哎，二少爺，這麼快就要走……」

「滾！」商彥驟然暴怒，聲音嘶啞，俊臉猙獰如鬼。

那人嚇傻了，手腳並用地爬開。

商彥一把拉開門，頭也不回地跑了出去。

第十五章　暴怒

大賽主辦方為入選預賽的學生們包下整間餐廳，準備了極為豐盛的豪華 Buffet。餐廳樓上還有配套的娛樂設施，多數學生一晚上樂不思蜀，預賽的緊張全被拋到九霄雲外。

但凡事總有例外。

蘇邈邈坐在餐廳角落裡，背對著整個大廳，面向落地窗。

這家餐廳所在的樓層很高，從落地窗往外看，向上是漆黑如墨的夜色，偶爾掠過兩點飛機閃爍的尾燈；向下是璀璨燈火連成的夜幕，或遠或近，蜿蜒如河流的高架橋與公路盤旋在鋼鐵嶙峋的大樓間，車燈組成五彩斑斕的長龍。

盯著這樣喧囂又安靜的夜色，時間好似飛速流逝，又好似剎那永恆，讓人模糊了生命的長短和時間的概念，覺得人間不過如此，眼上燈火眼下川流，韶華一念，光怪陸離⋯⋯

蘇邈邈的思緒被欒文澤打斷。他端著果汁到她面前，站了不知多久蘇邈邈才發現。

女孩恍然回神，有些抱歉地笑：「我沒注意到你過來⋯⋯」

「沒關係。」欒文澤搖搖頭，眉眼染上一點笑意，他將手上另一杯果汁遞過去，「看妳今天一天都沒吃什麼，這是鮮榨果汁，妳喝一點吧。」

「謝謝。」蘇邈邈伸手接過，不同往常那樣避開視線，她像是想起什麼，目光玩味地盯著欒文澤。

女孩的眼神柔軟，沒有惡意，欒文澤感覺到視線，只能無奈地笑著看過去：「我臉上沾了什麼東西嗎？」

蘇邈邈眼角輕彎，「沒有。」欒文澤點頭，剛要移開視線，女孩又開口，「你和葉淑晨看起來……就像是兩個世界的人，我之前一直不明白，她為什麼會喜歡你。」

「……咳。」欒文澤顯然很意外蘇邈邈突然提起葉淑晨，震驚之餘也忘了掩飾，驚訝地看向蘇邈邈，「妳怎麼知道……」話沒問完，他想起早上餐廳的那段插曲，無奈又心情複雜地笑了，「妳沒有誤會彥哥就好。」

蘇邈邈搖搖頭，喝了一口果汁，又轉回去看著落地窗上映著的身影，軟聲輕笑：「現在，我好像明白了。」

欒文澤一愣：「明白什麼？」

蘇邈邈沒有說話，她的目光從窗前男生的身影上掠過。

欒文澤身形瘦削，五官清秀，論外貌條件不差，只是他非常寡言，安靜，再加上永遠戴著一副無框眼鏡，半點鋒芒不露，很容易被人忽略，就連他的細心與溫和，都是無聲的。

如果在那些嘈雜裡看見這一抹無聲，蘇邈邈相信結果會翻轉——那些嘈雜的彩色暗淡灰化，最後只剩下無聲的白。在光彩終將剝落時，白永恆不變。

蘇邈邈猜想，葉淑晨大概是看見那抹白了。

女孩輕笑，微微歪了一下頭，朝窗上映著的另一個身影——站在欒文澤身後不遠處，目光始終盯著這裡的葉淑晨舉起果汁杯。

光可鑑人。

飄在窗外夜色裡的那抹身影終於有了動作，葉淑晨走過來，在窗前停住。

欒文澤看見她，動作不禁一僵。

葉淑晨像是毫無所覺般，慢悠悠地朝欒文澤笑，眼神涼涼的：「看在過去交情的分上，我提醒你，按江湖規矩，泡大哥的女人，是要九刀十八洞的。」

欒文澤回過神，皺眉，語氣無奈：「別亂說話。」

「我說的是事實。」葉淑晨剛轉過頭，就見蘇邈邈從椅子上站起來。

大概是聽到她剛才的話，女孩的臉頰微微泛著嫣紅，像是點了水色的瞳眸烏黑，一臉認真：「欒文澤和我只是普通組員的關係，商彥……是我師父。」

「師父？」葉淑晨眨了眨眼，朝欒文澤笑，「原來睡彥神的捷徑是做他徒弟，你怎麼不早告訴我？」

欒文澤終於皺起眉頭，他難得板起臉，有些冷硬地開口：「葉淑晨，妳好好說話。」

蘇邈邈滿臉疑惑，今天早上她就從葉淑晨口中聽到那個似乎非常曖昧的動詞，但是要她自己領悟實在有點困難，秉著「敏而好學不恥下問」的態度，女孩好奇地歪了一下頭：「『睡』，是什麼意思？」

葉淑晨和欒文澤同時一愣，片刻後，欒文澤白淨的臉上泛紅，而葉淑晨則是驚訝地笑著轉向蘇邈邈，像是看什麼稀有動物似的，把她上上下下打量了好幾遍。

「不會吧，什麼年代了，還有這麼純真的女孩？」她狐疑地看向欒文澤，「彥神不至於禽獸到……把一個不滿十四歲的小孩圈養起來吧？」

欒文澤皺眉，輕咳了一聲。

蘇邈邈主動上前，「我虛歲已經十七了。」不等葉淑晨再問，她坦然地說，「我身體情況比較特殊，以前沒有進過學校，一直待在療養院裡，所以你們說的好多話我都不懂。」

葉淑晨一愣，回眸：「還真是稀有動物……」

她絲毫沒有因為女孩說「身體情況特殊」而做出什麼反應，只是笑得更加曖昧，她緩緩走到蘇邈邈面前，彎腰在她耳邊低語了幾句。

等欒文澤回神想要阻止已經來不及，葉淑晨直起腰，笑得十分惡趣味。

「現在懂了？」

「……」女孩懵在原地，一動不動，連眼睫毛都石化了。

葉淑晨笑意更深，「妳見過彥神在資訊攻防賽裡的表現嗎？在只有0和1的電腦世界裡，有些人更近乎於神……尤其是看著他慵懶無謂地敲著鍵盤，卻在虛擬世界裡恣肆來回、所向披靡，更能領略他那種淋漓盡致的性感。」葉淑晨頓了頓，笑容曖昧地壓低聲音，「答應我，替我們所有粉絲完成願望。」

蘇邈邈還沒反應過來，木訥地眨了眨眼，問：「什麼願望？」

葉淑晨附耳，笑：「下一次，他又在虛擬世界裡如若神臨，在妳面前將一方銅牆鐵壁輾得粉碎……記住，別猶豫，直接把他按進沙發裡，上了他。」

「……！」蘇邈邈終於回過神，嫣紅的顏色順著雪白的細頸，一直蔓延到耳垂臉頰，幾乎要燃燒起來。

她顧不得其他，轉身落荒而逃：「我、我先去洗手間……」

站在洗手間的鏡子前，蘇邈邈往灼熱的臉頰潑了潑冷水，燙手的溫度慢慢降了下來。鏡子裡的女孩臉頰依舊紅撲撲的，她做了幾次深呼吸，平復下躁動的情緒，並得出一個重要結論：葉淑晨是個不錯的女生，但是殺傷力非比尋常，她以後得盡量躲遠一點。

自我催眠了幾遍「今晚什麼都沒有聽見」之後，蘇邈邈慢慢吐出一口氣，走出洗手間。

這個洗手間在宴會廳側門後方的長廊上，只差幾步的距離便是正門。

蘇邈邈之前是從側門出來的，但現在側門卻打不開，似乎是被人從宴會廳內側鎖上了。

蘇邈邈覺得奇怪，猶豫了兩秒，便轉身往正門走去。

走到正門需要經過一段L型長廊，長廊的一側自然是宴會廳外牆，而另一側則通往其餘幾個小廳。今晚這間餐廳似乎只接了主辦方這一單大生意，小廳都沒有人，其中幾間大門敞開，但關著燈，裡面漆黑一片，在這長廊偏暗的燈光下，看起來格外嚇人。

蘇邈邈下意識地加快步伐，然而才剛繞過L型長廊的轉角，就看見在寂靜的廊道裡，有一道靠牆站著的身影。

似乎是聽見腳步聲，那人抬頭，望向蘇邈邈，露出一個詭異的笑容。他抬起手，慢悠悠地揮了揮：「晚安啊，小美人。」

顧翎。

「……！」蘇邈邈身體一僵，下意識地想往後退，但很快便想到，身後長廊是一條死路，唯一通往宴會廳的側門被人鎖上了。

很顯然，就是眼前這個人鎖的。

他有預謀。

想到這裡，蘇邈邈心裡撲通一下，神色微白。她竭力鎮定下來，保持思緒通暢：「你想做什麼？」同時眼角餘光瞥向前路——距離宴會廳的正門，還有二三十公尺。

這間宴會廳主要是承接婚禮，隔音效果極好，她即便大聲喊人，宴會廳裡也根本聽不到。

「別這樣防備地看著我，我會很傷心的……」

顧翎慢慢笑起來，走近轉角的女孩。他趁女孩的目光短暫移向正門、沒有盯著自己，突然一個箭步上前，抓住女孩的手腕，將她狠狠壓在牆上。

蘇邈邈眼前光影一閃，心裡陡然拉響警報，然而她的病注定了她沒有足以與大腦反應相匹配的身體反應，她甚至來不及退開半步，就被眼前的人凶狠地抓住手腕，狠狠推到牆上。

手腕幾乎要被捏碎，讓她忍不住呼痛，面前的人呼吸帶著令人噁心的酒氣：「商彥是妳男朋友吧，小美人？所以妳今天才那樣為他說話。可現在怎麼了，他怎麼丟下妳，上了另一個女人的車？他是不是不要妳了？」

蘇邈邈忍著痛掙扎起來：「放開我！」

「何必呢？」顧翎獰笑著躬身湊近，「商彥既然可以，我為什麼不可以？」

蘇邈邈趁他不備，抬腿狠狠地踢向他的小腿脛骨。

「啊！！」顧翎痛呼一聲，本能地蜷起身。

蘇邈邈轉頭就跑，然而沒想到顧翎依舊緊緊抓著她的手腕，沒有絲毫放鬆！

「妳他媽給我回來！」借著痛意激起的狠勁，顧翎臉色猙獰地直接將女孩扯回來，按到牆上，笑聲獰惡，「跟我裝什麼清純？商彥早就睡過妳了吧？」

偏暗的燈光下，女孩豔麗的臉龐因為驚慌而更惹人憐愛，顧翎著魔似的，低下頭就要去親女孩。

蘇邈邈臉色蒼白，用沒被抓住的那隻手，狠狠一耳光甩在顧翎臉上：「你走開！」掌心火辣辣地痛。

「……妳他媽找死！」顧翎大怒，死死抓著女孩，往旁邊一間敞開門的小廳裡拖。

巨大的恐懼襲向心口，蘇邈邈只覺得心臟一陣令人窒息的絞痛，她伸手狠狠地掐住顧翎的手：「我有病……」

女孩的音量竭力拔高，但仍舊抖得厲害。

顧翎身體一僵：「什麼？」

蘇邈邈咬牙，臉色在燈光下白得有點嚇人，「我有病、心臟病……」她慢慢勾起失去血色的唇，「你再逼我，我會死……」

「——！」看到女孩面如白紙，顧翎的酒意頓時嚇醒大半。他下意識地鬆開手，猛退了一步。

就這一秒。

蘇邈邈毫無猶豫，轉身以畢生最快的速度，瘋狂跑向宴會廳正門。

幾十秒後，正門「砰」的一聲打開，彈開的門狠狠撞在牆上，發出的巨響讓整個宴會廳驀地一靜，眾人紛紛回頭。

距離稍近的欒文澤最先注意到站在門口的蘇邈邈臉色蒼白。他眼神一緊，慌忙往前走：「小蘇——」

話音未落，女孩已經倒了下去。

遠處的吳泓博看見這一幕，臉色陡變，聲嘶力竭喊到：「叫救護車！」

昏昏醒醒，夢裡夢外恍惚錯位，等蘇邈邈完全恢復意識，已經是第二天的傍晚。她艱澀地睜開沉重的眼皮，映入眼簾的雪白牆壁上，鋪了一層昏黃的光與影，被窗框切割成斑駁的碎片。

入眼都是白色，無邊無際。有那麼一瞬，恍惚之間，蘇邈邈以為自己又回到療養院，直到耳邊一聲低呼，拉回她的意識。

「小蘇醒了！」

「……」蘇邈邈低下眼，看向聲音的來源。

遠處是吳泓博驚喜而擔心的面龐，接著有個身影介入，女孩重新聚焦在近處。看清那人的面龐，病床上的女孩驀地紅了眼眶：「師父……」

女孩軟聲裡帶著昏睡後的喑啞、身體的虛弱無助，更多的是驚慌與後怕。

商彥聽得心口悶痛，昨晚幾乎被逼瘋的感覺，再一次湧上心頭。但是此刻他不敢發狂，只能把那些核爆一般的情緒全都壓下，任由五臟六腑被炸得粉碎，痛得死去活來，也不敢顯露半分。

他彎身抱住病床上的女孩，低下頭克制地輕吻她的額頭，聲音沙啞。

「我在……沒事了，已經沒事了。」

「……」聽見耳邊微微震動的熟悉聲線，女孩再也忍不住湧出淚水。她伸手緊緊抱住身前的男生，止不住地哭泣與顫抖，「商彥……」

商彥一顆心快被這哭聲撕碎，瀕臨潰堤的暴戾情緒，在他心底瘋狂蔓延。

醫生過來為蘇邈邈檢查，一邊叮囑，「由於暴力爭執導致情緒劇烈波動與心律緊張，心肌缺血，進而發病昏厥。」醫生嘆了口氣，看向商彥，「所幸沒有什麼大事，家屬好好照顧病人並做好心理輔導，她的病最忌諱情緒上的劇烈波動，以後必須多加注意。」

聞訊趕來的指導老師黃旗晟著急地拉著醫生到旁邊詢問詳細狀況，留下商彥等三人在病房內陪伴。

女孩倚床坐著，露出衣袖的纖細手腕上，勒痕紅得發紫，在瓷白如玉的皮膚上十分刺眼。

商彥坐在床旁的凳子上，手肘撐著床沿，托著女孩的手腕，慢慢親吻那瘀痕。很輕很輕，不帶力度或聲音。他眼簾半闔，漆黑的眸子完全被掩蓋，冷白的俊臉沒有一點情緒，絲毫看不出心理變化。

吳泓博和欒文澤站在一旁，臉色難看。如果換作平常，吳泓博必定會拿兩人的親暱開幾句玩笑，然而此時在病房裡，空氣壓抑到幾乎無法呼吸，讓他一個字都不敢出口。

他和欒文澤擔憂地對視一眼，商彥實在是太平靜了，相較於昨晚幾乎砸了大半個急診室的瘋狂，此刻的商彥像是處在世界末日前的寧靜。彷彿下一妙就要天崩地裂，而這一秒卻無限延長，讓人崩潰地徘徊在恐慌邊緣，充斥著不知道下一秒何時降臨的恐懼。

蘇邈邈也感受到了。

情緒鎮定下來之後，她毫不反抗地任由商彥如同贖罪般地一點點親吻她發麻的手腕。

不知過了多久，商彥終於慢慢停下動作，他掀起眼簾，目光如神情一般平靜，死水一樣的靜。

兩天一夜沒有闔眼，漆黑的眸子邊緣，攀上了駭人的血絲。瞳孔黝黑深沉，如化不開的濃墨。

他低聲問女孩，語氣毫無波瀾：「誰做的？」

「……」蘇邈邈的瞳孔輕縮了一下。

和這樣的商彥對視，蘇邈邈感覺身體裡的每一個細胞都在發抖，有那麼一瞬間，她甚至油然生出一種商彥踩在萬丈懸崖邊的錯覺。

只要她一個字，這人就會義無反顧地跳下去。

這個想法讓蘇邈邈眼底一顫，她飛快地閉上眼，聲音微抖：「走廊很黑，我沒看清楚……應該是不認識的人。」

商彥平靜地望著她：「是嗎？」

蘇邈邈眼睫輕輕一抖，垂了下去：「商彥，我害怕……我不要再想了。」女孩的手緊緊握住床單。

「……」商彥瞳孔猛地一縮，他起身坐到床邊，把女孩抱進懷裡，緊緊扣著她，安撫地輕拍她的後背。

「好，我們不想了。」

在商彥看不到的地方，蘇邈邈慢慢放鬆身體，吐出一口氣。

預賽前的這兩天，就在蘇邈邈安靜休養中，悄然而逝。

到了預賽當天，因為蘇邈邈堅持，且取得醫生准許出院，商彥與蘇邈邈四人終於得以全員進入預賽。

預賽場地明顯比之前的國內選拔賽大了許多，參加比賽的隊伍中，也多了許多亞洲賽區其他國家的代表。只不過作為主辦方，國內的隊伍數量還是明顯較多。

比賽場地共分為四列，裁判席和評審席分別位於四列比賽區的正前方與側方。LanF大賽是中學生ＩＴ競賽中含金量最高的比賽之一，國內不少知名的ＩＴ菁英，也在主辦方的盛情邀請下，出席這次預賽。

作為東道主的國內隊伍最先入場，而其中兩隊最強的種子隊伍，亦即Ｃ城三中和Ｓ城一中，恰好分占前兩列的第一桌。

這兩隊是國內出名的宿敵，氣氛向來劍拔弩張，主辦方這樣安排位置，顯然也有激勵雙方互相較勁的意思。

坐在第二列第一桌的顧翎，神色陰沉複雜地看著評審席中的一人。

「李深傑竟然真的來了……」

李深傑是近年最出名的ＩＴ新秀，他白手起家創立的公司也是當今國內ＩＴ業界的領軍者。在場的參賽學生，絕大多數對他和他的公司懷有崇高的嚮往和景仰，顧翎也不例外。

目光陰沉地轉了幾圈，顧翎轉頭看向組裡其他隊員，沉聲道：「今天的比賽，勢必要奪得第一，聽到沒有！」唯有這樣，他身為獲勝隊伍的隊長，才有可能被這位菁英人物記住，或者至少留下印象……

其餘隊員點頭答應，唯獨副隊長葉淑晨不為所動，還冷笑一聲：「彥神就在你旁邊，你話說得太大也不怕閃到舌頭？」

顧翎目光一獰，接著他突然想到什麼，露出一個猙惡的笑容：「他們全組在醫院裡待了整整三天，我就不信他們這次的狀態能好到哪裡去！」

「……」葉淑晨目光冷了下去，她看向顧翎，眼神裡毫不掩飾厭惡，「這件事的罪魁禍首是誰……他們不是傻子，就算蘇邈邈不說，你真以為商彥他們猜不到？」

顧翎臉色一變，隨即笑起來，「猜到了又怎樣？他們還不是只能忍氣吞聲？」他笑得越發張狂得意，「你們不是一直把商彥吹捧成神嗎？怎麼樣，看到沒有，你們的神也不過如此。我差點弄了他的人，他卻只能氣得半死，拿我一點辦法都沒有。」

「……顧翎，你真叫人噁心。」葉淑晨一字一頓。

顧翎表情猙獰了一瞬，隨即快意地笑道：「只有無能的人才逞口舌之快。」

葉淑晨還想說什麼，突然目光一抬，瞥見第一列的位置，眼神動了動，幾秒後，她笑了起來：「對，你說得沒錯，只有無能的人才逞口舌之快。」

顧翎笑容僵住，他不認為葉淑晨是會輕易服輸的性格。於是他轉過頭，看向第一列的第一桌，然後他的動作猛地一頓，臉上表情也僵住。

不只是顧翎，此時賽場裡所有學生都看到了。第一排第一桌前，不知何時，站了一個從評審席走過來的男人——他們景仰的ＩＴ新貴，李深傑。

他臉上帶著和善的笑容，手裡拿著一張黑色名片，遞給桌後的第一隊隊長，商彥。

正值比賽前的準備時間，賽場裡十分安靜，不難聽見李深傑的話音。

「我關注你很多場比賽了，商彥。以後如果有機會，希望能邀請你跟我們的團隊一起合作。我相信，我們之間能碰撞出很多靈感的火花。比賽加油！」

在所有參賽學生羨慕嫉妒到眼睛快要滴血、恨不得衝上前去以身代之的氣氛下，商彥淡淡地站起身，接過名片，語氣平靜地道了一聲謝。那張清雋冷白的俊臉上，甚至沒有一點與激動有關的情緒。

李深傑顯然也有些意外。

是刻意偽裝還是發自內心，以他的歷練自然看得十分明白，所以他知道，對於自己的延攬，其他學生視為殊榮，商彥卻是真的沒那麼在乎。

這讓李深傑深感意外之餘，不免也激起了更多求才若渴之心。不過眼下比賽即將開始，他不好再打擾，只能遺憾地先回評審席。

隔著一條走道，顧翎顯然是所有參賽學生裡眼睛最紅的那一個，坐在他旁邊的隊員甚至能聽見他牙齒咬得咯咯作響。

葉淑晨在旁邊欣賞了一陣，冷笑：「嘖……真遺憾，你苦求不得，有人卻根本不在意。這就是神與螻蟻的差距？」

顧翎眼珠子都快瞪出血，過了不知幾秒，他突然嘶嘶笑起來，聲音有些恐怖：「妳說，如果商彥這場比賽因為心理狀態不佳，連前三名都拿不到，李深傑會不會後悔選了他？」

葉淑晨臉色一變：「你是什麼意思？」

顧翎沒有解釋，他突然起身，直接走向第一列的第一桌。

葉淑晨心裡撲通一下，再想阻攔卻已經來不及。

顧翎停在第一桌前，目光緩緩地落到最內側的女孩身上。看到蘇邈邈動作一僵，他快意地笑起來，轉向女孩身旁的商彥。

「哎呀，真不好意思，」他噁心地笑著，「那天晚上是我喝多了，差點欺負了小美人，啊，不是，差點欺負了蘇邈邈同學。真抱歉啊，商隊長。」

蘇邈邈身體一抖，難以置信地看向這個無恥的人，整個人彷彿又回到那個恐怖的晚上。

然而下一秒，她驀地反應過來，直接抱住欲起身的商彥。

「師父——」女孩的聲音因為過於焦急，幾乎帶著哭腔。

冷白的額角綻起青筋，商彥緊緊握拳，將那些癲狂的情緒一點點壓回漆黑的眼底。

以旁人無法想像的可怕自制力，商彥慢慢坐了回去，他垂下眼，伸手抱住懷裡的女孩：

「我在。」

蘇邈邈這才慢慢放鬆發顫的身體。

達到目的的顧翎被商彥剛才那一瞬間的可怖眼神差點嚇破膽，慌忙地離開桌前，回到自己隊裡。

葉淑晨咬牙切齒：「你他媽的還是人嗎？」

顧翎心有餘悸，但臉上露出快意的笑：「能贏就夠了，我不在乎用什麼樣的手段。」

「你就不怕真的惹怒商彥？」

顧翎冷笑：「這裡是比賽會場，你沒看到他氣得發瘋也只能吞下去嗎？」

「那等比賽結束呢？」

「放心，比賽結束我會直接趕回學校，一刻都不多待。我就不信，他還能追到S城？」

「……人渣。」葉淑晨氣極。

顧翎猙獰地笑了起來。

預賽正式開始。

LanF大賽的預賽與選拔賽出題方式相同，都是從LanF大賽專用的題庫中隨機抽取。不同的是，預賽中所有隊伍抽到的試題都一樣，共有五題。隊伍中每個隊員配備一臺電腦，可以同步作業。比賽最終成績，由各隊答對的題數與解題所耗時長決定。

蘇邈邈等人原本還擔心，商彥會因為賽前顧翎的卑鄙行徑而影響表現，然而收到題目後，商彥快速讀題，且第一時間確定其中三道最簡試題的演算法核心，寫在紙上交由三人程式設計實現，證明了他們的顧慮完全是多餘的。

這才是他們的隊長，是他們可以永遠放心大步向前的支撐和原動力。

一個小時後，C城三中的隊伍第一個「交卷」。現場範例運行，五份程式全部運行無誤，一向冷臉的裁判組也第一次向參賽學生露出笑容。

四人與裁判們一一握手後離開，無庸置疑是預賽用時最短、百分之百正確率的優勝隊伍。距離裁判席不過幾步之遙，坐在第二列第一桌的顧翎瞪得雙眼通紅，目眥欲裂。

按照規定，隊伍是從裁判席側對的賽場側門離開，然而快走到側門口，蘇邈邈、吳泓博、欒文澤三人突然察覺不對地回頭。

商彥站在裁判席前，一動不動，與主裁判面對面。他的聲音不高，但在十分安靜的比賽場裡，足以讓所有人聽清楚：「我個人退出比賽。」

主裁判不敢相信自己的耳朵，覺得面前這個年輕人可能哪裡有問題：「你已經贏了，你是獲勝隊伍的隊長！」

商彥眼神平靜，面無表情：「我退出。」

男生緩緩退後一步，主裁判正想站起來說些什麼，驀地他的表情轉為驚恐——前一秒安靜沉穩、不動如山的男生，下一秒眼神變得猙獰冰冷。他突然暴起，舉起身旁的旋轉椅，反身狠狠地砸向後方。

椅子落下，顧翎的表情驚駭欲絕。

「砰」一聲巨響，顧翎根本來不及出聲，便在滿目的猩紅裡，軟綿綿地滑下椅子，倒在地上。

一直到闔上眼睛，他腦海裡殘留的影像，仍是那人眼神猙獰且面無表情的臉，就像索命的閻羅。即將死去的無邊恐懼和冰冷籠罩住他，然而他沒有機會求饒，便昏了過去。

首當其衝的電腦被旋轉椅砸爆，留下一地殘渣，還有地上猩紅蔓延的血，嚇傻了在場所有人。他們驚恐的目光投向場中那道身影，每個人都瑟瑟發抖，如同親眼見證了魔鬼。

死一樣的沉寂裡，商彥冷白的俊臉終於浮現一點情緒。他脣線微微牽起薄戾的弧度，眼角濺上一滴血，鮮紅刺目，像是點了一顆朱砂痣，和那冷白的膚色輝映，生出冰冷驚心的美。

在所有人不可置信的驚恐裡，商彥扔下手裡的椅子，看向站在側門邊、同樣嚇呆在原地的蘇邈邈。那些狠戾可怖的情緒在抬眼的一瞬間悉數退去，望著女孩，歉意一笑，聲線回歸平靜：「報警吧。」

他慢慢交叉十指，搭在桌上，神情也放鬆下來。

其他學生們終於回過神來，驚叫聲四起。

商彥轉眼看向臉色鐵青的主裁判：「我之前說了，是我個人退賽，與團隊其他人無關，希望您記得。」

「……」裁判臉色又難看又複雜，半晌說不出一個字。

黃旗晟聽說消息以後，差點瘋掉，第一時間找上大賽主辦方。

主辦方的負責人焦頭爛額，比他還崩潰：「通融？黃老師！您別開玩笑了！這是學生之間打打鬧鬧而已嗎？這是重大刑事案件，而且他當著那麼多參賽學生的面打人，還有業界多少菁英看著！媒體都快把我辦公室的電話打爆了，我肯替你們瞞著媒體，已經是仁至義盡！」

黃旗晟也急了：「杜總，這件事一定有隱情，商彥這個學生你們應該聽說過，他非常優秀，在未來ＩＴ業界，一定會有他一席之地，不能因為這麼一件事就毀了啊。」

「哼，」負責人氣極反笑，「是，你們Ｃ城三中這個商彥，確實這兩年起勢驚人，我們本來也以為是個可造之材。但這次是我們要毀了他嗎？這是他自尋死路！顧翎才剛脫離危險，幸虧他沒有生命危險，不然就是殺人！殺人罪！還是在眾目睽睽之下，黃老師你懂不懂？所有人差點都要跟著他一起遭殃！」

聽出事情再無轉圜的餘地，黃旗晟眼神恍惚了一下，彷彿瞬間衰老了幾歲。他長長嘆了口氣，懊惱地捶了一下桌子：「我怎麼就沒想到——可商彥從來不是這麼衝動的人。」

「……衝動？」負責人稍稍平復暴跳如雷的情緒，聞言冷笑一聲，「我看他一點都不衝動。既然說到這裡，我不妨告訴你一個壞消息中的好消息，你們C城三中的第一名仍舊保留，其餘三個學生不會受到影響，因為商彥在打人之前先向裁判申請退賽，他個人的行為不會牽連到無辜的『前任』隊友！他們沒有任何違規，成績將予以保留！」

黃旗晟被這個消息噎住，一時不知該做何反應。

負責人氣得眉毛都豎起來了：「黃老師你懂了吧？你這個學生根本就不是衝動犯罪！」

聽了負責人的話，黃旗晟急了。刑事案件必然會提起訴訟，衝動犯罪還有可能減輕刑罰，而如果定調為預謀犯罪，那犯行就極其重大了。

他慌忙上前：「杜總，您千萬不能這樣說啊！」

「……」主辦方負責人臉色晦暗地看了黃旗晟一眼，擺了擺手，「我心裡有數。自己舉辦的比賽裡出了這麼個心思恐怖的學生，傳出去對我有什麼好處？就算是天才，我看也是高功能反社會人格！」

此時，站在門外的吳泓博和欒文澤臉色難看，一句話都說不出來。

要說商彥不應該那麼衝動嗎？

可是設身處地去想，如果看到自己最珍視的人被欺負，還遭受言語侮辱，甚至對方差點要了女孩的命卻毫無悔意，那他們可能也會被激發出惡性的一面。

商彥為了他們這些組員忍到比賽最後一刻，已經是大出吳泓博和欒文澤意料之外了。

他們無法想像，在比賽的一個小時裡，商彥內心經歷怎樣足以把一個人澈底摧毀的情緒，更可能……他隱忍了遠不止那一個小時。

沉默半晌，吳泓博長嘆一口氣：「事到如今，只能指望彥哥家裡了……希望他們能出面化解這件事吧。」

「……」欒文澤沒有說話，他擔心地轉頭看向旁邊。自從商彥被警察帶走後，女孩就沒再開口。想了想，他斟酌著措詞，「小蘇，妳身體剛好，不要太擔心了。彥哥那邊，他家裡的人一定不會坐視不管，妳放心。」

蘇邈邈沒有抬頭，她輕捏緊指尖，又安靜半晌後，輕聲開口：「我去旁邊打個電話……」

「嗯？哦，好，我們在這裡等妳。」欒文澤拉住還想說什麼的吳泓博，點頭答應。

蘇邈邈拿著手機走到長廊盡頭，她遲疑地點開通訊錄，滑到最下面的欄位。那裡顯示著一個電話號碼，她刻意標示為「Z」，再無其他備註。這個號碼從她第一次存入起，就從來沒有撥過。

蘇邈邈目光緊緊盯著那個手機號碼，猶豫了很久，直到腦海裡又浮現商彥最後扔下椅子，沒有半點後悔地望向她的那個安撫笑容。

蘇邈邈深吸一口氣，抹去心裡最後一點猶豫，點下那個號碼，撥了出去。

鈴聲一直響了三十秒，電話才接通。

電話那一頭的女聲無比陌生，又好像隱隱埋藏在記憶深處。

帶著意外和一點點顫抖，對方試探地慢慢出聲：『邈……邈？』

蘇邈邈心口一抽，疼痛讓她不自覺皺起眉頭，張了張口，又抿住唇。

不知遲疑了多久，而對方也一直無聲地等待她說話。

蘇邈邈閉了閉眼，壓下心底湧上來的艱澀、委屈、怨恨……不一而足的情緒，只想著腦海深處忘不掉的那雙眼睛。

她慢慢吐出一口氣：「我現在，需要您的幫忙。」

A城X區看守所。

推開審訊室的金屬門，穿著制服的看守所警員走了進來。

「商彥先生，您的委託辯護人到了。」

「……」審訊桌後，商彥神情平靜地抬起漆黑的眼。

一個穿著黑色套裝、白色襯衫、黑色高跟鞋的女人走了進來。她手裡拿著資料夾，進門時抬手扶了扶臉上戴著的黑框眼鏡，似乎有些拘謹地向警員道謝。

律師小姐藏在土氣黑框眼鏡後的五官十分好看，警員的臉一紅，隨即正色，按例交代幾句，便關上門退了出去。

律師小姐臉上掛著的拘謹職業笑容，在金屬門闔上後，瞬間消失無蹤。

她繃緊肩背，面無表情地走到審訊桌前坐下，資料夾不輕不重地往桌上一拍，伸手摘下眼鏡，漂亮的眼眸裡再也壓不住的怒火燃燒起來。

「商彥，你他媽是不是瘋了！」

敢這樣吼商彥的年輕女人，除了他姐姐商嫻，自然不做他想。

商彥難得沒有平日與商嫻針鋒相對的模樣，他頹懶地垂下眼，似笑非笑地一瞥商嫻的打扮，語帶嘲弄：「妳那壓箱底的律師證，終於派上用場了？」

「——！」商嫻氣得一拍桌面，隨即又有所顧忌地瞥了一眼審訊室角落的監視攝影機。

商嫻勉強壓下劇烈的情緒起伏，但語氣仍舊冷得如鐵石，如寒冰：「你知道這是什麼地方嗎？」

「……」商彥嘴角微勾，眼神淡淡地透著冷冽，抱臂靠向椅背，「看守所。」

「那你知不知道，這裡關的是什麼人？關在這裡的人連親屬探視的權利都沒有！」

「如果妳是過來為我解說拘留所和看守所的差異，那大可不必。」商彥戴著手銬的雙手懶洋洋地往桌上一搭，「行政拘留進拘留所，刑事拘留進看守所。看守所內禁止任何親屬探視……還有什麼？」商彥頓了一下，又補充，「哦，《刑事訴訟法》第三十四條，犯罪嫌疑人自被偵查機關第一次訊問或者採取強制措施之日起，有權委託辯護人；在偵查期間，只能委託律師作為辯護人。」

他抬頭，嘴角勾起，眼眸裡卻沒有情緒：「你好，律師小姐。」

「……」商嫻的表情，隨著商彥的話語，一點點冷凝下來。她慢慢扣緊指尖，輕瞇起眼，「你早就查過了？」

商彥笑意一薄，沒有說話，權作默認。

商嫻倒抽口氣，有那麼幾秒鐘，她不可置信地盯著面前的弟弟，忍不住懷疑，是不是有人把面前的商彥換了個靈魂，只留下一副和她弟弟完全相同的外殼。

「那你知道，你接下來很可能面臨什麼嗎？」

「按照爸的脾氣，應該會鐵面無私地等著我這個不肖子被依法制裁吧？」商彥平靜地說，像是在討論無關的人，「之後無非就是審訊、移交檢察院、提起訴訟、法院宣判。」

商嫻捏得手裡的鋼筆「吱嚓」一聲：「那你會面對什麼量刑，你也知道？」

「……」商彥嘴角一抿，眼睫垂下，「《刑法》第四章第二百三十四條，故意傷害他人身體的，處三年以下有期徒刑、拘役或者管制。犯前款罪，致人重傷的，處三年以上十年以下有期徒刑；致人死亡或者以特別殘忍手段致人重傷造成嚴重殘疾的，處十年以上有期徒刑、無期徒刑或者死刑。」

波瀾不興地說完，商彥抬眼，眸裡漆黑深邃：「如果我下手的輕重沒有失誤，我百分之九十的可能性適用前款量刑，百分之十的可能性適用後款前者。」

商嫻的嘴唇抖了抖，一個字也說不出來。她瞳仁微慄地看著商彥，再開口時聲線發顫：「商彥，你是不是真的瘋了？我以為你是一時衝動，現在你告訴我這算什麼？你明知道後果，卻拿自己的前途跟我們開玩笑！」

商嫻越說越怒，幾乎要把審訊桌掀翻。

她快瘋了。

商彥一言不發地坐著，沉默良久，等審訊室安靜下來，他才平靜地說：「對不起。」

商嫻仰起脖子，深吸一口氣，壓下胸口幾乎窒息的悶痛，強迫自己找回理智：「這筆帳，我們出去再算。我先幫你辦保釋。」

商彥一愣，有些意外地抬眼：「爸同意的？」

商嫻捏得骨節喀喀作響，她恨恨地抬眼：「爸恨不得親自進來打斷你的腿！」

「……」商彥不意外，「那就是媽的意思了。」

商嫻面無表情，打開面前的資料夾，摘掉手裡鋼筆的筆蓋：「保釋後，我會找受害人家屬調解，如果能調解成功，作為刑事訴訟案件，最低可以為你爭取到一年的管制。」

商彥眼睫一掃，眸裡情緒一涼：「不必調解，我不可能向他道歉。」

「──！」鋼筆筆尖倏地分叉，滴下一滴濃墨，商嫻凶狠地抬頭瞪向商彥，壓低了聲音，「你到底發什麼瘋？為什麼要對那個叫顧翎的下這樣的狠手，你知不知道，他差點被你那一下砸進加護病房！」

商彥沉眸，抬眼，一字一頓：「他死有餘辜。」

「……！」商嫻惡狠狠地扣上筆蓋，把鋼筆拍在桌上，「到底是為什麼！」

商彥卻沉默了。

商嫻怒火中燒的大腦裡，突然掠過一道靈光。她瞳孔驀地一縮，握緊了拳頭：「是不是因為蘇邈邈？……你那天連母親的話都敢違背離開，我就覺得不對。是不是因為她？」

商彥冷眼：「與她無關。」

商嫻緊緊盯著商彥，幾秒後，她冷笑一聲：「好，既然你不說，那我直接去問她本人。」

「……商嫻！」從會面至今，即便提及量刑也始終平靜的男生突然暴怒，清俊的面龐上閃過一瞬間的猙獰，連冷白的額角都綻起駭人的青筋，「我不准你們去打擾她。」

商嫻比他更怒：「早知道你會因為她犯下這種錯，我就不會替你在父親母親面前遮掩！」

商彥終於氣得拍桌：「妳懂個屁！」

「……」商嫻愣在原地。

她這個弟弟，雖然從小被所有人捧得高高在上，養成桀驁不馴的個性，開起玩笑沒大沒小，但有母親督導，禮教方面從來無可挑剔。這還是她第一次，聽他這樣惱怒罵人，不過想想他之前幹下的好事，這點震撼也不算什麼了。

被他這樣一打斷，沖上腦袋的怒意消退，商嫻慢慢做了個深呼吸：「好，你告訴我，到底發生什麼事。」

「……」

「商彥，我現在是以你辯護律師的身分，問你這個問題，你不會希望我公事公辦地去調查吧？」

商彥又沉默兩秒，終於低下頭。他戴著手銬的雙手慢慢握成拳，青筋像是要迸出白皙的手背一樣，猙獰可怖。不難看出男生此時心底壓抑著如何洶湧的情緒。

商嫻看出不對，微微凝眸。

男生聲音沉啞地開口：「如果我沒猜錯……他差點強暴了——」話音戛然而止，再無以為繼。

商嫻瞳孔驀地一縮，她怎麼也沒想到，後面竟有這樣的隱情：「那你那天晚上離開，就是因為……」

「她因為過度驚嚇，心臟病發……被救護車載走。」字字沉冷如鐵，商彥抬眸，眼神像是凍成了冰，「所以我說，他死有餘辜，就算再給我一萬次機會，我依然會那樣做。」

商嫻愣在原地，半晌，她才心有餘悸地回神，喃喃道：「那你也不能自己動手……」

「妳根本不懂。」商彥眼角狠狠地抽了一下，漆黑的眸子裡冰冷淩厲得讓人不敢直視，「在醫院等她醒來的那一整天，看見她手腕上被勒得發紫的瘀痕……」咬著牙，男生的眼眶瞪得發紅，「想到她那時候心裡的恐怖和絕望、想到可能發生的可怕後果，我就恨不得一刀捅死顧翎！」

商嫻頹然地放鬆眼神，她當然懂，同樣的事情即便不是發生在最珍愛的人身上，只是親朋好友，她想她也會有同等的恐怖衝動。

寂靜良久，商嫻暗淡的眸光突然亮了：「如果是這樣，那調解的事情未必不能……」

「妳想都別想。」商彥猜到她的心思，眼神冷得讓人背後發涼，「我不可能讓她去承受那些該死的流言蜚語。」

商嫻默然，她不意外商彥的選擇，如果他捨得讓蘇邈邈站在他前面，也不會變成現在這副模樣。

商嫻心裡湧起一陣無力的惱怒，她冷冷地抬頭瞪了商彥一眼：「我會為你申請保釋，再帶你去做精神科鑑定。你這個樣子，也確實不像是什麼正常人。」

聽到最後，商彥皺眉：「你們想怎麼做？」

商嫻解釋：「如果能夠拿到對我們有利的精神鑑定結果，我會申請罪責豁免，送你出國治療。」

商彥否決：「我不出國。」

商嫻勸道：「這已經是不調解的情況下最好的結果了，你才十八歲，難道真的準備留下監獄服刑的紀錄嗎？」

「……」商彥沉默。許久後，他抬起頭，「如果我真的拿著精神鑑定的結果出國，那我三年之內，能回來嗎？」

商嫻一噎：「……這兩者可以相提並論嗎？就算有期徒刑時間再短，也是服刑，你懂不懂！」

「是一樣的。」商彥聲線平靜，眼眸裡情緒淡了下去，「對她來說，時間最重要，那麼對我也是。至於服刑……我動手之前，就已做好準備。」他垂下眼，啞聲一笑，「而且，見不到她的時間裡，在哪裡不是『服刑』？」

「……」商嫻氣急敗壞地站起身，重重地闔上資料夾，咬牙切齒地問，「你是被蘇邈邈下了蠱嗎？」

聽到這個熟悉的用詞，商彥一愣，隨後失笑道：「因果報應。」

商嫻不解。

「當初罵薄屹的時候，我確實沒想過，自己也會有這麼一天。」

商嫻一頭霧水，她有心想問，商彥卻怎麼也不肯開口了。

「律師小姐」氣得想掀桌，最後只能咬牙切齒地看著商彥，「先辦保釋，把你弄出去再說！至於其他的……」商嫻冷冷一笑，「說不定回家父親一頓家法把你揍成殘廢，直接保外就醫進加護病房，什麼都省了！」

「……」

傍晚，夕陽西斜，餘暉籠罩人間。

Ａ城某間醫院，住院大樓裡，人來人往的走廊上，蘇邈邈緊捏著手裡的文件和ＵＳＢ，神色緊繃地望著面前的病房房門，她的身後站著一位衣著貴氣，年紀約三四十的女人。

兩人長相都極美，若是仔細看，還能在兩人的五官之間找到許多相似之處。不過女孩的五官稍顯稚嫩，而她身後的女人已然風韻優雅，氣質渾然。

女人陪著女孩安靜地佇立許久，久到路過的病人或者家屬都有些奇怪地看著她們。

女人最後靜聲問，「妳自己一個人，可以嗎？」她一頓，「我可以陪妳進去。」

「不用了。」女孩輕聲，沒有回頭，語氣疏離有禮……形同陌生人，「您已經幫過我了。接下來這點事情，我自己去做就好。」

「……」身後的女人，也就是蘇邈邈的母親江如詩，聞言眼底掠過複雜的情緒，她沒有再多說，「好，那我在外面等妳。」

蘇邈邈也沒有再說什麼，她握緊指尖，拉開病房的門，走了進去。

這間是多人病房，一共六張病床，兩兩相對，分布在病房東西兩側。剛走進去幾步，蘇邈邈就聽見最東南角的病床上，傳來那個令她噁心的聲音：「不可能，媽，我告訴妳，他家再有權有勢也沒用！那麼多業界頂尖人物和國內外的裁判評審、參賽學生看到了，他是自尋死路！只要我們不鬆口，他別想拿到調解書！……要錢有什麼用？我以後遲早能賺回來！這一次，我就是要澈底毀了他，我要他後悔一輩子！」

這個害蘇邈邈幾乎夢魘的噁心聲音，讓她的步伐不自覺一頓，但也只有一秒，一秒後她便重新邁開腳步，徑直走了過去。

或許是女孩的容貌實在過於出色，她經過外側四張病床時，病人和家屬們都不由得安靜下來，目光跟著她的腳步移動。

蘇邈邈視若無睹，停在東南角那張病床前。

病床上背對著她的人沒有看到她的出現，而是臨窗收拾雜物的女人一頓，看清蘇邈邈的模樣後，不由得驚豔地愣了兩秒，然後才回過神：「小翎，這個是你的同學嗎？」

「狗屁同學，葉淑晨那幫人才不會……」頭上裹著厚厚的紗布，顧翎轉回頭，在看清蘇邈邈的一瞬間，話音陡然被驚恐的情緒梗在喉嚨裡。

他嚇得牙齒咯咯磨了一下，不自覺往女孩身後看去。

空無一人……沒有那個可怖的閻羅。

顧翎身體頓時放鬆下來，一身冷汗。回過神，他又有些惱了：「妳來做什麼？」語氣強硬且不耐，但眼底的恐懼卻掩飾不住，顯然商彥在LanF大賽最後那毫無顧忌的一擊，把他嚇破膽。

蘇邈邈安靜而沉默地上前，從手裡的資料袋中取出第一份文件，伸手遞到那名衣著素舊的婦女面前。

文件上三個黑體字非常刺眼——調解書。

床邊的婦女臉色微變，遞給戴著頸椎固定器的顧翎看。

顧翎的臉色陡然漲紅，幾秒後，他嘶聲笑著，抬頭道：「哦，我懂了，妳是想來求我，要我跟他和解？」

不等蘇邈邈開口，他神色不善地笑起來，頭頂的傷更為他的笑容增添幾分猙獰。

「妳想都別想，跪下來求我也沒用！我告訴妳，我什麼都不缺，就算LanF大賽名額沒了，我照樣有別的競賽成績！錢我也會有！現在，我只要他身敗名裂，要他進牢房，要他下地獄！」

顧翎急促地換了口氣，笑聲刺耳難聽，眼底卻深藏恐懼：「我一定要……一定要你們看看，你們的神是怎麼跌落神壇，被我一腳踩進塵埃裡！」

「……」女孩站著不語，精緻豔麗的五官微微繃著，面無表情，眼神平靜無瀾地聽顧翎聲嘶力竭、模樣癲狂又極力掩飾恐懼地說完，然後她慢慢歪了一下頭，「我為什麼要求你？」

「——！」顧翎的笑聲戛然而止，他不敢置信地瞪大眼睛看向蘇邈邈，計畫似乎即將脫軌，讓他感覺十分不好。他又轉頭看了一眼那張調解書，「妳……妳不是要我簽下這份調解書嗎？」

「是，」女孩回答得很平靜，「但做錯事的是你，我為什麼要求你？」

「……」顧翎的腦海裡突然掠過一個想法，讓他的表情不由得扭曲，他目光遲疑且難以置信地看向蘇邈邈，「妳不會是想……不，妳不敢那麼做，」顧翎強壓下恐懼，自信地笑了，「除非妳瘋了！如果妳真敢站出來控告我，我未必會被定罪，但妳一輩子都洗不清了！人們永遠會在背後非議妳……」

說到最後，顧翎的表情和眼神都有些令人憎惡地抽搐，他彷彿急於威脅地開口：「妳不要妳的名聲了？」

蘇邈邈仍舊面無表情，她垂眼望著他，神色淡漠，居高臨下，像是神在俯視螻蟻：「做錯事情、不知廉恥的是你，我為什麼要擔驚受怕？」

「你們……你們到底在說什麼啊？」病床邊的女人懵了，不解地看向自己的兒子，「小翎，你做了什麼事情嗎？」

「妳不要聽她胡說！」感覺到其他床位投過來的目光，顧翎咬牙切齒，額頭上青筋直跳。他惡狠狠地看向女孩，他不信，這個蘇邈邈瘋了才會說出……

「阿姨。」然而就在下一秒，女孩柔軟平靜的聲音響起，「如果顧翎不肯簽下這張調解書，我會在最快時間內，以『強暴未成年人未遂』、『故意殺人未遂』兩條罪名，向法院提起訴訟。」

房間裡所有低聲議論戛然而止，甚至有人碰倒了手邊的杯子也沒去扶，而是第一時間驚恐厭惡地看向顧翎。

顧翎病床邊的女人更是嚇得臉色一白，不自覺退後半步：「小、小翎……？她、她在說什麼！？」

顧翎的眼神被震驚和嫉恨的複雜情緒扭曲，他目眥欲裂地瞪著蘇邈邈，無法相信這個看起來無比脆弱的女孩，竟敢當眾說出這樣的事情……那些可怕而不負責的言論只要稍加傳播，就能毀掉一個人的一生。

難道——就為了那個商彥？

顧翎無法思考，他提高音量，嘶啞地解釋：「媽！她誣衊我！她只是想藉由這種方式為商彥洗脫罪名！妳不要聽信她的……」

話音未落，又被女孩平靜的聲音打斷。

「第一條，強暴未成年人未遂。」蘇邈邈將USB和手裡的第一份文件放上病床，「這是當晚餐廳的監視錄影，清晰地拍下他犯案的整個過程，而這份文件，是我手腕、肩膀等處受暴力脅迫傷害的診斷書。」

在所有人震驚的目光下，蘇邈邈平靜地像在講述他人的故事。

「第二條，殺人未遂。」蘇邈邈將手裡最後一份文件遞過去，「我患有先天性心臟病，這是醫院開具的診斷書，以及當天晚上，我因為顧翎的犯罪行為致使心臟病發，送入醫院搶救的診療紀錄。」

「你──你……」顧翎震驚到近乎驚恐地看著她。

蘇邈邈安靜垂眼：「這些只是影本。如果你不肯簽署調解書，我就會以這兩條罪名控告你。」

「妳就不怕──」

「我什麼都不怕。」蘇邈邈打斷他，抬頭，這一瞬間，女孩眼底的情緒終於點燃，極致的怒意冰封在極致的寒冷裡，「提出訴訟、陪你上新聞，我都無所謂。我會追你到天涯海角，我會毀了你所希冀的未來，我會讓所有人記得你無法抹滅的汙點和人渣的本性！」

在女孩豔麗無害的外表下、近乎瘋狂的眼神裡，顧翎再一次陷入 LanF 大賽那天的記憶裡。那個人也是這樣不顧一切的眼神……像是毫不畏懼把他一起拖下地獄。

「……！」顧翎狠狠地抖了一下，他顧不得其他人望過來的目光，「妳、妳辦不到！」

蘇邈邈堅定地說：「我能。」

夕陽最後一抹餘暉從窗戶外灑進來，光從女孩的側面投下，影以鼻為界，從中間割裂開來。依舊是那張靜到驚豔的臉，然而此刻，一半浸於光裡，一半沒入黑暗，猶如天使和魔鬼交融，在那雙烏黑的眼瞳裡跳起恣肆瘋狂的舞。

氣勢恢弘，女孩開口卻輕軟、溫柔。

「你想毀了他？……那我先毀了你。」

第十六章　別哭

蘇邈邈帶著顧翎簽好的調解書走出病房，江如詩正站在牆邊，神色嚴肅地講電話。她聽見動靜，抬頭看到蘇邈邈便迅速結束通話。她收回手機，上前看向蘇邈邈手裡的文件。

「都解決了嗎？」

「嗯。」

「那還需要我幫妳做些什麼？」

「……」蘇邈邈低頭想了想，「我查過，刑事案件無論是否調解，因為有損社會治安，一定會由檢察官提起公訴……不知道他家裡有沒有安排辯護律師……所以，如果可以的話，請您幫忙找一位經驗豐富的刑事律師。」

女孩的語氣疏離而有禮，江如詩的目光微動，她似乎想說什麼，但又壓了下去，轉而開口：「嗯，我讓人安排。」

江如詩看了一眼窗外的天色，微微皺眉：「妳從昨天就一直在為這件事忙碌，飯都沒有好好吃。現在時間也不早了，後面的事情交由專業律師負責吧，我先帶妳去吃晚餐，好嗎？」

「……」

蘇邈邈身體微微一僵，她有些想拒絕，也排斥，但一想到無論是監視錄影，還是找專人擬定完善、盡可能杜絕一切漏洞的調解書，都是在江如詩的幫助下完成的，她便猶豫起來。

女孩不說話，江如詩便安靜地等待，沒有絲毫不耐煩的模樣。就這樣過去了幾十秒，她終於見女孩輕輕點頭。

「好。」江如詩眼裡微微一亮，「那走吧？」

「麻煩您了。」

站在原地的女人動作頓了一下，然而女孩已經轉身走向樓梯間，江如詩在心底嘆了一聲，只能跟上去。

司機將兩人送到A城一間餐廳，這頓晚餐吃得十分安靜，蘇邈邈幾乎不曾主動開口，每次都是江如詩問一句，她才簡略回答幾個字。這樣來回幾次後，江如詩看出女孩心不在焉，便沒再開口。

臨近晚餐結束，蘇邈邈離席去洗手間，江如詩隨手拿起旁邊的資料。調解書是她找公司法務部的人敲定的，其間幾乎沒有經手，就連那份複製監視錄影的ＵＳＢ，也在蘇邈邈的要求下不查看也不過問。

她原本以為只是學生之間打架鬧事，可能因為年紀小沒分寸，才致使有人重傷，而蘇邈邈想幫忙的學生被拘留處置。

然而目光簡略一掃那調解書的內容，江如詩愣住了。她皺起眉，停了兩秒，推開面前的紅酒杯，將調解書認認真真地看了一遍。

法務部非常盡職，力求沒有漏洞可追，故而調解書看完，江如詩已基本還原這起暴力事件的始末。這根本不是她想像中的學生打架，分明就是一起犯行重大的公眾場所暴力事件。

江如詩目光微凝，兩三秒後，她想到了什麼，轉頭看向放在蘇邈邈座椅旁的資料袋，裡面裝著的文件和ＵＳＢ蘇邈邈都沒有讓她看。然而就靠這幾樣東西，女孩竟然能讓受害人不索取任何額外賠償地接受調解……

料定這中間一定有什麼隱情，江如詩終於有點坐不住了。她沒有遲疑多久，起身拿起蘇邈邈座位上的那個資料袋。

兩三分鐘後，蘇邈邈回到桌邊，第一眼看到的就是桌面上打開的資料袋。她臉色驀地變了，幾步走過去，伸手要拿江如詩手裡的文件。

江如詩抬起眼，表情是蘇邈邈從未見過的複雜和僵硬。

「為什麼不告訴我？」

蘇邈邈伸出去的手僵在半空，知道此時再攔也無用，女孩惱然而複雜地垂下眼：「這是我自己的事情，不需要您管。」

「……」江如詩捏著文件邊緣的手指驀地收緊，指尖泛白，片刻後，她竭力壓穩聲線開口，「這麼大的事，妳至少該讓我知道，哪怕不想要我插手。」

「這件事很大嗎？」女孩輕聲問。她抬眼看向江如詩，眼底一直掩藏得還不錯的真實情緒，終於在此刻撕開一條縫隙，掙扎而出。

蘇邈邈神情漠然：「如果我沒有聯繫您，您根本不會知道……既然這樣，就當作不知道，不也一樣嗎？」

「邈邈——」江如詩看到那份文件的震驚、擔憂和害怕，讓她終於忍不住情緒激動，眼眶微微泛紅，「這些年我一直沒有斷過妳的消息，一直讓人注意妳……妳來A城的事我早就知道了，那天晚上，是你們大賽主辦方瞞下這件事，我才沒有得到消息！」

蘇邈邈並不相信，她低著眼，豔麗的五官不見情緒：「那今年夏天在C城，您明明說要去，為什麼又離開？」

江如詩愣住，幾秒後她恍然，聲音難得有些著急：「我不知道妳也在，他們沒有告訴我——我以為妳不想見我……畢竟，這幾年，妳沒有打過一次電話給我……」

女孩低聲呢喃，聲音輕得像是一陣風就能刮散。

「您也沒有打給我。」

「……！」江如詩眼底閃過痛楚，幾乎忍不住要說出口，但理智在最後一刻拉住了她。

她最終低下目光，痛苦地閉緊眼睛搖了搖頭：「對不起，邈邈……媽媽不能主動聯繫妳是有原因的，媽媽不是不愛妳——」

「算了吧。」蘇邈邈輕聲打斷，「原因重要嗎？」她抬眼看向女人，烏黑的瞳孔裡有些泛空，「除了給人幻想和虛無的希望，沒有任何作用……結果，才是唯一重要的。」

蘇邈邈眨了眨眼，退後半步，轉身。

「我吃完了，感謝您的款待。麻煩您送我回飯店吧。」

說完，女孩頭也不回地向外走。

回程的路上，車內安靜無聲。蘇邈邈始終望著窗外，精緻的面孔上沒有一點情緒。

她的身旁，副駕駛座後方，江如詩目光複雜且沉痛地望著女孩的側影，幾次欲言又止。

一路沉默，最終在臨近飯店時，蘇邈邈手機的震動聲打破寂靜。

蘇邈邈拿出電話，看清楚來電顯示的第一秒，指尖驀地顫了一下。持續兩天沒有表情的臉上，第一次流露出明顯的情緒，像是有些驚慌，又好像帶著某種希冀。

她呆了沒幾秒，連忙接起電話：「……喂？」

女孩的聲音低軟，帶著小心的試探。

電話另一頭沒有說話。

蘇邈邈眼眸裡點起的光亮，在這沉默中慢慢暗淡。片刻後，她輕聲問：「是嫻姐嗎？」

旁邊坐著的江如詩動作一頓，這一瞬間，她腦海裡掠過一點什麼，說不分明，卻又有點熟悉。之前看調解書時，由於太過震驚而忽略了的細節。

「……」江如詩思索幾秒，似乎想到什麼，連忙拿出那份文件，快速瀏覽，最後定格在那個被拘留的男生名字上——商彥。

商家的小兒子，就是叫這個名字……

再想起剛才聽見蘇邈邈對電話那頭的人的稱呼，江如詩猛地抬起頭，有些難以置信地望過去。

蘇邈邈拿著的手機裡，仍然安靜無聲。女孩有些慌了，她看了看手機螢幕，確定依然是通話狀態，又連忙附回耳邊，語氣難得焦急：「嫻姐，是他出什麼事了嗎？」

另一頭又沉默片刻，在蘇邈邈幾乎急得要哭了，才聽見耳邊響起一聲低笑：『小孩，妳怎麼能詛咒我出事呢？』

「——！」蘇邈邈的呼吸驀地一滯，心跳漏了兩拍，回過神，她眼圈紅了，放在膝蓋上的另一隻手緊緊握了起來，氣得聲音喑啞，「商彥……你混蛋！」

那人被罵了，不但沒有不高興，反而還愉悅地低聲笑了。不過不知道為什麼，笑到一半男生突然輕咳起來，過了幾秒才止住，啞聲道：『連師父都罵，小孩，妳是不是要造反？』

「你故意不說話，讓我以為是嫻姐……」

商彥莞爾：『兩三天沒有聽到了，我想多聽聽我家喵喵的聲音，不行嗎？』

蘇邈邈連續做了幾次深呼吸，把那些湧上來的情緒壓下去，才把她最想知道的問題全都拋出來：「你為什麼拿著嫻姐的手機？你出來了嗎？你現在在哪裡？」

聽到素來安靜的女孩，幾乎沒有停頓地焦急詢問他的近況，商彥心裡又愉悅又愧疚。他嘆口氣，笑了：『昨天辦理保釋，現在在家裡。』

蘇邈邈急得向前傾身：「我想去看你——」

電話另一頭呼吸微滯，沉默幾秒，伴著幾不可查的輕嘶聲，男生無奈地笑起來：『現在可能不太方便。』

「為什麼？」

『因為一些……私事。』商彥含糊其詞，似乎不願意多說，接著安慰她，『再過兩天，等我這邊的事情結束了，我會去找妳。』

「……」蘇邈邈有些不甘願地沉默下來，最後輕輕「嗯」一聲。

電話另一頭也沉默下來，又過幾秒，蘇邈邈聽見商彥嘆氣。

她心裡一緊，慌忙問：「怎麼了？」

商彥懶懶笑道：『沒什麼。』

蘇邈邈更急了：「到底怎麼了？」

商彥逗她：『為了妳好，別知道。』

蘇邈邈氣結：「——商彥！」

商彥故意嘆氣：『妳真要聽？』

蘇邈邈急得快哭了：「你快說！」

『……』電話那頭聲音低啞地笑起來，『真的沒什麼，只是，這幾天在看守所裡還有家裡，特別想妳，特別想親親妳，親哪裡都行。』

蘇邈邈驚住，不知道該說什麼。

『是妳堅持要聽的。』

「……」

『我本來不想說，只把這個想法放在心裡。』

「……商彥！」

不過短短一段話，讓嫣紅的顏色順著女孩雪白的臉頰，一直蔓延到她纖細的頸子與細嫩的耳垂。直到含混迷糊地掛斷電話，蘇邈邈仍久久無法從那紅透了的情緒裡回過神來。

旁邊，江如詩看在眼裡，心情複雜，她皺起眉頭，目光又落到文件上的那個名字。

商彥……

江如詩在心底低聲重複一遍。

轎車抵達飯店樓下，蘇邈邈拿起調解書，正準備下車，突然聽見身旁的江如詩開口：

「妳這個男同學，是叫商彥嗎？」

「……」蘇邈邈動作一停，猶豫了兩秒，點頭，「嗯……他家人已經幫他辦好保釋，委託律師應該也不會有問題，之後就不麻煩您了。」

蘇邈邈一頓，握緊手裡的調解書：「這兩天的事情……還是謝謝您了。」

說完她準備拉開車門，又聽江如詩語氣有些複雜地問：「妳這個同學，是不是有一個姐姐叫商嫻？」

「……！」蘇邈邈愣住了，轉頭，「您怎麼知道——」

江如詩沒有回答，只是眼神複雜地盯了蘇邈邈一陣，才緩聲問：「妳知道他家裡是什麼背景嗎？」

蘇邈邈下意識地搖搖頭。

江如詩並不意外，她相信蘇邈邈一旦知道商家的背景，根本不會急著來找自己幫忙。

車內安靜了一兩秒，蘇邈邈反應過來：「您認識商彥家裡嗎？」

「不只是認識。」江如詩無奈，「妳大伯家的女兒，妳的堂姐蘇荷，妳有印象嗎？」

蘇邈邈遲疑了一下，慢慢點頭。

「和她結婚的，就是商家的長子，商驍，也就是妳那個同學的哥哥。」

「……！」蘇邈邈愣在原地。

想起調解書和資料袋裡的東西，江如詩目光動了動，片刻後，她低下視線，看著女孩手裡拿著的調解書：「妳打算過幾天把這個給他是嗎？」

蘇邈邈還沉浸在震驚裡，不自覺地點了點頭。

江如詩又問：「妳想見他？我可以帶妳過去。」

蘇邈邈愕然抬頭。

A城C區，商家。

商嫻靠在商彥臥房大床對面的牆上，一臉不忍直視地看著她那個坐在床上、對著她的手機笑容詭異的弟弟。

眼看商彥沒有要回神的意思，商嫻終於忍不住了，她嘲弄地瞥過去：「在你十八年的人生裡，我怎麼沒看出你身上有痴情種的潛質？」

「……」商彥懶洋洋地抬眼瞥她。

「我聽說你挨這一頓家法，中間痛得都昏過去了，硬是死撐著沒辯解半個字？」

商彥薄唇輕撇，低下眼：「關妳屁事。」

「……」商嫻氣結，「你進了一趟看守所，澈底解放天性了是吧！敢這麼跟你姐說話？」

商彥不理她。

商嫻豎眉，繼而想到什麼，皮笑肉不笑地走過去：「行，既然不關我的事，那你把手機還我——」

「……」商彥頓時警覺，嗖地一下，俐落地把手機塞進身後的枕頭下，結果因為動作稍大，拉扯到背後的傷，痛得忍不住皺眉。

「不還？」商嫻原地站定，抱臂，挑眉，「怎麼，搶劫啊？」

商彥側過頭，瞥一眼身後隱約而猙獰的傷，皺著眉，沒好氣地說：「這是補償。」

商嫻愕然：「補償什麼？我還欠你啊？」

「……」商彥冷眼瞥她，眸子漆黑，「補償妳在看守所詛咒我。」

商嫻一愣，隨即想起來，笑了：「父親還沒打到你進加護病房吧？我覺得還不如省事點，一頓進去，保外就醫啊。」

「……」商彥轉開頭，懶得理她。又拿起枕邊的手機，把剛剛撥出去的號碼存好，然後仔細思考著要取什麼暱稱。

商嫻居高臨下，看得一清二楚，眼角眉梢都寫著嫌棄：「之前求你辦手機，你還一副

『老子這輩子寧可從十八樓跳下去、也絕對不會碰那玩意兒』的架勢，」她嗤笑了一聲，「現在怎麼回事，反悔了？」

看在這人算是有恩於自己，商彥懶懨地抬眸，晃了晃：「這支手機不一樣。」

商嫻一愣：「哪裡不一樣？這是我的手機，我怎麼不知道。」

「我家小孩住在裡面。」商彥驀地一笑，如數九寒冬裡的暖陽，眼角眉梢無一處不滿溢著藏不住的溺人溫柔。

溫柔刺眼。

「……」商嫻愣在這個笑容裡，她心底原本對蘇邈邈有諸多不滿，這一刻突然釋然了。

這世上，誰說喜歡一個人，一定要是什麼程度，一定要列舉她身上優點缺點，一定要細數她比旁人好在何處，一定要賦予她卓越與值得被愛的標籤呢？

都不需要。

愛和喜歡是最純粹的感性。最純粹的感性與理性無關，去強求一個因果關係本就是悖論。

愛和喜歡不需要原因，你知道是那個人就夠了；是那個，能讓你露出這般笑容的人……那就夠了。

商彥自然不知道，商嫻心裡思考著情感哲理，只覺得被這女人盯得發毛：「……妳別這樣看我。」

受到那毫不掩飾的嫌棄和避如洪水猛獸的態度刺激，商嫻眼神變冷：「我怎麼看你了？」

「像是下一秒就要告訴我，我們沒有任何血緣關係，妳留在商家這麼多年是因為暗戀我，想和我在一起。」

「……」商嫻面無表情，指關節捏得咯咯輕響，「你再說一句，我義務幫父親送你進加護病房，保、外、就、醫。」

託商盛輝昨天那一頓家法的福，重傷在身的商彥很識相，他低下頭，重新思索他家小孩的暱稱。

商嫻看不下去自家弟弟這個天才了十八年突然變智障的情種模樣，嫌棄地轉身離開他的臥房。

剛走到臥房外面，便迎面遇上駱曉君，母女兩人步伐一停。

「沒事了？」駱曉君問。

「嗯。」

「那叫他下樓一趟吧。」

「……」商嫻一愣，「有什麼事？」

「蘇家的二兒媳，你們那位江阿姨，不知道為什麼，突然打電話說今晚要上門拜訪。」

商彥在「蘇喵」和「蘇喵喵」兩個暱稱之間猶豫不決，突然臥房的門被叩響。門推開，幾分鐘前剛離開的人又回來了。

商嫺沒進來，一隻手拉著門把，上半身抵著房門，聲音傳進來：「你換件衣服，等一下下樓一趟。」

「……」商彥撥弄著手機螢幕上那串看了不知多少遍的數字，聞言指腹一停，皺眉，抬頭，「下樓？」

「嗯。」

「我兩年沒回來，難道家法還有續集了？」

商嫺一噎，嗤笑：「怎麼，你挨得還不夠，想繼續啊？」

「不是家法，那是什麼？」

「……」商嫺眼珠轉了轉，沒說實話，含糊其詞地帶過，「家裡等一下有客人要來，畢竟是長輩，出於禮節你也該下來露個臉。」

商彥一聽，興趣盡失：「不去。」

在備註好的「蘇喵喵」旁邊點下確認，他把手機放到一旁，懶洋洋地仰倒在床頭的真皮軟墊上，不小心撞到背上的傷，讓他忍不住皺了一下眉。

「我現在是傷患，三級殘廢。」

商嫺輕瞇起眼：「真的不下去？」

「不去。」

「聽說那位長輩帶著女兒一起過來，漂亮得不得了。」

商彥嗤笑了一聲，語調涼涼的，帶著點輕蔑的嘲弄：「我是那種見色起意的人？」

商嫺意味深長地盯了商彥幾秒，慢慢點頭，往外退：「嗯，我也覺得你不是。那好，你就千萬、千萬別下來。」說完，商嫺砰一下把臥房的門關上。

坐在床上，商彥頓了兩秒，他輕瞇起眼，商嫺說最後這段話的表情、眼神都太耐人尋味。按照她的劣根性，再考慮最近幾天自己為家裡帶來的麻煩，商彥一點都不覺得她會讓自己順心如意。

這麼輕易地放過他？

商彥疑惑地倒回床上。不久後，隱約聽見窗外樓下傳來客人進門的聲音，又過了片刻，他終於壓抑不住心裡的不安，起身出了房間。

一樓，正廳裡。

因為商家與蘇家聯姻的緣故，商盛輝和駱曉君每年都會去參加蘇家老太太的壽宴。

蘇家這一輩，長房的長媳早早便因病去世，而蘇家唯一的女兒又因為結婚違逆父母的意思，斷絕關係搬出了蘇家，故而江如詩作為蘇家的二兒媳，操持的事情頗多，這幾年一直和駱曉君有些往來。

不過這樣正式登門拜訪還是第一次，也難怪駱曉君和商盛輝心裡迷惑。唯一猜得到前因後果的商嫺坐在正廳的沙發上，笑得猶如淑女。讓駱曉君夫妻更為詫異的是，這次跟在江如詩身邊一起來的女孩。

在玄關第一眼見到這個女孩，夫妻兩人就頗為驚豔。

女孩個子嬌小可愛，穿著米白色的線織毛衣，淺灰色的散襬裙，內搭褲勾勒出纖細又筆直的雙腿，腳上踩著一雙亮黑的圓頭小皮鞋。再加上那烏黑的眼，小巧的鼻，瑩潤的雪膚紅脣，美得像是櫥窗裡最精緻的娃娃，一筆一線都挑不出半點瑕疵。

然而在他們的印象中，卻不記得蘇家什麼時候有這麼一個漂亮的女孩，除非是……夫妻兩人不約而同地想到蘇家早年的傳聞，對視一眼，沒說什麼，靜待發展。

坐下後，寒暄幾句，江如詩果然主動開口。她心裡歉疚地轉向身旁，望著沉默安靜的女孩：「邈邈，跟叔叔阿姨還有姐姐，打個招呼。」

蘇邈邈一頭霧水，不知怎麼就進了商家，望著對面三人，感覺不太真實。

沒有看到他……

女孩垂下眼，安安靜靜地輕聲道：「叔叔好，阿姨好，姐姐好。」

女孩的語調不急不緩，乖巧得讓人生憐。

駱曉君點頭，順勢接話，看向江如詩：「這位是……？」

江如詩無聲一嘆，笑著解釋：「這是我的女兒，蘇邈邈……早些年因為身體的緣故，一直在外地的療養院休養。」

印證了心裡的猜測，駱曉君神情仍然溫婉，不露半點異色。

「原來是這樣。」她淡淡地笑，眼角微彎地看著女孩，「是個很漂亮的女孩，看起來乖巧安靜，跟我家嫻嫻的毛躁性格真是不一樣。」

習慣了父母們自謙起來一捧一踩的公式，商嫻笑得八風不動。

江如詩也沒有拐彎抹角，說明了來意：「其實我今晚冒昧拜訪，是因為遨遨。」

「嗯？」駱曉君露出點不解的神色。

「我聽說，您家的小兒子商彥已經回家了？」

「……」駱曉君和商盛輝對視一眼，都在彼此眼底看到相同的驚疑。

商彥這件事，他們已經壓下來了，按理說，跟這件事八竿子打不著的江如詩不該知道才對。而且就算商彥回家了，江如詩帶著和他們小兒子年紀相仿的女兒上門，總不會是想……駱曉君心裡有些哭笑不得，這種事情，按約定俗成，都是雙方家長提前互通意願，哪有這麼直接的？

氣氛尷尬幾秒，江如詩從商家夫妻有點詭異的神色間驀地反應過來，苦笑：「看看我，因為許久沒見到女兒，情緒激動得話都說不清楚了。曉君，妳別誤會，我帶遨遨過來，是因為她和商彥是同學。出事以後，我看她太過擔憂，才會……」

江如詩話音未落，一樓面對正廳的木質樓梯間，突然響起棉質拖鞋的腳步聲，聽起來懶洋洋的。

幾人的目光同時看過去，正要上樓的傭人停下腳步，主動喚了一聲：「小少爺。」

「……嗯。」男生隨意應了，聲音帶著一點半睡半醒的倦啞，但又浸著疏懶的腔，鬆散好聽。

伴隨著話音踩下木質樓梯、出現在視野裡的，是　雙深灰色的拖鞋。身影接著一點點顯露出來，那人下身是條黑色居家長褲，褲線筆直，將那雙長腿的優勢展露無遺。然後是半截窄瘦的腰身，裹著毫無紋飾的白色T恤。同樣是棉質的極簡風格，衣料也薄，隨著動作，漂亮的胸腹線條在T恤下若隱若現。最後是男生那張清雋俊美的臉龐，半低著頭，懶散地走下來，黑色碎髮有點凌亂。

駱曉君微微皺眉，看向商嫺，低聲問：「家裡有客人，怎麼沒叫他換件衣服再下來？」

商嫺無辜地聳了聳肩，然後不動聲色地靜待商彥發現她為他準備的「驚喜」之後的反應。

商彥沒讓她等太久。他走到一樓，隨意抬起視線，望向正廳，第一眼便撞上女孩滿是焦急的眸子。

男生的身體頓時停在原地。

「我是那種見色起意的人？」

現在他是了。

商彥心裡嘆氣。此時此刻，諸多複雜的情緒在見到女孩的那一刻，全部湧了上來。五味雜陳，讓他不知道該做何反應，生平第一次產生手足無措的苦惱。

於是他就這樣一動不動地僵在原地。

商嫺……妳真是夠狠的。

接收到弟弟不善的目光，商嫺默不作聲地轉頭，淡定地拿起自己的水杯喝了一口，壓住笑意。

「商彥？」半天不見兒子出聲，駱曉君皺眉，不解地說，「還不過來跟江阿姨問好？」

商彥回神，走過來，而蘇邈邈早已按捺著情緒低下頭。

男生停住，之前那副憊懶神態不再，沉穩地微微躬身：「江阿姨好。」

江如詩有點意外。

一直沒什麼神情變化的商盛輝眼皮一跳，驚異地看向自己的兒子；駱曉君也同樣驚訝。教養了十八年的小兒子是什麼脾氣，他們再清楚不過。對長輩有基本禮貌很正常，可他們什麼時候見過商彥這樣一板一眼地對長輩行禮？

商盛輝有點擔心，自己昨天那一頓家法，莫非真的下手太重，傷到兒子的腦袋？

「你是商彥吧？別這麼客氣，快坐。」江如詩柔聲說，「我聽邈邈提起，她在學校受你照顧，想謝謝你。」

商彥規規矩矩地回答：「阿姨客氣了，是我應該做的。」

商盛輝眼皮又跳了一下，他面無表情地看向自己的小兒子，不像是神智不清的樣子啊？

此時沙發上只剩下兩個空位，一個在商嫻旁邊，也就是蘇邈邈和江如詩的對面；另一個則是跟蘇邈邈相鄰的單人沙發。

商彥沒有遲疑，面不改色地坐到蘇邈邈旁邊。

「……」蘇邈邈無言地偷偷抬頭，瞥了一眼。

從她的角度望過去，商彥目不斜視地與江如詩寒暄，側顏線條凌厲而立體，一副不苟言笑的模樣。

駱曉君眼神飄過：「商彥，你和江阿姨家的邈邈妹妹認識嗎？」

「邈邈妹妹」這個稱呼讓商彥一愣，隨即他情不自禁地勾起唇角……如果拿這個當暱稱，好像也滿有情趣。

駱曉君自然不知道自己的小兒子此時此刻在動什麼兒童不宜的心思，她只見商彥似乎頓了一下，隨即點頭。

「嗯，我們是同班同學，剛好也都在電腦培訓組。這次回A城，就是一起來的。」

駱曉君眼神頓了一下。說話妥當、嚴謹、鉅細靡遺，這人跟她看慣的疏懶散漫的小兒子，除了臉以外簡直沒有半點相似之處。

駱曉君目光一閃，轉向一直安安靜靜坐在那裡的女孩：「邈邈，阿姨家裡的這個哥哥最是不受管教，在學校裡，他沒欺負妳吧？」

蘇邈邈一愣，下意識地抬眼看向商彥。儘管不知道原因，但蘇邈邈直覺認為商彥並不想讓他的父母發現兩人之間十分熟悉，而蘇邈邈也願意替他掩飾。

於是她猶豫了兩秒，便輕聲道：「沒有。商彥是電腦培訓組的組長，對每一個組員都很溫柔，很照顧。」

「……」商彥心想，吳泓博如果聽到這段話，大概會「感動」到痛哭流涕吧。

駱曉君似乎也被女孩的形容噎了一下，坐在旁邊的商嫻更是直接笑出聲。

「商彥溫柔？照顧人？」商嫻笑著擺手，毫不留情地拆自家弟弟的臺，「邈邈，妳誇起人來實在太可愛了。」

商彥面無表情地冷瞥商嫻，蘇邈邈有些發窘，所幸駱曉君很快便把這個話題帶過。

兩家人在正廳聊了許久，商彥全程正襟危坐，禮貌有度，有一說一，穩重得讓商盛輝目光詭異地一直盯著他。

眼見時間已晚，又一輪話題結束後，江如詩轉向蘇邈邈。

「邈邈，把妳帶來的東西交給叔叔阿姨吧，他們會處理的。」

「……嗯。」蘇邈邈回神，連忙從手邊的資料袋裡取出調解書，站起身，準備從商彥面前走過，將調解書遞給駱曉君夫妻。

江如詩淡淡開口：「邈邈這兩天為了準備這份調解書，跑了好多地方，費了不少力氣，如果能對商彥的事情有幫助的話，就再好不過了。」

「……」商彥的身體驀地一僵，凜然抬眸，那些偽裝出來的妥貼得體與無害，頃刻間消失大半，「這是什麼？」

他眸子緊緊擒住女孩的身影，目光裡情緒沉冷。

蘇邈邈一愣，不及反應，手裡的東西被商彥直接搶了過去。

「調解書」三個字映入眼簾，像針刺一樣，逼得商彥瞳孔猛地收縮。他直接翻到最後一頁，顧翎的名字簽在右下角。

商彥身體僵住，空氣像是被糨糊黏住一樣，停滯不動，沉默得令人窒息。

一旁的商盛輝與駱曉君反應過來，商盛輝聲音稍冷，帶著警告：「商彥。」

「……」商彥回過神來，卻完全不顧商盛輝和駱曉君的反應，抬起頭，看著站在自己面前的女孩，一字一頓，近乎咬牙切齒，「妳去找顧翎了？」

蘇邈邈愣愣地點頭，眼神無辜，帶著澄澈乾淨的不解，顯然不明白他為什麼這樣生氣。

「……誰讓妳去找他的！」男生冷白的額角，青筋微微綻起。

蘇邈邈被吼得一懵，自認識以來，這還是第一次商彥朝她發火。

駱曉君的臉色頓時冷下來：「商彥，你怎麼跟邈邈說話的？」

商彥深吸一口氣，整個人都有些發顫。僵持兩秒，他驀地起身，一言不發地握住面前女孩的手腕，直接把人拉走。

不等其餘人反應過來，商彥已經拉著蘇邈邈頭也不回地進入正廳旁邊的側廳，「砰」的一聲，關上門，緊接著傳來門鎖扣上的聲音。

正廳裡四人愣住了，商嫻最先反應過來，連忙安撫即將爆發的父母。

「爸、媽！」她也顧不得稱謂，「還有江阿姨，這件事另有隱情，而且商彥絕對不會對邈邈做什麼的，他們就是談談，所以請你們也不要急，慢慢聽我說。」

商嫻一邊安撫，一邊在心裡痛罵自己這個不受教的弟弟一百遍，順道要家裡的傭人去樓上找備用鑰匙。之後，便在三位長輩令人頭皮發麻的目光裡，商嫻將自己了解的前因後果一點點說了出來……

與此同時，在側廳裡，商彥一進來便鬆開蘇邈邈的手，轉身將門鎖上。然後他的動作一頓，竭力壓抑那些氣急敗壞的情緒與急促的呼吸，他額頭半抵住門，聲音因為焦躁而沙啞。

「妳是不是要氣死我……」

側廳的燈沒有開，室內昏暗，蘇邈邈只聽到男生沉悶的呼吸，因為情緒而劇烈起伏。

她有些茫然而無措：「你為什麼要生氣？」

「……」商彥轉身，抬手打開近處的燈。就著光線，他走到蘇邈邈面前，「妳自己去找那個人渣，我不該生氣嗎？」

蘇邈邈不自覺地往後退，直到纖細的後腰抵住某個東西。她惶然地回頭一看，是側廳裡類似會議用的長桌——再沒退路。

女孩不安地轉回來，低下頭：「可是只有那樣，你才不會……」

商彥氣不過，伸手把面前的女孩抱上長桌，同時俯下身，逼得女孩和自己平視。

他抓起她的手腕——即便情緒躁動，動作仍然放到最輕——將女孩的袖子捲起，尚未褪去的瘀青，在雪白的皮膚上依然刺眼。

商彥恨得咬牙：「他對妳有過什麼樣的想法、做過什麼樣的事情，妳都忘了？妳怎麼能自己一個人去找他！」

「……」蘇邈邈的表情和眼神一起頓住。

就這樣對視幾秒，女孩的眼眶無聲紅了起來，烏黑的眼瞳裡瞬間多了溼漉漉一層水色，繞著眼眶轉了半圈，眼看就要湧出，又被女孩死死憋住。

嬌俏豔麗的臉染上嫣色，除了氣惱，更多的還是委屈，一副快要哭出來的模樣：「商彥，你混蛋。」

女孩的聲線壓著藏不住的哭腔，他第一次聽她罵人，像背課文似的，語調沒有太大的抑揚頓挫，但還是聽得他心裡抽痛。

於是商彥那快燒到三公尺高的氣焰，被這盆冰水一潑，頓時三公分都不剩了。他鬆開女孩的手腕，心慌地把人擁進懷裡，手掌託著女孩的細頸緊緊地抱著她。

「別哭……我不該凶妳，是我錯了，妳別哭了，好不好？」

女孩揪著男生身上的T恤，悶在他懷裡，眼淚很快濡溼他的衣服。

她氣惱的軟聲帶著哭腔：「你都被警察抓走了，你要我怎麼辦？……黃老師去找那個負責人，他說你把自己毀了……我快要嚇死……只能去找人幫忙……如果顧翎不同意調解，你就真的要去坐牢了，你知不知道……」

商彥把女孩抱得更緊，輕輕吻著女孩的額頭，無奈地低聲道：「我知道。」

「……」懷裡抱著的人驀地一僵。

商彥繼續安撫地吻著她：「我當然知道。」

女孩噎著哭腔，抬頭：「那你還……」

「因為是妳，我忍不下去。」商彥彎身抵在女孩耳邊低聲嘆氣，「知道妳經歷了什麼，那一整天我幾乎要發瘋……我不敢想像，萬一發生更壞的結果，我要怎麼救回妳……每次想到這個，我就想殺了他。」

商彥的聲線變得沉啞，掩飾壓抑不住的戾意。

蘇邈邈嚇得眸子一顫，慌忙伸手推著他想要抬頭：「商彥——」

「我沒有那樣做，妳別怕。」商彥嘆氣，「那天比賽後的事情我早就想過了……就算再來一次，一百次，我還是會那樣做。」

蘇邈邈捏緊他的衣服。

商彥低頭，閉著眼睛親吻女孩的額角，他低聲呢喃：「如果不那樣做，這一輩子我都放不下，邈邈。」

女孩握得他T恤都皺了，眼淚不斷湧出，只能更用力地埋進他懷裡，軟著哭腔：「商彥……你有病！」

「嗯，我有病。」商彥慢慢皺眉，「能不能不哭了？」

「……」

「妳咬我吧，只要妳不哭，嗯？」

「……」

女孩僵了一下，慢慢止住眼淚。商彥剛鬆口氣，就感覺右邊鎖骨一痛，女孩嗚咽聲後，竟然真的咬了上來。

商彥愣了愣，不禁莞爾：「我是有病，遇上妳，我永遠都好不了。」

這時，兩人身側的側廳門突然打開，商嫻安撫的聲音傳進來：「爸媽，阿姨，我跟你們保證，他們真的沒什麼……」尾音扭曲，消失。

四人的視野裡，女孩坐在桌上，臉上掛著眼淚，咬著男生的鎖骨。

而商家小少爺一動不動，眉眼溫柔得溺人，任由身前的女孩咬著。

——《他最野了》未完待續——

高寶書版集團
gobooks.com.tw

YH 121
他最野了（中）

作　　者　曲小蛐
特約編輯　余純菁
責任編輯　吳培禎
封面設計　陳采瑩
內頁排版　賴姵均
企　　劃　何嘉雯

發 行 人　朱凱蕾
出　　版　英屬維京群島商高寶國際有限公司台灣分公司
　　　　　Global Group Holdings, Ltd.
地　　址　台北市內湖區洲子街88號3樓
網　　址　gobooks.com.tw
電　　話　(02) 27992788
電　　郵　readers@gobooks.com.tw（讀者服務部）
傳　　真　出版部(02)27990909　行銷部(02)27993088
郵政劃撥　19394552
戶　　名　英屬維京群島商高寶國際有限公司台灣分公司
發　　行　英屬維京群島商高寶國際有限公司台灣分公司
初　　版　2023年02月

本著作物《他最野了》，作者：曲小蛐，由北京晉江原創網絡科技有限公司授權出版。

國家圖書館出版品預行編目(CIP)資料

他最野了/曲小蛐著. -- 初版. -- 臺北市：英屬維京群島商高寶國際有限公司臺灣分公司, 2023.02
冊；　公分. --

ISBN 978-986-506-648-2(上冊：平裝). --
ISBN 978-986-506-649-9(中冊：平裝). --
ISBN 978-986-506-650-5(下冊：平裝). --
ISBN 978-986-506-651-2(全套：平裝)

857.7　　112000518